2018

HAIDIAN BIAODA

海淀表达

中共海淀区委宣传部　编

一颗星的天空可能很蓝，但不绚烂；一枝花的园子可能很整洁，但不壮观；一棵树的土地可能很安静，但不雄美。只有群星灿烂、百花齐放、绿树成荫的时候，中关村，才能以他特有的魅力，成就历史赋予的责任和担当。

北京理工大学出版社
BEIJING INSTITUTE OF TECHNOLOGY PRESS

图书在版编目（CIP）数据

海淀表达．2018／中共海淀区委宣传部编．—北京：北京理工大学出版社，2018．12

ISBN 978-7-5682-6525-6

Ⅰ．①海…　Ⅱ．①中…　Ⅲ．①报告文学-作品集-中国-当代　Ⅳ．①I25

中国版本图书馆 CIP 数据核字（2018）第 287969 号

出版发行／北京理工大学出版社有限责任公司
社　　址／北京市海淀区中关村南大街 5 号
邮　　编／100081
电　　话／(010)68914775(总编室)
　　　　　(010)82562903(教材售后服务热线)
　　　　　(010)68948351(其他图书服务热线)
网　　址／http://www.bitpress.com.cn
经　　销／全国各地新华书店
印　　刷／保定市中画美凯印刷有限公司
开　　本／710 毫米×1000 毫米　1/16
印　　张／17.5
字　　数／252 千字
版　　次／2018 年 12 月第 1 版　2018 年 12 月第 1 次印刷
定　　价／56.00 元

责任编辑／梁铜华
文案编辑／梁铜华
责任校对／周瑞红
责任印制／李志强

编　委　会

向过往致敬

在改革开放四十周年之际，我们必须以一种隆重而热烈的方式，向渐行渐远的岁月，向消失在历史幕墙上的背影，向还在记忆中回荡的号角致敬——于是，我们组织采写了报告文学集《海淀表达 2018》。

1980 年 10 月，一位叫陈春先的科学家，提出要在中关村建设“中国的硅谷”，并率先成立了“先进技术服务部”，成为中关村民营科技的开山鼻祖。历尽坎坷，几度沉浮，虽然最终以失败告终，但对冰冻多年的华夏土地，无疑如霹雳震响，巨浪涤荡——于是，中关村高新技术企业如雨后春笋，蓬勃发展；各路豪杰群英荟萃，各显神通，不仅成就了无数知名企业和企业家，更让“中国的硅谷”在多年后实至名归，为世界瞩目。

从那时起，中关村不单为成功欢呼，也为失败祝福，开放包容逐渐成为中关村最柔韧的筋骨、最有活力的文化。

一颗星的天空可能很蓝，但不绚烂；一枝花的园子可能很整洁，但不壮观；一棵树的土地可能很安静，但不雄美。只有群星灿烂、百花齐放、绿树成荫的时候，中关村才能以它特有的魅力，成就历史赋予的责任和担当——于是沿着陈春先和那些敢闯敢试的人们不惜牺牲披荆斩棘、冲破牢笼和禁锢开辟的道路，海淀，沐浴在改革开放的春风里，一路高歌猛进，为中国，为世界，目不暇接地呈现着精彩和感动。

从横刀立马、叱咤风云的拼搏，到坚守平凡、爱岗敬业的奉献，都是践行社会主义核心价值观的具体行动。不管是纪世瀛的开疆拓土、王小兰的传承发展、苏药的延展升华，以及众多创业者的特立独行，还是那些执着于自己的信念与追求，在教育、科技、医疗卫生、社会管理等不同岗位默默耕耘的普通劳动者，他们承受的苦痛、传递的温暖、展示的坚强、塑造的品质、成就的惊喜，都在中关村汇成了践行社会主义核心价值观最坚实的路径和最生动的成果——《海淀表达 2018》。采撷荟萃的，是其中的部分代表。我们希望通过它，向风雨与彩虹交织的过往致敬，向砥砺前行、为实现民族复兴的奋斗致敬。

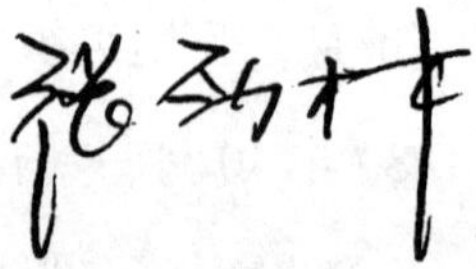

目　录

上篇　致敬——改革开放

下篇　践行——核心价值观

上篇

致敬——改革开放

纪世瀛：演绎中关村“拓荒者”传奇

明 星

纪世瀛

“中关村能够发展到今天，我们需要追本溯源，探索中关村的发展动力。”

这是北京市海淀区委书记于军（时任中共海淀区委宣传部部长、副区长）在2008年11月16日《中关村第一村民的创业传奇》新书首发式上说的一句话。

而追本溯源，就离不开探究中关村“拓荒者”的创业故事和创业特质。

纪世瀛是中关村的创业元老和传奇性人物，也是《中关村第一村民的创业传奇》的主人公。他坦言一生写好“中关村民营科技”七个字。“中关村精神万岁”是他的豪言壮语。“八十年代看深圳、九十年代看浦东、二十一世纪看中关村”也是他的肺腑之言。

创业是中关村人永不疲倦的话题。纪世瀛则完美地演奏出中关村创业者最典型的三部曲。“首先，他是创业者，创办了中关村第一家民营企业。紧接着，他作为北京民营科技实业家协会会长，帮助别人、保护别人创业成长。再后来，他创办企业家学校，培育新的创业者，让他的理论和经验延续下去，使得创业活动得到不断的延续。”北京科委原主任邹祖烨说。

“阅读纪世瀛，你会发现他的创业传奇既惊心动魄又乐趣无穷，从他挺立潮头的坚决与毅然中，体味中关村生生不息的力量。”知名媒体人、中关村杂志社社长卫汉青如此评价。

中关村的“核裂变”

20世纪80年代初，中关村还是一个经济落后的农村小镇，大街上不过有几个很小的店铺，比如大雅餐馆、照相馆、小旅馆、沿街摆的小摊等。虽然中国科学院（以下简称“中科院”）的大墙里面是成果累累、人才济济，但大墙外面仍然是人扛马拉、鸡鸣犬吠，一片落后的农村景象。中科院的研究成果档案灰尘满布，而大墙外的社会却看不到一眼，更谈不上推广应用。

在这种旧体制下，作为中科院物理所核聚工程领域最年轻的工程师纪世瀛“浑身是劲使不出来，特别想闯出一条路子”。与此同时，中科院物理所等离子专家陈春先考察了美国128号高技术公路和硅谷之后，倡导要搞中国的“硅谷一条街”。

陈春先、纪世瀛等几个志同道合者经过仔细的商议，于1980年10月23日成立了北京等离子体学会先进技术发展服务部。没有工商注册，没有法人代表，在中科院物理所大楼后面的破旧库房里，几个创办人立志要把中关村打造为“科技特区”，建设成中国的“硅谷”。

服务部的成立，是中国知识分子产业报国的率先尝试。

虽然只有半间库房，七八个人不用国家编制、不要国家投资、自筹资金、自由组合、自主经营、自负盈亏，手握500元起步，事业却干得热火朝天。服务部与海淀劳动服务公司合作，建立了一个科技实验工厂，并开办了“西颐电子技术服务部”，不久发展到三部一厂一校，既解决了服务部人才培养的问题，又解决了待业知青的就业问题。不到一年的时间里，服务部已经握有20多个科技项目合同，在中关村这片土地上燃起了一颗炽热的火种。

但是，好景不长，这一新生事物很快遭到了质疑和非难，强大的社会压力使服务部举步维艰。因为服务部提供咨询服务挣了3万元，每人发了15元的奖金，惊动了中科院，服务部于是被查账、封门、盯梢，甚至立案调查。中科院认为服务部有经济问题，扰乱了科研人员的思想，搅乱了科研秩序，腐蚀了科技队伍，是“不务正业、歪门邪道”。到1982年，服务部被彻底封门。已经下海的纪世瀛没有了退路，他陷入了人生的困境。

直到1983年1月25日清晨，纪世瀛被一阵急促的敲门声惊醒，来人告诉他，中央人民广播电台正播出新闻，中央批示肯定了中关村科技人员对新生事物的积极探索。

在经历了创业的各种艰辛和阻挠后，这帮拓荒者于1983年成立了北京第一个民办科技开发经济实体——华夏新技术开发研究所（以下简称“华夏所”），迎来了发展的春天。然而，好景不长，一场持续了6年的官司，结束了中关村第一家民营企业。

有媒体报道，当时，华夏所和中科院有一项微机开发的合同。纪世瀛他们向银行贷款了275万元才得以完成，本想这笔大生意将给华夏所带来新的生机，没想到在合同执行的最后一天，器材供应站竟然提出终止合同。一大批微机压在手上，开发支出无法支付，贷款也无法归还，华夏所面临的是生与死的问题。然而，经过6年诉讼的几次胜败，1990年11月12日，北京市最高人民法院最终判定华夏所败诉。华夏所物资被查封、牌子被摘掉。

纪世瀛得知这一消息是在1990年11月23日，那一天他正坐车赶往人民大会堂，主持参加民营科技创业十周年活动。听到这一消息，他的心都在滴血。他们的故事充满了残酷与悲壮，但这没有让纪世瀛的意志消沉。那一天，他依然斗志昂扬、意气风发地登上了人民大会堂的舞台，慷慨激昂地作了大会致辞。他要为民营经济呐喊助威。

自称“打不死、捻不死、劈不死的纪世瀛”没有一蹶不振，而是重振士气，于1986年创建了北京市理化应用技术研究所，完成了30多个社会急需项目，使科技迅速转化为生产力。

回忆当初创业的决定，纪世瀛说，他是看到了1978年邓小平同志在全国科学大会上做出了“关于科技是第一生产力”的讲话，才深受鼓舞，毅然投身商海的。

时至今日，纪世瀛仍坚持一个观点，没有“两不四自”（即不用国家编制、不要国家投资、自筹资金、自由组合、自主经营、自负盈亏），没有民营科技，没有中关村精神，就不可能有今天的中关村。

他还强调，千百万家中小企业经久不息的创业活动，才是中关村乃至中国创新发展的真正动力。

更为重要的是，他为失败者“正名”：“是那些在创业的长征路上牺牲的人，交了巨额的学费，才有了中关村今天的成果。成功的人，是幸运者，也是英雄；失败者虽然倒下了，但他们同样值得尊敬。因为中关村的历史是由成功者和失败者共同创造的。”

正是陈春先、纪世瀛等第一批创业者的敢为人先、勇于拼搏，使得创业犹如原子核裂变，在中关村产生了巨大的能量，发生了连锁反应，有了一批又一批中关村人在创新创业的战场上“纵横驰骋”。

为民营经济“进言”

20世纪80年代末，由于一场风波，中关村再一次面临考验。当时，有关民营企业到底是“姓资”还是“姓社”的讨论，让中关村的民营企业家们感到“山雨欲来风满楼”。当时有人提出民营科技企业是资本主义的温床、要抢夺无产阶级专政的社会基础、是中产阶级的苗子等一系列罪状。

民营科技企业还能不能坚持下去？还能坚持多久？当时全国一片混乱。而纪世瀛以他的实际行动来鼓舞创业者：奖励100名科技之光优秀企业家、100家科技之光优秀企业、100个科技之光优秀产品的“300”活动，给创业者吃了一颗定心丸。紧接着，他创立《科技之光报》，为民营企业提供了一个展示自我、互相交流、互助砥砺的平台。

在四通公司遇到波折时，纪世瀛在《科技日报》上力挺这家企业斩获“科技之光优秀企业奖”。一时间，中关村第一代企业家段永基感受到了民营科技实业家协会给四通带来的家庭般的温暖。

也恰是在同一年，纪世瀛被推举为北京民营科技实业家协会理事长。这个会长一干就是14年，并且不辱使命，一直为中关村民营经济鼓舞与欢呼。

纪世瀛“敢于为‘民’请命”——这里的“民”字就是中国的“民营经济”，使之成为冲破“计划经济”樊笼的先驱者，也是伟大的时代使然。

《中关村》杂志原编审萧惑之对纪世瀛先生大为赞赏，并以长篇记述了纪世瀛“五进‘万言书’”的赤子之心：

1992年，纪世瀛发出“狂言”——“我认为民营经济会成为我国的主要经济。我们可以预言，10年之后民营经济将会成为我国国民经济的半壁江山，15年后将会三分天下有其二。”纪世瀛讲出这样超前的话语，绝非一时心血来潮，而是基于他对发展民营科技的实践和潜心研究，特别是对国家改革形势的把握和对邓小平改革思路的深刻理解。

为此，他于1993年年初撰写了一篇“万言”报告——《应当把大力促进民办科技实业的发展提到重要议事日程》，把“万言书”直接呈给当时的国务委员、科委主任宋健同志，如今这已经成为北京民营科技发展史上的一纸见证记录：

“所谓希望在于北京的中关村，就是在中关村出现一个以民办科技为主体的科技企业群，形成电子一条街，它就是中国民办科技的发源地和市场经济的试验田。”“今天的人们喜欢把这条街称为中国新技术革命的摇篮和心脏。……无论称作什么，我们相信，这里所发生的一切，对中国的现代化进程影响重大。这条街创造的理念、模式以及文化，将直接影响中国21世纪的历史进程。”

1996年，北京的民营科技企业已经成为首善之区经济发展不可小觑的一股力量。在新形势下，纪世瀛觉得一些领导人对于发展民营科技企业并没有高度的重视。于是，他撰写了第二封“万言书”——《应当把大力发展民营高科技产业作为实现2010年宏伟目标的一项重要的战略决策》。文章从“民营高科技产业的经济战略地位”，讲到“实施一体两翼优势互补整体腾飞的发展战略”；从“转变观念，大胆决策”，说到“健全组织，采取措施，制定政策，把大力发展民营高科技产业纳入总体战略”。

1997年，中共“十五大”召开前夕，“中国民营企业高级研讨会”召开，与会者取得了高度共识：中关村现象是时代的产物，是改革开放、市场经济、信息社会、知识经济的缩影。鉴于此，可以引申为“中关村概念”，旨在“建立中关村知识经济战略区”。

纪世瀛受命草就了《点燃第三把火炬，建立中关村知识经济战略区》。这篇“万言书”的难能可贵之处在于，在中关村的发展蒸蒸日上之时，进言者带着一种忧患意识，用冷静的眼光，凝重的思考，提出“中关村的潜在危机”。诸如“产品结构和技术创新出现断层”“人才利用缺乏战略规划”“园区呈现总体无序的状态”“管理层面庙小神灵多”“服务体系软硬件皆跟不上”“思想上缺乏危机感”等。

鉴于这种认识，“万言书”提出了切实可行的建议，诸如中关村应立即“建立高层次领导机构”“发展知识经济的咨询机构”“应独立区划建制实行一元化领导”“投巨资建立人才战略基地”“实施中关村高新科技开发区的特别政策”等，中关村后来的发展表明，这些意见多被采纳，形成政府对中关村乃至全国发展高科技产业的指导性文件。

1999年的岁末，第四份“万言书”——《关于加强民营经济理论建设的建议》“出炉”。纪世瀛在这份“万言书”中主要的建议是：“民营经济理论建设的问题，关系到未来一个时期里，用什么样的经济理论模式来概括和指导目前千姿百态、日新月异、生机勃勃的经济形态，并且使一个科学合理的经济理论与我们的意识形态相适应。”“中国的经济不能走私有化道路，经济民营化是振兴中华的希望之路。”“民营经济与‘私营经济’、‘非公经济’在政治上、理论上、战略上有重大区别。”“民营和公有制为主体不但不相抵触，而且孕育着各种公有制实现形式的萌芽。”

2004年4月，纪世瀛卸任北京科技实业家协会会长一职后，立志打造中国企业界“黄埔军校”：我们不能让后来的企业家、创业者们重蹈覆辙，不能再让他们“摸着石头过河”，“党有党校，军有军校，企业家也要有个企校。”

不久后，“蒙代尔国际企业家大学”正式成立，并于11月9日举办了开学典礼，得到了著名经济学家萧灼基、中关村企业家柳传志等一众的支持。两年以后，纪世瀛撰写《关于建立创业教育工程体系的建议》，建议通过系统的教育工程，把创业先辈的成功经验传诸后人。

几十年来，纪世瀛一直充当着布道者的角色，他立志要让民营企业登上大雅之堂而为“民”请命，并倍感自豪。他曾公开宣称，“不但要种好一棵树，更重要的是造好一片林，办好一个企业很重要，为民营企业发展寻找到一条合适的路更重要，为它们创造好的成长环境更为重要。”

在一次同学聚会上，纪世瀛骄傲地说：“我觉得我很成功，我造林了；一些企业家虽然成功了，种的树再大，也只是一棵树。但这不是说我比他们成功，而且这种成功不能用量级划分。成功不只是标准，它是一种感受，是一种实现自我的过程。成功还是一种自信，我相信自己没有白活这一辈子。”

“中关村精神万岁”

自改革开放至今，中关村从萌芽步入大跨步向前发展的阶段。1987年年底，这里聚集了148家民营科技企业，形成了闻名遐迩的中关村电子一条街。1988年国务院批准在中关村成立了“北京市新技术产业开发试验区”。1999年国务院批准建立了“中关村科技园区”。2009年国务院又批准建立了“中关村国家自主创新示范区”……

如今的中关村，民营经济欣欣向荣，区域内聚集了两万余家高新技术企业，上市公司321家，共有57家前沿技术企业估值超过20亿元。中关村的科技创新对北京经济增长的贡献率超过60%。截至2017年年底，中关村高新技术企业总收入突破5.3万亿元，实现利润4 670亿元，这个数字也是156家国家高新区企业总收入的1/7。拥有70家“独角兽”企业，占据了全国1/2、全球近1/4的份额。

在成绩面前，纪世瀛提出了两个问题：为什么中关村今天成为世界瞩目的一个地方？这里到底发生了什么样的变化，使它成为今天的中关村？

有人说，最主要的原因是这里有大量的人才、大量的成果，所以才形成了今天的中关村。但纪世瀛认为，中关村之所以出现今天这样天翻地覆的变化，最根本的原因在于，这里出现了以民营科技企业为核心的创业大军，他们不断地创新，创造了“两不四自”的企业运行新机制；创造了改革创新新理论；创造了适合经济发展的新制度；创造了推动企业发展的新管理体制；甚至于创造了前所未有的适合创新、鼓励冒险“法无明文禁止不为过”的法律环境，使这里成为中国从计划经济到市场经济转化的前沿阵地。

哪里的创业活动最活跃、哪里的人最具创业精神，哪里的经济就会持续快速发展，而中关村精神就是中关村的生命线。

改革开放的时代潮流造就了一代中关村人，造就了中关村人的精神，他是中关村精神的核心。

在纪世瀛撰写的《中关村精神万岁》一文中，他逻辑清晰地论述了中关村精神的内涵。

锐意改革的创新精神是中关村精神的核心。中关村的民营企业家开辟了“两不四自”的机制创新，引领了高科技的技术创新，现代企业制度的体制创新和民营经济理论的理论创新，从人才、资源到营销市场、金融资本运营等各种机制的创新。创新是企业发展的永久需求，创新永远是企业发展的主要课题，创新精神是中关村精神的核心。

勇于开拓的创业精神是中关村精神的主线。经历千千万万个创业的痛苦经历，饱经沧桑构筑起来的中关村企业家创业精神是百折不挠、顽强奋斗、不畏艰险、永不言败、永不懈怠、永不气馁、永不后退、永不停歇的中关村精神。

持之以恒的创造精神是中关村精神的基石。企业家的创造和开拓，是永不停歇的，他们在不断创造和开发社会财富，在发展企业的同时也推动了社会的发展和进步。

孜孜不倦的探索精神是中关村精神的前卫。中关村的企业家为了求得生存和发展，必须深刻地研究社会需求、探寻市场、捕捉机遇、不断创新、弥补经济空缺，利用各种机会发展企业，造就中关村企业家孜孜不倦的超人的探索精神。

敢于牺牲的冒险精神是中关村精神的本性。在中关村的改革之初，中关村人造就了“两不四自”的原则，其中最重要的一条就是“自担风险”。没有冒险精神就不是真正的企业家，更谈不上中关村的企业家，所以以企业为主体的中关村人一定具有冒险精神。在创业中承担风险是企业自身发展的需要，利润和风险始终共存。

敢于拼搏的竞争精神是中关村精神的脊梁。中关村的企业家“敢为天下先，敢为天下强”，这正是推动社会进步的源动力，有竞争才会有发展、有进步，社会才会充满活力。

求实求是的学习精神是中关村精神的底蕴。中关村的企业家面对客观存在的千变万化的市场需求，而且处在世界经济发展的最前沿，必须使自己能够及时地适应日新月异的客观现实，孜孜不倦地学习，向社会不断提供新产品，不断提供新的服务方式。

以人为本的服务精神是中关村精神的基本宗旨。人是生产力的最重要的要素，也是企业服务的最终对象。只有最大限度地调动人的积极性，只有最大限度地为“人”服务，才能寻求企业的发展。

社会责任感和民族精神是中关村精神的归宿。中关村的企业家勇敢地、自觉地承担起应有的社会责任，也必然是具有强烈的爱国精神，因为国家是一个民族企业家发展的依托，是走向国际化的保障。

海纳百川的包容精神是中关村精神的重要延伸。中关村的创业大军来自全国各地、世界各地，中关村人海纳百川的胸怀吸纳了来自五湖四海的各类人才。

纪世瀛认为，中关村精神是时代精神的高度概括，已经构成了现代生产力的一个最重要的要素，成为中华民族精神的一个重要组成部分。这种精神的不断发扬光大，一定会成为推动我国经济发展的巨大力量，必将成为中华民族实现伟大复兴的强大精神武器。

我心中的“上地”

郝敬堂

张红梅

人们常说：“三十年河东三十年河西。”这句话不难理解，它比喻世事变化，盛衰无常。30年前，上地是京郊一个无人知晓的小村庄，30年后，上地是一个声名远播的中国硅谷中一颗璀璨的明珠。30年前，这里只有农民农田和村庄，30年后，农民没有了，农田不见了，村庄消失了，百度、华为、用友、方正、联想在这里落户。如今的上地，是高新技术企业聚集发展的信息产业基地。在上地，用“三十年河东三十年河西”比喻再合适不过了。

“上地”与“上帝”的对话

说起“上帝”，很少有人不知道，说起“上地”，却很少有人知道。可这两个词同音不同字，所指代的一个是人名，一个是地名，一个是宇宙的创造者，一个是名不见经传的小村落。如今人们不再崇拜“上帝”，因为他们发现了自己心中的“上地”。

上水上风上地，当地人都这么说。上地是坐落在北京市海淀区北部的一块有灵性的土地，因地势高而得名。这里地处西山脚下，清水河畔，依山傍水，是一块地灵人杰的地方。毕竟是一个不为人知的村落，没有出过名人，没有留下历史，上地的先人们在这里繁衍生息。不知过了多少年，据说是到了晚清时期，这里便有了一个叫“上地”的村落，有了一批以农谋生的上地人。

上地属京郊农村，曾经来这里下乡的“知青”房宁，在他的回忆文章里这样写道：“准确地说，上地是我的第二故乡。我是 1976 年春天到上地插队落户的‘知识青年’，在上地这块‘广阔天地’生活了两年。如今我离开上地 30 多年了，但我从来没有忘记这片土地。第一次听到‘上地’这个名字有些不解，上地？是哪两个字呢？该不是‘上帝’吧？到了上地才知道，上地是高地的意思。”

关于“上地”村这个名字的起源，最权威的说法是村中的长老——百岁老人许善恒的解释了。据他说，上地村西北有一座“老爷庙”，也叫“五圣祠”，供的是火神、马神、土神、山神和关帝，听祖辈们说该庙建于清咸丰年间，距今有 150 多年了。当时村里有 32 户人家，为了祈福免灾，在族长的提议下，全村人共同出资修建了老爷庙，这是村里最早也是最古老的建筑了。庙建好了，要在庙里的石碑上刻上村名和捐资修葺人的名字，这是“功德”，也是用来传世的，刻村民的名字没有争议，可村名却有了争议。当时上地不是正式的村名，村民们也不愿意将“上地”作为村名刻上去，因为这个名字不好听。当时村东有个村子叫永泰庄，这名字起得不错，村里一个识文断字的私塾先生就改了一个字，叫永顺庄。大家一致通过，就这样，庄的名字有了，而且是正式“注册”的，可这个名字一直没叫开，直到今天，人们还是习惯叫“上地”。

1957年1月1日，北京农业大学成立国营农场，办场宗旨是把农场建设成为农大师生教学实验基地、农业生产的科技示范基地和良种繁育基地。上地紧邻农大，得天独厚，与农大正式签订了转场协议。于是，这里成了中国农业大学农场的作业站。上地有3 100亩[①]耕地，其中农田550亩，苗圃730亩，果树1 800亩，成为农大实验基地后，校方投资10万元建成了上地果、苗、田基本框架。后来经过上地人的艰苦创业，发展成为后来享誉京城的果园和苗圃。在这里的果园，北方生长的果树几乎都有，大半年都有水果吃，特别是村里的瓢梨，直供国宴，村里人自豪地说：“为这，咱村支书还上过周总理的国宴呢!”

1992年，国家科委和北京市要在上地村建高科技园区，土地被全部征用，上地人舍小家顾大家，怀着依依不舍的心情，告别美丽富饶的村庄、果园和苗圃，走进了新时代……

30年，对于历史是一个短短的瞬间，可对于上地这个小村落，却有着翻天覆地的变化。当年的茅屋呢？当年的果园呢？当年的桑田呢？当年的牛车呢？当年的瓢梨呢？……一切的一切都不复存在了，连那个上地村的名字也改成上地街道了。上地村没有了，上地村的人还在，上地村的这块故土还在。过去，上地穷，上地的年轻人努力“跳农门”到城里去打工；上地的姑娘一门心思想嫁到城里去，想以此改变命运。现在的上地是富庶之地，城里人倒流到上地来落户，城里的姑娘把自己择偶的目光投向上地。如今的上地，再也找不到当年的影子了，找不到那个慢时代的生活节奏了，找不到那个农耕时代的生活方式了。一切都变了：农舍小院变成高楼大厦了，农民变成城市居民了，田间小路变成高速公路了……

上地彻底变了，变得太彻底了，应当说，现在的上地和过去的上地是“彻底决裂”了！回到当年插过队的上地，再也看不到当年熟悉的景观了，甚至是当年的老屋或老牛；能看到的还有几位能见证上地的老人和留在他们头

① 1亩=666. 67平方米。

脑中那已经不甚清晰的记忆。

人，常常有点怪，拥有的东西常常不懂得珍惜，一旦失去了，又追悔莫及。我在想，我是该为上地的今天而自豪，还是为失去昨天的上地而懊丧呢？人世间的很多事何尝不是如此：小的大了，大的老了，老的没了。当年那个连名字也不为人知的小村落，现在已是举世闻名的北京信息产业基地。我为我的“第二故乡”感到骄傲！

1971年3月，上地村来了第一批“知青”，1972年第二批，接着是第三批、第四批、第五批……他们来的时候，十七八岁，风华正茂，他们把人生最宝贵的青春年华留给了上地，而他们通过这一特殊的经历，磨炼了自己，开阔了视野，从而认识了一个更加广阔的世界。在他们的心中，也牢牢地打上了“上地”的烙印。让我们看一组当年下乡知青留在心底的“名片”吧：

——在上地插队的那段日子，我终生难忘。

——上地是我成长的摇篮，是我心中甜蜜的回忆。

——上地上地我爱你，酸甜苦辣都有你，走入社会第一步，终生难忘牢记你。

——上地不是上帝，上地感动了上帝。上帝保佑了上地，上地的巨变震惊了上帝。上地与上帝同在，成功永远属于上地人。

许善垠，土生土长的上地人。初中毕业后回乡务农，20岁当上了生产队长，他脚踏实地，带领乡亲们努力改变家乡面貌，使上地村成了远近闻名的富裕村。一个历史的机遇，上地从农村变成街道，村民由农民变成市民，这翻天覆地的变化，许善垠是见证人，他和上地村民共同创造了经得起历史和实践检验的辉煌业绩。当村干部之初，他深知，要带领村民走上富裕道路，仅靠自己初中文化的底子是不够的，必须加强学习。在组织的安排下，他带队到日本研修一年，研修的范围是市场流通、果树栽培、畜牧养殖、蔬菜种植等项目，通过研修，增长了见识，开阔了视野，回国后利用所学的知识和先进的经营理念，开拓进取，承先启后，更上一层楼。在此基础上，他选择知识改变命运的必由之路，继续攻读中专、大专、研究生课程，利用和“农大”得天独厚的近邻和合作关系，虚心向农林专家学习和请教，与“农大”合作发明了免耕覆盖技术，提高了粮食产量，建起了新型养猪场，发展了集体经济，特别是1983年引进了中科院科理高技术公司，为上地发展高新技术奠定了良好的基础。1992年实创总公司成立，初期对安排村民尚存疑虑，他以超前的眼光和过人的胆识，用自筹资金成立经营公司、绿化队、门窗厂、科技公司，并建成了上地大厦，而后将这些单位合并成为经营服务公司，形成了自主经营、自负盈亏、自我约束、自我发展的全新经济模式，开创了经营服务公司多年无人下岗、经济不断发展壮大的大好局面。总公司看到经营公司的工作业绩，打消了对接收村民的顾虑，肯定了他的工作成绩，1995年聘其为总经理助理，2000年又将其提拔为实创总公司副总裁。他就是这样带领上地村民，通过一步一个脚印的努力奋斗和不断进取，逐步实现了上地村人由农民到高新技术产业员工的角色转换，也完成了自身的人生跨越。

1991年上半年，北京市政府批准，征用上地村土地建设北京市第一个高科技园区——上地信息产业园基地。1992年1月1日上地村撤村转镇，从那一天开始，上地村民从农业户口变成了北京市居民户口；从那天起，上地的村民从祖祖辈辈从事农业劳动转变成了上地信息产业基地的建设者和物业管理服务者；也是从那天起，上地村从农村开始了建设科技园区的伟大进程。

经过了20多年的开发建设，2.33平方千米的园区，300多万平方米的高大建筑拔地而起，目前园区已容纳2 000多家高新技术产业，学校、商厦、银行、公交、餐饮各项服务设施应有尽有，上地已成为国内高科技园区发展最快、效益最好、影响最大和知名度最高的园区之一，是展示北京市高新技术产业化的窗口，被誉为“中关村的明珠”。上地的发展还带动了周边地区的经济发展，影响力和知名度不断扩大，上地的名字已成为高新技术园区的代名词。

昔日上地村村民从思想、观念、文化、工作等方面完全融入上地信息产业基地建设和发展之中，已成为建设上地、服务上地的生力军。今天的上地人在居住条件、生活水平、经济收入等方面也发生了质的变化。正如一首诗里所写的：改革春风掀巨浪，天翻地覆慨而慷。九通一平环境好，钻石效益美名扬。发展科技先行官，与时俱进创辉煌。神奇上地聚瑞气，日新月异好风光。

黄土变黄金的神话

周末，自驾车去上地观光，从中关村出发往北，距离并不远，满打满算5公里①。进入上地地界最明显的标志要算“上地之门”了，彩虹状的拱形门上镶嵌着五个大字——“上地欢迎您”！好一个“上地之门”，这门里是一个怎样的世界？

我三十年前来过“上地”，那时的“上地”还没有公交车，我们的交通工具是自行车。那是一个秋高气爽的日子，离开喧嚣的闹市，骑自行车到京郊游览，是一件十分惬意的事情。

“上地”到了，和车水马龙的闹市相比，这里显得格外清静，没有楼房，没有工厂，没有汽车，一派田园风光。村子四周是农田和果园，这里五谷丰登、瓜果飘香。这里是城乡结合部，村里人进城方便，城里人也常来农家做客。

三十年后的今天，重游“上地”，留在我记忆里的景象全然不见了。那稻田呢？那果园呢？那农舍呢？那农家人特有的鸡舍、猪圈呢？呈现在我眼前的是：中关村发展大厦、方正大厦、百度、中关村创业大厦、北大生物城、IBM中国研究中心、联想公司、盈创动力、神州数码、数字传媒大厦、清华同方、南天公司、鲁能科技大厦、嘉华大厦、研华科技……我在“上地”的大街小巷里穿行，不知从什么时候开始，这些闻名于世的重量级企业来“上地”落户了。

上地信息产业基地，简称“实创总公司”。走进“实创总公司”，接待大厅里传来一首熟悉的歌：

1979年，那是一个春天
有一位老人在中国的南海边画了一个圈
神话般地崛起座座城
奇迹般地聚起座座金山

---

① 1公里=1 000米。

春雷啊唤醒了长城内外
春辉啊暖透了大江两岸
啊，中国；啊，中国
你迈开了气壮山河的新步伐
你迈开了气壮山河的新步伐
走进万象更新的春天……

这首耳熟能详的歌叫《春天的故事》，歌唱的是党的十一届三中全会后，中国迎来的改革开放的春天。

1992年，邓小平同志再次南行，再次发表南方谈话，这次划时代的行程，又一次揭开了中国改革开放的新篇章。上地实创总公司就是由此应运而生的。

走进“实创总公司”一楼大厅，大厅里有一块醒目的展板，展板的第一部分是“园区建设篇”：1991年10月，北京市第一个高新技术产业园区——上地信息产业基地破土动工。1992年，上地信息产业基地总发展商——北京实创高科技发展总公司以“一流的质量、一流的速度、一流的协作、一流的效益、一流的服务”——“五个一”的原则，在全国开始了第一家用市场行为，为企业以滚动开发运作模式建设科技园区的探索进行了创新和实践。二十多年来，上地信息产业基地不仅创造了进驻企业当年开工、当年投产的“上地速度”和“钻石效益”，而且成为国内高科技产业园区中发展最快、效益最好的园区之一，成为展示北京高新技术产业化的窗口。

1998年5月，上地基地被国家科委批准为国家火炬计划上地软件园。

2001年7月，上地信息产业基地通过了国际环境管理体系认证。

2005年5月，上地信息产业基地被信息产业部批准为首批国家电子信息产业园，即国家（北京）计算机及网络产品产业园。

林建新，实创经营服务公司的高管。林总介绍说，上地信息产业基地选址上地村，是历史的必然。上地是北京新技术产业开发试验区中的IT产业基地。早在1988年，100平方公里范围的试验区成立，历经三年，还停留在中关村电子一条街的商贸上，只有前店，没有后厂，实现不了产业化、规模化、国际化的发展目标，无法融入国际经济的大循环体系之中。鉴于此，1991年年初，国家科委和北京市委决定建立上地信息产业基地，它是我国第一家以电子信息产业为主导，集科研、开发、经营、培训和服务为一体的综合性高科技工业园区。

上地信息产业基地成立后，实创总公司应运而生。原实创总公司总经理潘守文寄语：“融大家智慧，创百姓福音。”原公司党委书记刘同生寄语：“知道了过去的事情，上地在我心中更加鲜活、完整、深刻。”

1991 年 10 月 12 日，国务委员、科委主任宋健同志参加基地的开工仪式，于是，商服中心举行奠基仪式，亚都大厦破土动工，信息大道开始修建……也就是从那天起，一个新的“上地”带着“上帝”的眷顾，带着历史的重托，以全新的面貌给世人讲述一个黄土变黄金的神话。

林总介绍说，实创总公司下属四个公司，第一个是实创科技园经营服务公司，是总公司旗下一家具有独立法人资格的全资子公司，是为基地提供能源供应、物业管理与服务、绿化经营管理与维护为一体的综合性服务的专业管理公司。下设社区服务站、东里物业、热力中心、维修站。公司始创于 1992 年，注册资金 2 531 万元。

第二个是实创上地科技有限公司，是北京市公安局海淀分局指定的网络报警中心。自 1999 年创立至今，始终致力于城市和科技园区智能化、信息化建设，专业从事楼宇自控、综合布线、监控报警、卫星电视等系统的集成和网络建设服务。下设上地报警中心、宽带网络中心。

第三个是实创房地产开发公司。公司成立以来，致力于投资开发中高档住宅、写字楼以及高档商用物业，与中国房地产业一同成长，先后投资建设了众多有规模、高品质的住宅项目及商用物业，并储备了大量的项目资源。公司成立以来，业绩赫然，已经成为标志性建筑的科实大厦、兰州现代城、左邻右舍是最有说服力的证明。

第四个是实创园林工程有限公司。该公司是集园林绿化景观设计与施工、园林绿地养护、山水景观设计施工与经营为一体的综合性园林企业。如果你到园林公司来，会看到温室大棚、节日盆栽、绿地和凉亭……基地开发建设破坏了自然生态和环境，聪明而智慧的人类又创造了比大自然更美的景观还给人类。如今来上地，能看到四季美景，春有花、夏有荫、秋有果、冬有雪。

林总 1993 年来上地，是上地实创总公司创建的见证人。如今二十五年了，这段艰辛而辉煌的经历在他心中留下了深深的印记。林总出生在江苏无锡，那是一个鱼米之乡，幼年随父母迁徙至白山黑水，在东北长大。北京大学研究生毕业，学的是美术专业，成为令人羡慕的佼佼学子。

说起和上地的缘分，林总说，在京读书期间，学校提倡勤工俭学，我们寒暑假不回家，到附近的农村和工厂去打工。上地距离我们学校不远，于是，我就选择在上地勤工俭学。那时勤工俭学挣钱不多，却让我们认识了一个校园外面的世界。当时，上地正在创建信息产业园基地，我敏锐地意识到，这里邻近中关村科技园，建信息产业园有得天独厚的优势，这里将会成为第二个中国硅谷。世界已经进入信息社会，高科技正在支撑和改变着这个社会。信息产业园是青年人理想的愿景，是一个朝气蓬勃的新兴产业。大学毕业后，我毫不犹豫地选择了上地，这是我奋斗、打拼、实现梦想的地方。

上地，我来了！当时的上地，以种水果为主，村子四周是苗圃，四季瓜果飘香，被人们称为“世外桃源”。

好一个世外桃源！这里没有工业，没有公路，没有楼宇，没有霓虹灯，和豪华的大都市相比，这里还是一个在都市屋檐下不被人认识的小村落。在都市早已进入工业文明的今天，这里依然保留着完好的农耕文化和文明。

上地独特的发展优势就是她地处京郊，距天安门广场 16 公里，距首都机场 25 公里，距中关村 5 公里，距北京火车站 17 公里，距北京西站 15 公里，距圆明园则是隔清河相望……这就是“上地”所处的位置优势。

上风上水上上地，站在上地举目南眺，是北京市的高校区：影响最大的是清华大学，建于 1911 年，当年叫清华学堂。1926 年，在村西南建成燕京大学。1953 年紧靠村南建立了中央体育学院，后改为北京体育学院，现在的北京体育大学。1956 年，北京农业大学迁至上地村的马连洼，上地成了学校农场的作业站。这就是上地的环境优势。

村东南大学连片，紫气东来；村西北，上风上水，得天独厚。远承地理风水之惠，近沐现代文明之风，上下承载，左右逢源，真可谓一块宝地也。

1986 年，北京市成立新技术开始试验区，“上地”被划归其中。1991 年，定名“上地信息产业基地”，从此声名远播。

开发“上地”这块宝地，还在于“上地”和有“中国硅谷”之称的中关村是近邻，在房地产飙升让人望而却步的当下，“上地”地租便宜，科理高公司独具慧眼，捷足先登，率先在上地创建了实创总公司。

稻花香里说丰年的佳话

“明月别枝惊鹊，清风半夜鸣蝉，稻花香里说丰年，听取蛙声一片。”这是宋代诗人辛弃疾的诗句。

在“上地”捏泥窝窝长大的张红梅，上中学的时候背过这首诗，背得是文字，不解其意，如今已近中年的她，再读这首诗，才觉得这首诗竟然是儿时的记忆。是诗、是画、是故事。

红梅陪我一起来上地采访，她是上地实创总公司下属一个部门的负责人，也是土生土长的上地人。她说，她爱她的家乡，也爱她的“实创”。交谈中，她说：“我家住上地，现在上地名声在外了，像中关村、颐和园、圆明园、清华园一样有名气了，可在三十年前，一次我从城里搭车回家，对司机说我家住上地，他瞪大眼睛、张大嘴巴像看外星人一样地看着我问：‘啥？上帝？别逗了你，干脆说你住天堂得了。’我认真地告诉他：‘您别不信啊，我家真住上地，中关村您知道吧，往北5公里就是了。’”

三十年，家乡的变化太大了，因为那浓得化不开的家乡情结，她常常一个人静静地坐在家门口，穿越时空，回到童年，回想儿时与小伙伴们在村里的泥土路上奔跑，在硕果累累的果园里采摘，在屋前屋后的胡同里藏猫猫，美美地吃着瓢梨、大久保，搬个马扎儿到院坝里看电影，还有那5分钱一根的冰棍儿，啧啧……

回忆总是那么美好。还记得，中华人民共和国成立40周年的那个夜晚，天安门广场要放礼花，那时，上地还没有通公交车，步行去看花行程太远，家长不让去。于是，我们搬来梯子，爬上屋顶，心中暗自庆幸，我家住的是上地啊，上地是名副其实啊！那时村里没有楼房，远处也没有遮挡物，东南方向一览无余。坐在房顶上看礼花该是多么兴奋啊！这种机会恐怕再也没有了。

红梅说，人有三个不能忘记：乡土、乡音、乡情。上地是我的家乡，留下我儿时的记忆。我现在见到瓢梨就要买，可怎么也吃不出当年的味道了。其实，也不是非要找出那个味儿不可，只是在找上地，心中的那个上地，这是一种情结——上地情结。

人的出生不能选择，人生的道路可以选择。张红梅出生在农村，她自幼聪颖，个头高，颜值高，学习好，是人见人夸的小姑娘。中考那年，她格外羡慕空姐，想在天上飞，于是填报了“空乘专业”。后来得知，“空乘专业”要的是“非农业户口”。回到家，看到自己的户口本上“农业”两个字，特别不是滋味，“跳出农门”成了她最大的心愿。她上高中那年，听大人们说中关村要向北发展，咱上地村要“农转非”了。嘿！儿时的心愿要实现了！

是的，在20世纪的九十年代初，人们谁也没有想到，“上帝”和“上地”的一次对话，“上地”真的成了人们心目中的“上帝”。

张红梅回忆说，我出生在农村，可我羡慕城里的姑娘，做梦都想成为城里人，像他们一样成为时代的宠儿，能在城里上班挣工资，不再像父辈们一样“面朝黄土背朝天，一辈子和土坷垃打交道”。可那个年代城乡差距很大，城乡界限分明，农民就是农民，市民就是市民，农民靠的是天、靠的是地，即我们常说的靠天吃饭，生活没有保证。市民靠的是国家、靠的是政府，生活无忧，就是退休也有劳保。多么不公平啊！出生没有选择，我们只能哀叹命运不济。这就是那个时代的国策，农民是终生的胎记。

1992年，邓小平同志南方谈话，像一股春风吹拂神州大地，科技产业如雨后春笋般争相破土，生机勃发。伴随着春天的呼唤，实创总公司应运而生，并作为开发建设者进入我的家乡、我的上地。

18岁的我“农转非”成了梦寐以求的城里人。也许是缘分，刚刚迈出校园大门的我，有幸被直接安排到上地信息产业基地办公室工作，上地信息产业基地当时是北京市第一个高新技术产业园区，属中关村科技园区第一发展组团。那年我18岁，是基地办年龄最小的一个。更为有幸的是，那天，我一迈进办公室的大门，就被墙上一幅巨大的挂图所吸引，近前一看，是上地信息产业基地发展规划图，我惊奇地感慨：太像一艘巨大的航母了！身边的领导笑着对我说：“是啊，上地信息产业基地的建设，就是要为高新技术产业搭建平台，你看，这一个个地段儿，像不像育儿箱？我们的责任和使命就是让进驻上地的企业在这里孕育、孵化、发展。”一路走来，我亲身经历了这艘大航母的破浪远航，看到越来越多的科技企业在这里孕育孵化，才更加喜欢基地和由基地诞生的“实创”。

“实创”在发展，“上地”在变化。2014 年，实创成立了国内首家虚拟现实技术垂直孵化器平台。孵化器里有许多小微企业，其中有一家做 VR 教育的小公司，创业之初只有三个人，对公司创办如何办手续一窍不通。我们及时伸出援助之手，为他们提供企业注册、办公场地、投资融资等全方位的服务。经过三年的发展，这个不为人知的小企业已融资上亿元，他们开发的虚拟现实教育产品，走进全国近 200 所学校，成为全国 VR 行业的龙头。

帮助企业发展是我们的职责，企业不论大小，我们一视同仁。“联想”大家并不陌生，如今做得风生水起，可在 1992 年它的规模并不是很大，可自打从中关村打入上地后，就和这片土地产生了神奇的化学反应，在这里创造了一个又一个奇迹：1993 年推出我国第一台 586 电脑，1994 年被评为全国优秀企业，2004 年完成了对 IBM 的收购……来上地 13 年，就取得了这么大的成就，成为世界 500 强企业。百度、华为、用友、北大方正、神州数码等闻名于世的重量级企业也都在这里再创辉煌。如今，上地已变成年产值 400 亿元，上缴国税 50 亿元，拥有近 2 000 多家高新技术企业聚集发展的信息产业基地，书写了一个“黄土变黄金”的神话故事。

采访手记：这儿就是我的家乡，这儿就是生我养我的地方，改革开放 40 年，上地还在，村没了，她已从“稻花香里说丰年”的农村变成了交通便利、配套设施完善的高科技园区。作为“上地”的女儿，我由衷地自豪，我相信我眼中的这艘巨型航母，一定会乘风破浪走得更远、更远……

京辉追梦　气贯长虹

——记北京环宇京辉京城气体科技有限公司总经理孙国春

余义林

孙国春

孙国春这个名字，或许很多人都不知道。但是，若在北京乃至全国的气体行业里提起他，那可是大名鼎鼎。孙国春担任总经理的北京环宇京辉京城气体科技有限公司，不仅在奥运会、APEC 会议、“9 · 3”阅兵、一带一路峰会以及历届全国人大、两会期间，为北京市各大企业提供优质保障服务，现在更是以每年 1 200 万立方米的产能和 5 亿元的市值，成为北京市最大的气体生产厂家。

是他，在短短 30 年里率领京辉气体走过了从无到有、从小到大的光辉历程。

是他，让京辉气体从一个小作坊，发展到拥有每小时 800 立方米天然气制氢装置、每小时 500 立方米水电解制氢装置、每小时 100 立方米超纯氢气提纯装置及每小时 100 立方米一氧化碳生产装置等设备的大型企业，在业内获得了不可小觑的地位。其中超纯氢气提纯装置和一氧化碳生产装置均为国内首套大型量产设备，产品质量国际一流。

是他，领导了京辉气体超纯氢提纯设备、高纯一氧化碳制取设备、氧化亚氮制取设备的研发，不仅在国内属于首创，投产后更是打破了国外产品垄断国内市场的局面。

是他，创建了京辉 136 辆危化品运输的庞大车队，运力辐射全国各省市地区，成为我国北方最大的危化品运输车队。

是他，不断扩大京辉气体的生产能力和范围，进行了超纯氦、超纯氮、超纯氩等电子级气体产品的研发。由于有效服务于各行各业众多机构，京辉已成为国家各领域科技进步的后勤气体保障企业。

是他，为公司的发展布局谋略，联手中科院，开建二期项目，计划 A 股上市，为京辉气体的远景打造着一个更加明媚的春天……

解读这样的一位总经理，无疑是令人期待的。

时代浪潮裹挟　懵懂少年下海

在北京市房山区的东南端，有一个古老的镇子叫琉璃河。琉璃河东部与北京市大兴区交界，南部与河北省涿州市接壤，是名副其实的“首都南大门”。而全镇 108 平方公里的面积，不仅让这个镇子在房山区面积最大，也让它在历史上就成为封地重镇，留下了北京历史与文化最早的痕迹。那里有距今 3 049 年的西周燕都遗址，曾发现过北京历史上最大的青铜器堇鼎和伯矩鬲，深受考古学家的钟爱。琉璃河最让人们艳羡的，还是它丰沛的水源。大石河、小清河、永定河等大小河流都从琉璃河流过，琉璃河也因此被称为“北京之源”。

有水的地方，风景就灵动。风景秀丽的琉璃河，是孙国春的家乡。

1963 年的夏季，琉璃河镇东边的窑上乡，一个普普通通农民的家里，诞生了一个男孩。在他之前，家里已经有了一个哥哥一个姐姐，而在他之后，又有了两个妹妹。所以孙家也算人丁兴旺。但是在 20 世纪 60 年代，孩子多也没有多少“红利”，在所有靠挣工分来养家糊口的农民家庭里，家长对男孩的期望，就是盼着孩子快点长大，挑起生活的重担。

孙国春就在这样的期望中成长着。也正是父母的这种期望，让孙国春从小就懂得吃苦，也不怕吃苦。

上中学的时候，学校离家五公里，孙国春每天都步行来回。那时候也没有像样的路，基本就是土路，上学的路上真可谓是风尘仆仆。现在的孩子，上下学都要有人接，稍微远一点的还要有车接，很少有孩子自己走路。但在孙国春那个年代，孩子们要自己走路上学，而且多远都得走，都得自己走，没有家长接送。国春的小学是在村里读的，但村里是没有中学的，待到读高中时，他就要到窑上乡去读书。每天，国春要走过田野，踏着石子，穿过树林，用双脚把几千米的路程来回丈量两遍，而且无论刮风下雨，寒暑轮回，夏天顶着烈日，冬天戴着星月……十四五岁的孩子，就这样打上了吃苦耐劳的底色。

他说：“学校没有午饭。家里也生活困难，没有吃的，我就带着一个贴饼子，每天的午饭就是它。”

可能南方人都不知道什么是贴饼子，那是北方最普通的吃食。玉米面，用水搅和成半糊状，当然也只能是半糊状，因为玉米面是粗粮，黏合性很差，放水少了就团不成团，散了。然后把大铁锅烧热之后，用手抓出一块面拍成饼状，贴在铁锅壁上，等待烤熟——这就是贴饼子。北方的农村，家家都有灶，灶上砌的都是大铁锅，下面烧柴，锅可以烧得很热，凉凉的玉米面饼子一贴就贴上了，所以贴饼子是当时最普通、最常见的食物。烤熟的贴饼子挺厚的，有一厘米到两厘米厚，巴掌大小，一般上面还会有三个手指印，口感非常粗粝，当然也非常禁饿，因为不好消化，所以至少能保持一个下午的饱腹感。上高中的孙国春，每天中午就是靠着这样的一个饼子，维持着生命的基本需要。

“学校没有食堂吗？”

“没有，能够有个桌椅板凳坐着念书就已经很不错了。”

“家里不给带点菜，哪怕咸菜什么的？”

“也没有。咸菜也买不起，饼子也只能带一个。我每天上学前先得把饼子装好，一天的饭就靠它了……”

对于我的提问，孙总回答得又快又肯定，可见他对这段生活印象太深。

孙总说，他到现在都不想吃玉米面饼子，完全是那时候吃“伤”了。琉璃河的美丽风光，其实并没有给孙国春带来轻松的童年。相反，他小小年纪就懂得了生活的不易。高中毕业，孙国春就决定回家“挣工分”，担起了家庭生活的担子。

窑上乡紧邻永定河，水源丰富，孙国春就利用这个资源学习养鱼。养鱼两年后，算是有了一点积蓄。1983 年他又开办了饮料厂，一年后又办了油毡厂。他不怕苦，也不怕累，正应着“天道酬勤”这句话，他所有付出都有了收获。连他自己都没有想到，年轻轻的就这么顺利地掘到了人生的“第一桶金”。

20 世纪 80 年代中期，孙总不过二十多岁。少年的青涩还没有褪去，却已光荣地成为全乡“首富”。当时在整个窑上乡，办厂成功的就他一家。虽然说是改革开放的潮流给这位青年带来了想法，但下海初战告捷，也说明了他的魄力。然而，孙国春毕竟是新时代的年轻人，他不同于小富即安的父辈。他的“心”很大。趁着当时他的经济效益好，他决定乘胜转场，离开琉璃河，向城里发展。

六个农民创业　气体之舟启航

在采访孙总之前，我曾经读到了一份材料，是孙总参加某个征文的稿件，题目是“改革创新——新时代京辉的主旋律”。稿子不长，却大致介绍了京辉气体的发展历程。在开头的部分里，孙总这样写道：

“早在三十年前，正值国家改革开放的第一个十年，我和 5 个大钟寺村的农民，放下手中的锄头，租了不到 200 平方米的 6 间小平房，办起了京城生产生活资料供应站，也就是京辉气体的前身。当时，我们就靠给当地居民换液化气罐过活。由于大钟寺市场的发展需要，我们开始给水产批发市场的商户们配送氧气，第一次接触到了工业气体。那时候，我们是从别的气站拉气，气源不稳定，利润也低，于是就萌生了自己做气站的想法。在 1998 年我们搬迁到了树村工业区，立起了两个气体储罐，成了气体供应商。有了自己的储存装置，可以自主分装氧气、氮气、氩气、二氧化碳等多种气体，不光气源稳定了，成本也大大降低了，我们的生意也就越做越好。”

这段话的概括性非常强，也真实地描绘了孙总气体事业的发端。但人们可能会有个疑问，一个来自房山琉璃河的青年，怎么变成海淀区大钟寺的农民了呢？

这里面有个挺有意思的小故事。

孙总离开家乡之后，在大钟寺的街面上租了店铺。当时的大钟寺是北京比较热闹的商业区，有挺大的综合市场，每天都人来人往。孙总最初还是以经营油毡、沥青、油漆、稀料之类的建材为主，因为从这里向全国发货，比在房山方便多了。但时间一长他就发现，原来市场上真正紧俏的是气，周围百姓商家需要换煤气，大钟寺市场的水产柜台需要氧气，不断扩大的店面需要气……孙国春多聪明啊，他立即嗅出了市场的气息。于是他开始行动，寻找气源，买来大罐的气体分装，弥补市场的需求。但即使这样，气体也依然供不应求，他的生意也越发火爆。当时，整个大钟寺市场就只有他一个做气体的，东升乡大钟寺村的领导，便注意到了这个青年。既干得风风火火，人又勤奋踏实，这样的好老板为什么不“纳贤”呢？别说，东升乡大钟寺村的领导在这一点上，还真是慧眼识珠。他们邀请孙国春加入“东升乡籍”，当然前提是把他的企业变成大钟寺的企业，把他的户口从房山县（当时还不是房山区）迁到海淀区，正式成为东升乡大钟寺人。

他们这样“游说”孙国春：“你有孩子，海淀有很多好学校，将来孩子上学就有保证了，这里还有清华北大，是北京教育资源最集中的地方。你在大钟寺办企业，就是海淀区的人才，家里人都可以迁过来。”

就算在30年前，这样的条件也还是很有诱惑力的。尽管那时候海淀区还不像今天这样富有、这样辉煌。但是，无论如何这里都比孙国春的家乡要先进、要贴近时代得多。况且，领导的话也说到了他的心里。将来确实有一个孩子读书学习的问题，如果真能落户海淀，等于解决了孩子的人生大事，何乐而不为呢？若放到现在，这几乎就是不可能有的“天上掉馅饼”的好事。孙国春几乎没怎么考虑就同意了领导们的意见，就这样成了海淀区的公民。

即使现在，孙总在提起这件事的时候还有几分自豪：当时能全家都迁到海淀区入了户口的，就我一个。

于是一切都顺理成章。落户到东升乡大钟寺村的孙国春，带领着村民韩金芳、郭金燕、王富荣、李寿雨、张宝文，加上他自己，一共六位农民，挂起了“京城生产生活资料供应站”的牌子，他当总经理。“供应站”实际上就是一间气站，也是他第一个以经营气体为主的公司。这就是他在上面稿子中谈到的，他从这时候才开始“第一次接触到工业气体”，当然也标志着他的气体生涯从此启航。

“供应站”刚开始的做法，也是从别的气站拉气，看到用气的企业这么多，孙总就想做一个自己的气站。赶巧有个机会：在颐和园的北边有个树村，1998 年的时候该村开办了工业区，孙国春带着几位农民到那里租了块地，竖起了两个大炮弹似的气体储罐，正儿八经地成了气体供应商。

有了自己的储存装置就好办多了，再不用急三火四地去找气源，而是可以根据客户的需求自主分装。这时候，孙总也不再是只有老三样的气体供应商了，原先没有的氢气、氧气、氮气、氩气、二氧化碳等多种气体，逐渐进入了他们经营的行列。

气源稳定了，生意做好了，收入也很可观。换作一般人，可能会松一口气，气定神闲地享受胜利果实了。但是，孙国春不是一般人。他抓紧事业稳定发展的时机，深造学习，把自己锤炼得更加优秀。首先，他选择了东升技校，利用业余时间在那里读了三年中专，认真弥补他学历不足的“短板”。“短板”这个词，是孙总自己说的。他自认为自己没有从高中直接考大学，便留下了遗憾，这遗憾始终搁在他的心里。这种感觉，是每一个曾经认真读书且想认真读书而不得的人的共同感受。东升乡的领导很理解这种感受。孙总从东升技校刚毕业，东升乡就把他作为青年干部的苗子，推荐到海淀党校继续读大专，他用了三年时间学了工商管理专业。之后，他又在中共北京市委党校经济专业学习四年，经济管理专业本科毕业，获得了高级经济师的职称。

2001 年，这位品学兼优的“好学生”，光荣地加入了中国共产党，成为中华民族先锋队中的一员。

三次搬迁转型　三个发展台阶

2003年，树村拆迁。

树村的地理环境很好，离城里不远，交通也很方便，孙国春在那里做得顺风顺水。一纸拆迁通知下来，厂里很多人都想不通，做得好好的，怎么要拆呢？

其实，孙国春很清楚，这次拆迁是为了改善首都的交通状况，以便迎接2008年的奥运会。按说，搬来树村就是看中了它的位置：紧挨着五环路，东边不远是体育大学，南边是圆明园，离城里不近不远，是一块难得的“宝地”。但举办奥运会是国家的大事，是向全世界展示中国形象、中国风采的大事，到时候会有200多个国家和地区的300多场赛事在北京举行。来的运动员和相关人员也要达到6万多人，这次奥运会可能是历史上参加人数最多的一次。而且，这届奥运会是国家争取了很多年才拿下的，申奥成功的时候可是举国欢庆。孙国春还记得，那天有几十万人走上天安门广场狂欢，大家那个高兴呀，真是扬眉吐气！那么，为了迎接奥运，也为了办好奥运，咱们受点儿损失怕什么呢？咱就是要有这个觉悟！在孙总的带领下，他的工人们也很快想通了，大家齐心协力，把整个公司迁到了昌平七里渠。

但恰恰是这次搬迁，让孙总的事业上了一个新的台阶。

七里渠在树村的正北方向，但已经不属于海淀区，而属于昌平区。孙总在七里渠的工业园里租了30亩地后，就把新的厂子安在了那里。当时，正值国家“十五”计划出台，国家提出要大力发展实业，提高供给和服务能力。孙总带着一班人，投资建设了第一套水电解制氢设备，真正成为气体生产厂家。水电解制氢，其实是一种较为方便的制取氢气的方法，它所需要的原料仅仅为水和电。把直流电通入放满水的电解槽，水分子会在电极上发生电化学反应，分解为一份氢气和二分之一份氧气，电解池的阴极产生氢气，阳极产生氧气。氢气和氧气分别进入氢气和氧气分离器，水分离后，再进入干燥器除湿，经稳压阀、调节阀调整后就可以输出了。孙总他们投资了这套设备以后，终于做到了从“倒气”的变成了“产气”的，让企业的发展走上了快车道。

2005年正是迎接奥运的高峰期，北京的变化可以说是日新月异。有的地方几天不去，就完全变了样，很多老市民都感觉不认识新北京了。全市的各个行业都在发展，人民的生活水平也不断提高，对于各种气体的需求也日益增长。这时候，孙总的“京城生产生活资料供应站”，已经更名为“北京龙辉气体有限公司”，由于他们生产的氢气纯度高、杂质含量少，龙辉的名气也越来越大，其用户覆盖了各行各业：冶金、化工、建材、电力、油脂加工、宇航以及军工，尤其是对氢气品质要求高的行业，如很多电子和光纤企业等，更是成了龙辉稳定的生意伙伴。

孙总说，从2005年开始，我们的企业才进入了大发展的时期。生产的气体品种也越来越多，从原来的几个发展到了几十个。截止到2012年，龙辉用了8年的时间，让资产翻了4.6倍。连续三年，龙辉被评为东升乡优秀企业，而不仅在海淀区，在昌平区也是“挂了号”的优秀企业。在2008年奥运会开幕前夕，北京市领导曾到企业来视察，更是对龙辉给予了高度评价，点名表扬龙辉“从来没有见过这么好的民营企业”。当时领导来昌平视察的企业只有两家，龙辉很光荣地占了一个名额。可见当时企业的美誉度和影响力。而政府的肯定，更是增加了龙辉的信誉，让龙辉的事业连传佳讯。刚刚进入21世纪，龙辉的纳税额就达到了两三百万元，在当年的七里渠成了响当当的纳税大户。

但是，天有不测风云。2011年，中关村科技园发展势头迅猛，其中昌平园的建设涉及了龙辉所在的七里渠工业园区。又因为气体生产属于危险品生产行业，而七里渠是一个普通的工业园区，按照国家相关规定，龙辉气体必须从园区中迁出。

这一消息又让龙辉内部掀起了轩然大波。

当时有两种意见，简单概括就是“主散派”和“主办派”。“主散派”的意见，是主张把厂子关了，拆迁款分掉，各自去过各自的日子。但也有很多人是“主办派”，“主办派”主张绝不散伙，马上寻找新的合规场地，继续把企业办下去。经过了激烈的讨论，“主办派”取得了胜利，大家决定换地方，把企业办下去。

孙国春是坚定的“主办派”。那时他刚过不惑之年，当然不甘心就此收手不做。关键是他在气体行业做了这么多年，深深感到科技越是发展，对气体的需求就越大，这个行业的未来发展就越有空间。国家鼓励科技创新，作为一个新时代的高科技企业，应该加大投资，继续跟着时代的脚步向前发展。他动情地对大家说：“我们不能放弃。当初我们响应国家号召，办起了京辉气站，挣到了钱。现在国家鼓励科技创新，我们应该把眼光放长远点，抓住机会，转型升级，把企业做大做强！”

“行！您说得对，我们就听您的！”厂里很多人都这样回答孙国春。

不用说，孙总当时就是企业里的“灵魂”。别看他平时话不多，但一说话就落地有音，见识更是技高一筹。所以，整个企业的人都被他感染，决心跟着他跨过眼前的障碍，把阻力变成动力。其实，主张继续办厂的人心里都有杆秤，那就是他们相信他们的主心骨孙国春。从孙国春加入“海淀籍”开始，风风雨雨已经二十多年了，他不仅带领大伙儿走到今天，而且还把企业越做越大，眼见着发展前景也越来越好，所以：只要他干，我们就跟！

可问题也跟着来了，企业要建新厂，购买新设备，选址、资金等问题怎么解决？虽然这些年积累了一定的家底，但对于要转型升级、重新出发的龙辉来说，不啻杯水车薪。孙总和班子的成员苦想对策，最终想到了借鉴股份制合作社的做法，发动员工和广大的大钟寺村民成为公司股东，共同建设新厂。孙总带头拿出了全部的积蓄，又组织宣传小组，多次向大家宣传公司未来的前景，坚定大家的信念。员工们也都选择了信任班子，纷纷入股投资。有的拿出了拆迁补偿款，有的直接就把工资存折交了，当时的办公室主任陈勇，愣是把家里房子卖了，自己租房住，也给公司凑上这笔钱。就这样，100多人拧成了一股绳，龙辉也脱开旧制的束缚，成了一家真正的股份制有限公司，并且更名为现在的“北京环宇京辉京城气体科技有限公司”。至此，龙辉完成了华丽转身。

要说孙总带出来的队伍，也真是够过硬的。譬如搬家，上级指示是三天之内必须搬完，所有的办公设施、几万只钢瓶、所有储罐……短短三天搬完，几乎是不可能完成的任务。孙国春带头冲在一线，各部门副总带领全体职工，在零下十多度的严寒中不分昼夜连续奋战了56个小时，提前16个小时全部完成。两天多的时间里，所有人都没一次睡过 4 个小时，只要运输车一来，马上精神抖擞地装车。没人抱怨，也没人叫苦，有的是更加团结和相互关照。运输部门的马京凯，接连工作了十七八个小时，人们想替他，让他休息一下，但马京凯说："没事，装车是个体力活，也是个技术活，你们不太熟，还是我来装吧，你们别砸着脚。你们给我推瓶就行了，咱们一起来。我没事，我还能坚持。"这就是孙国春带出的队伍，这就是京辉气体不断发展壮大的保证。

而孙国春揣着大家凑出来的血汗钱，又是激动，又是沉重。激动的是大家对自己是如此的支持和信赖，沉重的是大家把身家都压在了自己身上，这份担子可是不轻啊！当时他就在心里暗暗发誓：就是拼上全部身家，也一定得把这事干成！

2012 年，对孙国春来说真是特别"折腾"的一年。上半年是狂奔型的：他和班子成员在乡镇领导的帮助下，跑了很多地方给新厂选址，因为是气体行业，地址肯定不能在城里，只能往偏远的地方去。经过多方走访、考察，他居然又回到了老家房山。在房山区政府的大力支持和帮扶下，京辉拿到了 26.8 亩可以从事危险化学品生产的工业土地。在政策的支持下，京辉还非常幸运地获得了北京市最后一张危险化学品生产经营许可证。下半年，孙总他们又进入了劳作型：新拿的土地基本上就是荒山野岭，四周光秃秃的什么也没有，在这样的地方建厂得先从开荒做起，相当于又一次白手起家。8 月 18 日，京辉气体一期项目终于正式破土动工。机器轰鸣，尘土飞扬，孙总带着几十位弟兄披挂上阵，沉睡了数千年的荒凉的群山，终于被京辉气体的地夯砸醒了。

转眼到了 2013 年。工厂是盖起来了，但新设备的调试使用问题又摆在了眼前。当时制氢、制氧，都有了不少新工艺，要想保持产量和安全性，新设备无疑有着更多的可靠性和先进性。但是没人懂啊！孙总对各种复杂的参数也研究不透，新设备有着新的技术、工艺和流程，一切的一切都显得十分陌生。为了掌握这套设备，京辉负责生产运行的副总闫东雷，带领着学习组来到河南濮阳学习制氢技术和管理模式。这位闫总也是个狠角色，他愣是每天顶着四十多摄氏度的高温和同事们仔细研究工艺的每一个流程，熟悉每一个细节。白天学习技术，晚上总结经验。新设备设计的几个重要环节，比如天然气工艺、脱盐水工艺、蒸汽工艺等，都是比较复杂的工艺流程，闫总他们仅用了1个月就学会并熟练掌握了。在采访孙总的时候，我见到了闫东雷，一个个子不高但特别精神的小伙子，快人快语，眼睛里透着朴实和睿智。要说是他在那么短的时间里就学会了新设备的技术，我信。

2013年8月8日，这是京辉气体值得纪念的日子。这一天，坐落在燕山脚下公司新区的每小时800立方米天然气制氢设备首次试车成功。京辉气体从搬迁到厂区建设再到正式投产，仅用了不到一年的时间，创造了一个同行业内建厂生产的奇迹。大家激动地抱在一起，大声地喊道："我们成功了！我们真的成功了！没辜负股东们的期望!"阳光下，几十个辛苦奋斗的汉子欢呼跳跃，晶莹的泪水和辛勤汗水都在他们的脸上闪烁，发出七彩的光芒。

这光芒意味着京辉气体彻底的重生。

收拾金瓯一片　踏上新的征程

2018年初秋，我在京辉气体的办公楼里见到了孙总。

在北京市内采访，这属于比较远的距离——从出发到到达，居然有七十多公里。但一下G5高速没多远，看见了京辉漂亮的橘黄色与灰色相间的大楼以及高高矗立的储气罐时，我就觉得这次采访来对了。

孙国春中等身材，结实魁梧，目光坚定，脸上带着自信的微笑——几乎是一个成功者的标配。他的办公室宽大洁净，纤尘不染，也非常安静，完全不像是在一般的工厂区。对了，京辉本来就不是一般的工厂，它是高新技术产业的宠儿。

可以确定地说，此刻的京辉气体已完全是一个规范的大公司的气派。抑或也可以说，是抓住了在房山"重整旗鼓"的机会，孙总带领着企业进行了彻底的变革。2013—2018年，京辉气体在产品、运输、安全、创新、管理、企业文化等方面都完成了完美的蜕变，今非昔比。

首先是产品质量得到了大大提升。就需求比较大的氢气而言，其在石油化工、电子工业、冶金工业、食品加工、浮法玻璃、精细有机合成、航空航天等方面应用非常广泛，尤其在航天、电子、医疗等领域需求很大，要求也越来越高。过去我们的氢气生产，特别是高纯度的氢气一般都依赖进口，而京辉生产的氢气，在启用新的设备和新的技术后，把氢气的纯度从99.99%提高到99.999 9%，到目前更是达到了99.999 99%的最高纯度，为国家的氢气生产树起了一面旗帜。作为一家民企，其高端的合作伙伴更是连年加大份额，大大提高了京辉气体的知名度和美誉度。

北京航天城，是世界三大航天员中心之一。不仅中国航天员的科研训练中心在这里，中国空间技术研究院、北京航天飞行控制中心也在这里，负责中国航天事业的学科建设、人才培养及实验室体系建设的三大任务，可谓国家航天航空的最高端基地。而这里的中国空间技术研究院，从2005年起，就开始使用京辉生产的液氧等气体，是京辉的常年用户。仅2017年一年，航天城的采购额就达到了1 200万元。加之旗下的航天101所和508所等单位，去年京辉气体在航天系统的销售额近2 000万元。

京东方科技集团股份有限公司（BOE）也是京辉气体的老客户。京东方是以生产半导体起家的公司，后来的发展涉及了显示和传感器件、智慧系统、健康服务等领域。京东方的显示器件产品广泛应用于手机、平板电脑、笔记本电脑、显示器、电视、车载、可穿戴设备等，是近年来国内高科技行业迅速崛起的大公司之一。据说京东方2017年一年的新增专利就有8 678件，其中发明专利超85%，使用量超过6万件。在半导体领域，它是全球第二大创新公司，而它的液晶显示屏出货数量，更是占到了全球市场的25%。2018年上半年，京东方（BOE）智能手机液晶显示屏、平板电脑显示屏、笔记本电脑显示屏、显示器显示屏、电视显示屏出货量均位列全球第一。而气体，则是显示屏制造的关键材料。各种显示屏制造过程中都需要使用气体参与制造各个步骤中的沉积、刻蚀、清洁和掺杂等工艺。因此，高纯度的氢、氧、氮、氦等气体，都是显示屏生产的必需品。这也就不难理解，为什么京东方能成为京辉气体用气量最大的客户。而且不仅仅是因为京东方制造的体量巨大，也是因为京辉可以向他们提供高质量电子级的氢、氧、氮、氦等气体，能够达到他们的要求，保证其产品质量。2017年，京辉气体和京东方的各种气体交易额已达3 500万元，这从一个侧面说明了京辉气体的可靠性和过硬的质量。

此外，国内许多知名的集团公司，如中煤集团、神华集团、大唐集团、京能集团、新疆庆华能源、北京凯德石英玻璃股份有限公司等，都是京辉气体的常年生意伙伴，而高科技公司以及科研单位更是气体需方，北京亿华通讯科技股份有限公司、北京石油化工研究院、北京石油科学研究院等，都已经成为京辉气体的稳定客户，其中有的公司已经保持了几十年的良好关系。尤其是京辉迁到房山后，开拓了新的基地，研发了新的技术，使得京辉气体在质量、数量上都获得了极大提高。

孙总虽然不是那种特别健谈的人，但说起整个企业的现状也是流畅自如，如数家珍。很简单，这都是他亲身经历的事情，而几十年的历练也让他对整个行业认识清楚，句句话都说得掷地有声。况且，目前京辉气体是北京最大的气体生产商，其产品覆盖全国，还远销欧美、东南亚以及非洲等地，这让他说话更有底气。

然而，最令人称道以及最值得大书一笔的，我以为应该是京辉气体研发的“大数据平台”——京辉气体科技数据平台。这个平台大大提升了我国危险品的管理水平和安全系数，在业内属于首创。

“这是我们自主研发的系统。在危险品生产行业中，这是改革创新的一个成果。”孙总有几分自豪地说。

京辉气体科技数据平台与北京市危险化学品集中管理平台对接，是由北京市安监局牵头建设的北京市危险化学品唯一的供应体系平台。它的目的是把危险化学品“集中销售、专门储存、统一配送”，在源头上杜绝安全隐患。在平台的7个大功能模块和17个小模块中，可以便捷地完成对危险化学品各类产品从订单、生产、检验、出入库、配送、统计、分析、业务管理、业务操作等全方位、多角度的掌控和追溯。这个系统的创新之处在于，引入了条码、二维码中间介质，移动PDA终端的手持操作以及Android终端的系统开发等企业内部监管所需的B/S建构条码化管理，做到了每个钢瓶都有自己专属的二维码，在作业动作的同时产生并采集数据，时效性极强且准确（完全不同于以往的事后录入型系统）。平台采用了集中管控、多种应用终端独立操作的系统建设模式，让每一只钢瓶都来有源头、去有归处、一目了然。此系统上线后，有更多企业享受到了减少管理成本、提高工作效率、保障安全管理之效益。

应该说，京辉的大数据平台是一个科技创新。事实上，它是建立起了一座危险化学品集中管理数据资源库，而且非常清晰、非常精准。毋庸讳言，我国的危险品管理，包括气瓶信息化的程度是偏低的，企业的“信息孤岛”导致气站和质监局、气站和检验单位、质监局和检验单位、气站和气瓶制造厂家以及气站和用户之间的信息不兼容、无流转、难共享。质量技术监督部门由于缺乏有效的信息化监管手段的支持，难以实现对气瓶从微观个体状态稽查到宏观整体情况掌控的管理。同时，气瓶用户更是无从了解气瓶检验登记情况以及气瓶状态信息，更加剧了气瓶安全隐患的潜在威胁。有一个数据记载，我国 2010 年 1—6 月的各类气瓶（包括压力容器）发生的较大事故有 12 起，造成 5 人死亡，几十人受伤。气瓶信息化水平低、管理不到位是造成事故多发的主要原因。从这个角度看，京辉的大数据平台真是做了一件大好事，是一个了不起的科技创新，它的清楚、透明和信息共享，把很多事故消灭在萌芽状态。仅此一项，就值得大力推广。

京辉的企业文化是：以安全为红线、以人为核心。对于一个生产危险品的行业来说，这种文化始终运行在孙总的心里，扎根房山之后更是十分明确地成为京辉的企业原则。“安全”，就是一条红线，必须落实到每一个人、每一个钢瓶、每一项操作上，任何时候、任何情况下都必须谨小慎微，不能触碰。孙总经营危险品几十年，竟然连一次事故，哪怕是一次小小的事故都没有发生过。在安全生产上，他是常胜将军。安全生产，其实就是京辉的“企业之魂”，做到这一点殊为不易。用一句俗话讲，孙总几乎做到了“常在河边走，就是不湿鞋”。这一点真是太让人敬佩了；而且他不仅自己不“湿鞋”，还得去打捞那些“湿鞋”的人。处理危险品事故现场，参与社会救援，孙总几乎是北京市的第一人选。譬如 2017 年 12 月 8 日凌晨海淀区白家疃的火灾，北京市安监局就通知孙总协助救援，因为这是一起 LNG 储罐着火事故，因为操作不当引发起火，情况十分危急。孙国春立即组织公司内部的应急救援队奔赴抢险现场，利用他的专业知识指导灭火，避免了更重大的损失。危险品的救援，确实需要专业知识，不是光靠勇敢和死拼就能奏效的。这方面的惨痛教训，太多了……

而坚守着“安全”的红线，坚持以人为本，恰恰是京辉腾飞的重要一翼。

我正想聆听更多的动人故事呢，孙总话锋一转，直接说到了京辉的二期建设上。任何一个成功的人都有这个特点：他们关注当下，但心里永远有未来。

孙总抬起手，往窗外一指——在灿烂的阳光下，有一片刚刚在开垦的土地：

“这块地是86.6亩，这是我们的二期工程。包含每小时6 000立方米全液化空分装置、天然气发电装置、国家级的气体试验室等。建成后，京辉将成为综合性气体生产基地。每小时6 000立方米全液化空分项目投产后，生产的系列超纯气体，将打破国内超纯气体市场被国外厂商垄断的局面，实现超纯气体国产化。到时候，在航天、电子、医疗等领域，会有更多人用上我们自己生产的高纯氢。质量好，价格还便宜……”

他打开了一张二期工程的效果图，开始认真地给我讲解，哪一座楼是做科研的，哪一座是做培训的，哪里是他们的工作区域。构架很合理，远景很迷人。

就在本文写作的时候，2018年9月11日，京辉二期工程之一的每小时6 000立方米全液化空分装置破土动工，孙总也参加了开工典礼。典礼现场的红色横幅下，一片白色的建筑和两个巨大的气罐，以鸟瞰图的形式在电子屏上矗立着，让人看得心潮澎湃，热血沸腾，掌声和鞭炮声阵阵回响在蓝天下。

唯独孙总，眼睛望着远方，表情平静，若有所思。

他是在回忆过去？从一个普通的青年，走到了今天的领导岗位，确实有太多值得回忆的亮点：2007年他就被评为海淀区科技创新标兵，2009年又被评为北京市中华人民共和国成立60周年庆祝活动安全生产保障工作先进个人，2010年和2011年，都获得了东升镇①的优秀经营管理者荣誉，2012年还被东升镇评为创先争优优秀共产党员和十八大服务保障工作先进个人。回到房山不久，他又成为房山区人大代表和燕山地区党风廉政建设监督员。作为一位民营企业的带头人，他风雨无阻一路走来，无疑已成为这个队伍中优秀

---

① 2011年，东升乡改名为东升镇。

的代表……

或许，他是在向往将来？他把京辉的将来已描绘出一张宏伟的蓝图，确实有太多的大事要做。在已经成为北京市城市功能保障型企业的时候，他不仅要担当更多的重任，为各大功能型企业提供气体保障服务，还要和清华大学氢能汽车项目团队合作，筹划在北京、张家口等地建立多座加氢站。他还接受了保障2022冬奥会清洁能源的任务，将继续为打赢一场蓝天保卫战而努力。可以想象届时的光彩！可以笃定地说：“京辉的将来，发展空间巨大，前途无可限量……”

当然，此刻孙总或许什么都没想，只是一如既往地含蓄低调、姿态自然。但无论如何，一个企业的领头人，他的所思所想决定着企业的风格，而他性格中的光芒，也会折射在企业文化里。孙总这样起身于底层，渐渐历练出的那种自信不自傲、果断不武断、自尊不自负、严谨不拘谨、知足不满足、平常不平庸、认真不较真、辛苦心不苦的稳重和豁达，已经凝聚成了京辉特有的文化氛围。京辉能这样稳扎稳打，且我接触到的京辉员工能这样的正直朴实，工作当头认真干，做出成绩不争功，与此正相关。京辉的一切，有时候就像他们的产品，貌似看不见摸不着，但确实是有力和重要的存在，这一点无法否认。

有的时候，人生真像一个圆。孙国春从房山起步，最终又回到了自己的家乡，但这不是简单的回归，而是完成了质的飞跃。实际上，京辉入驻房山后重新布局了生产、管理以及公司治理等发展要素，成立了独立核算的运输分公司，规范了财务、销售的明细流程和规章制度，建立了公司的安委会和安保督察队，已经以完美的新姿跻身于国内大型企业的先进行列。

有人曾问过孙总，一家民营企业发展得这么好，是不是有什么背景？孙总笑答：要说我们有背景，那就是国家大力发展实体经济、新时代改革创新的大背景！要问我们有什么实力？那就是靠着紧跟时代脉搏的企业家精神和工匠精神！应该说，他的回答精辟准确，非常具有时代高度。正是改革开放的大好时代，造就了孙国春，造就了京辉人，造就了这样一群和共和国一起成长、以振兴中华为己任的社会中坚！

“疾风知劲草，智者必怀仁。”此刻，孙国春已带领京辉走过了30年的历程，几代人的拼搏，让一个六人小作坊发展成为年产值超亿元的大型集团化企业。但一切成就都只代表过去，路永远在脚下，未来永远在前方。孙国春不会就此止步，他心里还有一个“京辉梦”。他坚信：只要不畏险阻，带着梦想前行，在不远的将来，在科技跃进、经济腾飞的新时代里，一定会有一个更高、更大的舞台，正虚位以待。

他的梦想，一定会实现。

采访手记：成功的企业家，首先是一位战略家。因为只有用战略眼光审视和确立企业在时代中的发展与位置，企业才能成功——这一点，我以为孙国春做到了。在采访过程中，他的话语间时时透出这种战略眼光，否则他不可能带领一个只有六个人的小作坊，在三十年中发展成为市值五亿元的大型企业。在京辉发展的每一个关键点上，正是孙国春以其胜人一筹的决策，为企业领航。通俗一点说，就是他比别人有远见、有更高的追求和梦想。

本文的初稿，原先用的是比较文学化的名字，但孙总审阅时，提出要体现“京辉梦”的感觉，才改成了现在的题目。我理解他，他心里确实有一个京辉梦，一个更远更辉煌的梦想，那就是决定京辉未来发展的宏伟战略。我相信他将带领京辉走向更大的成功。

中国文字处理机之父

——记原四通公司总工程师、中国文字处理机发明者王缉志

董海霞

王缉志

无人不知、无人不晓的中关村，是中国科技发展的摇篮，是改革开放40年树立起的一块金字招牌。“村”里曾诞生了无数闪光的名字，孕育了联想、方正、四通……数以万计的科技企业。但随着时间的流逝，有些故事被忘记了、有些甚至被删除了，而有些哪怕消失已久，却依然烙印在中关村的史册上，比如四通就曾经是灿若星河的中关村数以万计企业中最耀眼的一颗明星。

而四通的辉煌，离不开总工程师王缉志，一个在中关村轰轰烈烈一场后，又寂然孑身离去的发明家和艺术家。

中关村有“三个企业家邂逅三个科学家，成就了三个知名企业”三个耳

熟能详的经典故事：柳传志找到倪光南，开发出了联想式汉卡，成就了联想公司；张玉峰找到王选，开发出了方正激光照排系统，成就了方正公司；万润南找到王缉志，开发出了四通打字机，成就了四通公司。

曾有媒体评论：如果没有四通，中关村的历史大概会失去最精彩的一页，因为四通曾经是中关村的代名词。如果没有王缉志，或许就没有四通的发迹以及延续了20年的辉煌，正是他发明的四通打字机，才成就了后来的四通。而四通的英雄——王缉志，就是下面要介绍的人物。

8月的北京，秋高气爽，是一年里最好的季节。30日上午，细雨霏霏，凉爽怡人。我如约来到位于太阳宫附近王缉志老师的住所。王老热情地站在门口，满脸都是慈祥的笑容。

年已77岁的王老每年都出国逛一圈，两天前刚从欧洲回来。每次出游，都是他张罗着组团，选定出游路线，这次同去的除了亲朋好友、多年的粉丝，还有两位大学同学，他们都已年逾耄耋。十多天时间，王老带领20位老朋友快乐地游览了瑞士、法国、德国、荷兰4个国家。

王老说常规的旅游是旅行社派一名导游带队，到了当地有地陪接待。而他组的团，只需旅行社跟当地联系好导游即可，王老承担着一路上的领队工作。虽然刚刚远途而归，王老整个人却神清气爽、精神矍铄，没有丝毫的疲惫。

热情、随和、平易近人，是王老给我的第一印象。

交谈的过程中，王老思维敏捷，记忆力超好，过去三四十年的事情，张口就能说出准确的日期、地点，甚至参与人员。他温文谦让，多才多艺，永远对所处未知领域充满孩童般的求知欲。

对那已成过往成功的辉煌，寥寥数语；谈起几次有始无终、黯然收场的创业，也表现得云淡风轻。这就是大师的胸怀和格局吧！

中关村情结

聊起20世纪80年代，创业、下海，自然绕不开中关村。王缉志说：“中关村对我是一个很有意义的地方，我的中学时代和大学时代是在那里度过的，下海创业和获得成功也在那里。最开始的时候，中关村地区只是局限于一个英文字母‘F’的区域，F的一竖，是从北大东门一直向南到达白石桥，两横，一横是中关村路，那里马路两侧有很多科学院的研究所，另一横是现在的三环路，路南有农业科学院、北京理工大学等，路北有人民大学和双榆树小区以及科学院的宿舍等。圆明园北边的上地开发区，现在也归到中关村地区了，但是在20世纪80年代，那里还是农田。”

1954年夏，王缉志的父亲王力从广州中山大学调到北京大学中文系当教授，他们举家进京，搬进了北大校园，王缉志去了附近的北京市第十九中读书，大学就读北大。毕业后被分配到科学院，1969年下放到湖北的五七干校，1971年回京，1973年年底调到冶金部自动化所开始搞计算机。20世纪80年代初，从西城搬到中关村大街双榆树小区。

绕了一圈，又回到了中关村。

王缉志表示：现在的中关村是过去想都不敢想的，20世纪80年代中关村一年的产值，对现在来说就是九牛一毛，现在，年产值竟然达53 000多亿元，中关村，真是个神奇的地方！中关村是个容易产生梦想和实现梦想的地方！

王缉志出身书香世家，其祖王炳如是晚清秀才；高祖王文田是清朝贡生；父亲王力是北大著名的语言文字专家、教育家、翻译家、散文家和诗人，中国现代语言学奠基人之一；母亲是北大数学系图书管理员；弟弟王缉思、妹妹王济慈，都是北大教授；小弟王缉宪是香港大学教授……

有此家学渊源，王缉志从文本应是顺理成章的事情，但考大学时，却选择了数学专业。

“刚读高中时，我是想学工科的，那时对汽车有兴趣。高二的时候，参加北京市中学生数学竞赛，居然得了二等奖。同学们都说我应该学数学，我自己也对数学有兴趣，于是就开始改变想法了。”

当然，考大学是人生的一件大事，王缉志曾征求父亲意见，父亲认为计算机是新兴事物，应该学计算机。王缉志填报的第一志愿却是北大数学系。

高考数学，他竟然得了99分，其中有一道题演算到最后是1/−1，他居然粗心地写成了=1，扣掉一分。不过，他还是如愿进入了北京大学数学力学系数学专业。1957年，16岁的王缉志成为北大全年级年龄最小的学生。

1963年王缉志大学毕业（当时本科6年），被分配到中国科学院心理研究所。不久，那场“史无前例”的运动开始了，心理学被批判为“伪科学”，心理所也因此被划为要“斗批散”（斗争、批判、解散）的单位。科学院将心理所的全体职工（除老弱病残外），一律下放到五七干校去，当时叫“一锅端”。

1969年9月，刚结婚不久的王缉志，被下放到位于湖北省潜江县的科学院干校。科学院其他所的干部是轮流下放，走一批又来一批，只有心理所是永远不流动的“铁营盘”。因为心理所已经不存在了，即使回北京也没有地方可去。那一刻，28岁的王缉志对自己的前途产生了迷茫，看不到未来，也看不到希望。

即使环境恶劣，前途渺茫，王缉志天性中爱琢磨、爱钻研、爱动手的特点却没有改变。当时，他和另一位同事被分配去烧开水，两个人要供应数百人一天工作后的饮用开水。

开始的时候，烧开一锅水大概要花40分钟，不但慢，煤烟还经常熏得他们睁不开眼。经过分析，他和同事认为问题出在烟囱上。于是两人动手把烟道彻底清理了一遍，把烟道里堵满的积炭清走。处理后的效果明显，一锅水烧开只需要20分钟，大大提高了效率，节省了燃料，还免受烟熏火燎之苦。

在五七干校学习毛主席著作宣讲会上，领导要求烧开水的组员讲一讲如何学习《矛盾论》并用于烧水实践中。那位和王缉志一起提高了烧水效率的同事不愿意露面，推举他去发言。

掌声响起的那一刻，王缉志感受到了一种精神，一种吃苦动手在前、享受荣誉在后的精神。做事时先把大家的福祉放在首位，服务于人民；至于个人得失，在集体利益前都可以放到一边。

这次算不上发明的发明，让王缉志对自己有了重新认识。

正是认真、坦诚、爱琢磨、善发现、敢尝新、能钻研……这些特质组合起来，成就了他的研发成果——那个成就了一代中关村名企四通通往辉煌之路的发明。

发明中国第一台打字机

1971年2月，王缉志离开干校回到北京，被分配到位于丰台区北大地的冶金仪表厂当工人。3年后，国家落实知识分子政策，被调到刚成立的冶金部自动化研究所去搞计算机。绕了一个大圈子，终于还是回到了父亲曾经建议他选择的那个领域。

1979年前后，王缉志成为研究所计算机应用研究室一个小组的负责人，以搞热轧过程控制为主。当时国家刚开始进口微机，科委进了500台，每个研究所买（配备）一到两台，而王缉志所在的小组却没分到购买名额。正好有个同事的弟弟在科学院天文台工作，同事说科学院天文台新购买了澳大利亚微机，性能价格比很好……

经同事介绍，王缉志认识了澳大利亚产计算机的设计师——澳籍华人邝振琨先生。这次相识，对王缉志日后的中文处理开拓之路，起到了重要作用。

邝振琨在澳大利亚有一家叫DATAMAX的公司，他任该公司总经理。当时他介绍给王缉志的机器是DATAMAX8000，该机所带的软件有字处理软件WordStar、试算表软件CalculStar和数据库软件dBASEII等。这台带有字处理软件WordStar和MailMerge（邮件合并）功能的微机，让王缉志大开眼界。后来，王缉志用DATAMAX8000主机和TeleVideo终端，加上一台伊藤忠的打印机，凑成了一套价格相对便宜的微机系统。

因为是自己攒的系统，需要自己去做有关的驱动软件。王缉志在认真阅读打印机说明书时突然发现，这个打印机的打印头由8根针组成，通过软件指令来控制每一根针的动作，属于由点阵组成图形的打印机。而国内当时所用的字符打印机，只能打a、b、c、d这些简单的字母。显然，这种针式打印机在操作上要灵活得多。因为从理论上讲，这种打印机可以打出用点阵组合成的任意图案或文字。

这个发现，触发了王缉志的灵感。他连夜编了一小段程序，在打印纸上打出了“冶金部自动化所”7个汉字。这个成功让王缉志兴奋不已：能打印7个汉字，就意味着原则上可以打印所有汉字。也就是说，让电脑处理汉字不再是遥远的事了。

但是，能打印7个汉字，只是解决了原理问题，要让这套微机系统能用汉字处理各种应用，则要解决一系列的实际问题。首先，要有汉字字库才能使打印机真正能打印汉字。

到哪里去找汉字字库呢？

只能自己动手做！

于是，王缉志从家里拿来一副围棋，把塑料棋盘布往桌上一铺，动员全小组的人都一起来做，一个人用棋子摆放汉字点阵，另一个人把该字型用16进制数来编码，再有一个人把该数据录入电脑。连续工作了一个多月，终于做成了一套包括国标一级汉字的16×16点阵字库。

有了汉字字库还不够，如何把汉字文章输入电脑呢？

需要有汉字输入法。因为国标一级汉字是按汉语拼音的顺序排放的，从工作量来考虑，研制拼音输入法是最容易实现的。因此王缉志又开始研制拼音输入法。不久，一个简单实用的拼音输入法也大功告成了。但是汉字有许多同音字，用拼音输入法就要解决选择字问题，这样就需要能够看到拼音输入的汉字。可是当时的终端是英文字符终端，根本显示不了汉字，只能显示80×24个英文字符。怎么办呢？王缉志想出一个办法，把一个字符M当一个点来用，用屏幕上的16×16个M来组成一个汉字，这样一来，虽然一屏只能显示4个大大的汉字，但总算以一种最原始的落后方法解决了汉字录入问题。

解决了这些问题后，王缉志事实上已经完成了第一台中文的电脑输入与输出系统。为了检验一下这项发明的实用性，实际应用的第一案例是所里财务科的报表。他把所里的财务数据录入电脑，用dBASEII处理并打印出整齐的中文财务报表。实现了部分财务工作的电脑处理，提高了工作效率。

当时，王缉志正想通过换房站，把家从城里换到中关村附近。于是，他经常往西城区的换房站跑。换房站有非常多的换房信息，查询起来却很不方便，他就自然又想起了dBASEII。

他们小组和西城区换房站的工作人员一起，把所有的换房信息都输入电脑里，1983年劳动人民文化宫举办的北京市首届换房大会上，西城区换房站采用了电脑查询系统为群众现场服务，只要把客户的换房要求输入电脑，符合要求的查询结果就用汉字打印出来了。当时《北京日报》和《计算机世界报》都对此作了报道。

在1983年第二届中文信息处理国际研讨会上，王缉志用自己的汉字系统打印了一份以“中西文兼容的汉字处理方案”为题的学术论文，引起强烈反响。

进入四通

正当王缉志醉心于解决电脑的中文输入输出系统研发时，一个变化正在悄然发生，感觉最敏感的中关村先是出现了陈春先创办的华夏硅谷研究所，随后成立的京海公司也受到改革者的注意。

王缉志深受启发，就想能不能在冶金部自动化所之下，成立一个公司做体制改革的试点?

这一想法最后没通过，因为在单位领导眼里，这是不务正业。于是他开始考虑自办公司。可自办公司又谈何容易?

母亲说他：“你不适合办公司，你适合当老师!”

朋友劝告他：“你是爱迪生办公司，在这样的市场环境下非垮不可。”

巧合的是有一天，王缉志和夫人在王府井新华书店偶遇王安时（四通创始人之一），王安时问他最近在忙什么，王缉志如实回答说自己想办公司，可又没有资金。王安时说：“我们正在筹建一个公司，叫四通公司，机制比较灵活，总经理姓万，才39岁，很能干但又不是胡来的那种人，你不妨找他谈谈。”

很快王缉志就和万总见了面，见面地点在中关村丁字路口（原四季青自选市场）的门市部。那时四通刚搬进来不久，屋里空空荡荡，只放了一张办公桌和几把折叠椅，在空房的靠墙处有一个保险柜。万总说：“老王是我的朋友，你又是他的朋友，你办公司的想法和我们都想到了一块儿，你就来吧。”

就这样，王缉志加入了初创的四通公司。四通是1984年5月16日注册成立，同年9月门市开始营业，这一年的7月，王缉志进入四通，成为四通初创时期的骨干员工之一。

“那段时间我一部分时间继续搞汉字终端的研究，另一部分时间就到四通上班，在四通的时间里我基本上是站柜台。站柜台的目的是给客户讲解如何使用它们的产品。”

同年11月，王缉志正式向冶金部自动化所辞职。

王缉志的辞职报告里用词温和但态度坚定地表示：不管批准还是不批准，我辞职了。

“一个月过去了，两个月过去了……看来，按正常的人事调动手续是办不通的了，这时很多好心人劝我不要轻易离开单位，否则人事关系就没有了，工龄就不能连续计算了，公费医疗就没有了……这确实是需要我认真思考的问题，这实际上是个敢不敢丢掉铁饭碗的问题。我思考的逻辑是：我相信我的能力属于中上水平，吃饭总应该是没问题的。万一四通垮了，我仍然可以搞我的电脑和过程控制，万一没有这样的机会，我还可以有两个出路：一个是教钢琴或者手风琴，即做家庭音乐教师，因为我的业余爱好是弹钢琴和拉手风琴，在‘文化大革命’中先后教过十几个孩子；再不行的话，我曾经自己装过收音机和电视机，我还可以利用无线电知识开个修理部，替人修理收音机、电视机什么的。车到山前必有路，我不会养不活这个家。当然，我夫人也坚决支持我，于是我决定辞职，就这样，我毅然离开了冶金部自动化所。不久，所里开了全体大会，宣布将7个人除名，其中就有我一个。‘除名’后，所里还扣着档案不放。”

这时候，王缉志说了一句掷地有声的话：“没有档案，难道我就不存在了吗?”

更可贵的是，当时他八十五岁的老父亲王力教授，不但对王缉志的“革命行动”非常理解和支持，而且写了一首七律，来鼓励儿子：

不负当年属望殷，精研周髀做畴人。
霜蹄未惮征途远，电脑欣看技术新。
岂但谋生足衣食，还应服务为人民。
愿儿更奋垂天翼，胜似斑衣娱老亲。
甲子大雪前五日书赠
缉志儿存念，王力时年八十有五。

MS-2400的诞生

进入四通不久，王缉志就被任命为总工程师。当时四通主要业务是销售日本 Brother 公司的 2024 打印机，那时电子工业部①官方进口的能打印汉字的 24 针打印机是日本东芝 3070，进口价近 1 000 美元，售 9 000 多元人民币，而四通为 Brother 公司的 24 针打印机配了汉字驱动软件，每台仅售 4 000 多元人民币，由于价格便宜，在市场上很受欢迎。关键是拿出来的东西，像中文打字机那样。

1985 年年初，四通从日本伊藤忠公司引进了 1 570 型彩色打印机，该打印机原来能打印日文的汉字，现在需要让它打印中文汉字。为了公司的生存，王缉志把还没完成的汉字终端开发暂时放到一边，带领一个开发小组，开始为 1 570 打印机做汉卡。很快，四通就将 1 570 彩色汉字打印机作为公司的主要产品推向市场。这一年，四通的销售收入超过了 1 000 万元。

王缉志发现，因为日本的文字处理机都是热转印式的，对纸张和室温的要求高，色带价格很贵，而且还不能打印蜡纸。这显然不能适应当时国内的打印需求。

于是，四通决定借助日本企业的帮助，重新开发一种真正适合中国国情的机器，打印机芯采用击打式的打印头，以便可以打印蜡纸。一来是由于自己对操作系统比较熟悉；二来是希望通过自己从头做起而拥有自己的核心技术，王缉志提出由自己来开发这款机器，“这样做的话，更有利于我们长远的自主发展，不用依赖日本，看别人的脸色。”

四通与日本三井物产选择的日本 ALPS 公司商定了一个合作开发方式：四通方面负责总体方案的设计，ALPS 公司负责选择打印机芯和液晶显示屏，进行硬件设计并提供 BIOS 接口。四通方面进行软件设计，最后由他们进行生产。四通的产品开发小组由 4 个人组成，总体设计是王缉志，同时他还负责

① 全称为“中华人民共和国电子工业部”，1982 年设立；1988 年与原机械工业部合并；1993 年恢复；1998 年撤销。

文字处理软件的开发和拼音输入法的开发。开发工作从1985年8月开始，三井物产北京事务所为四通和ALPS公司之间的合作联络提供通信上的方便。

一个什么样的产品，才是真正“符合中国市场需要”的产品呢？当时，国内市场已经有了几种中文文字处理机问世，如上海的奥林匹亚、深圳的桑达、香港的运科、杭州自动化所等。四通并不是第一家做中文文字处理机的单位。如何做才能够突出自己的优势，获得市场的认可呢？

作为总体设计的王缉志开始了深思。

王缉志当时心目中有一个比较重要的样板：WordStar，他的目标是能在WordStar上实现的英文编辑功能，一定要在中文上也能够实现。

为了更接近中国市场的需求，王缉志开始从受众的角度设计产品的使用、说明书甚至是产品名称和LOGO。他将新产品的受众群定位为初中文化程度，因此在屏幕提示、编辑和打印命令上的说明文字以及使用说明书都要尽可能通俗易懂，绝不使用电脑术语。由于国内绝大多数人还不习惯文字处理，为了市场宣传方便，消除多数人对电脑的天生恐惧心理，王缉志决定给该产品起名叫中文电子打字机，产品的名称定为“四通MS-2400”：M代表三井（Mitsui），S代表四通（Stone），24是打印头的针数，00表示第一代。为了要全方位贴近中国市场的需求，王缉志还拒绝了四通公司有些人提出的在机壳上标外文或者设计一个洋商标的主张。

从现在的角度看，王缉志在MS-2400的开发设计上，已经有了一些“从用户使用角度出发”的味道，在现在看来，有很多工作甚至已经超越了工程师的设计范围而涉及了营销领域。在设计之初就将用户的体验放到第一位，这或许正是四通打字机日后在市场上取得辉煌成功的一个重要因素。

1986年3月，王缉志携开发小组到日本横滨ALPS公司去进行最后的调试工作，计划在日本工作3周，每周7天连轴转。异国他乡，几个中国人为了让古老的汉字早一天从电脑中输出，他们几乎进入了不眠不休的状态，每天都要工作16个小时以上。为的就是能够在有限的时间内，将机器调试成功。3周很快过去了，机器仍未调好，于是王缉志决定延期到4月14日回国。

就在这时，国内传来父亲因病住院、生命垂危的消息。

一边是自己的至亲，一边是离不开自己的团队，王缉志面临了一个两难的选择：回去，可能调试工作就要夭折，之前所花的时间、人力和物力都等于白费，而且这次没调好，下次就不知道要等到什么时候了；可是不回去……

自古忠孝难两全！

王缉志的母亲在电话里说："你的工作很重要，回不回来你自己决定，家里还有弟弟和妹妹。"

王缉志含泪告诉母亲决定留在日本把开发工作做完。

能做出这样的选择，除了母亲的理解支持，王力先生一直以来"从不带问题过夜"的处事习惯，也潜移默化到了王缉志的身上。

世界上哪个做父母的不希望人生的最后时刻儿女守在身边？他仿佛看到了病榻上虚弱的父亲那翘首以盼的目光，但他更知道父亲对他的期待是什么。

带着对父亲的挂念，王缉志带领全组人员昼夜奋战，终于提前了两天调试成功。调试成功的打印机飞快地打出一页页清晰的样张，打印头发出嗡嗡的蜂鸣声。当所有人都沉浸在成功的欢乐中时，王缉志的心却已经飞回了北京，飞到了病危的父亲身边。

回到北京，王缉志在父亲病榻前告诉他开发工作已经基本完成时，我国语言学一代宗师的脸上露出了满意的笑容。

5 月 3 日，王缉志送走了生他、养他、教他、育他的父亲——王力先生。

13 天后，四通成立两周年那天，四通 MS-2400 中文电子打字机正式面市。这台打字机，把微机时代的中文输入输出变为现实，一举改变了中国人在机械打字机时代完全"失语"的局面。

那天，前来祝贺的宾客盈门，鲜花贺词不绝于耳。看着这一切，王缉志想到的是他的父亲：是喜是悲？亦喜亦悲！

父亲王力一辈子和文字打交道，中国的方块字早已与他的心意灵魂形成了无异于血肉的关联。而今，中国的方块字又通过电脑，融入了儿子王缉志的血液中。中国字、两代人，以这种方式形成了血缘之外的另一种紧密关联，难割难舍。

这一切，是造化的安排吗？

一个家庭，父子两代，一位是研究甲骨文、钟鼎文的学者父亲，一位是研究汉字打印技术的发明家儿子，科学与传统在这个家庭发生了碰撞，而这个碰撞又让拥有 5 000 年文明的中华汉字从远古走到了现代，从龟背走进了电脑。

1986 年 5 月，被命名为 2400 的带液晶的四通打字机走上市场，每台卖到 7 000 元。在此基础上，1987 年四通推出了中国打字机市场的经典之作——“2401” 打字机，受到了市场的广泛好评。一时间，四通在办公自动化领域确立了龙头的地位。

1984—1987 年这段时间，四通的主营业务有 70% ～80% 是打字机，其余来自电子元器件和四通网络工程公司。1987 年年底到 1988 年，四通名下才衍生出 24 个二级法人单位，像四通电源、自动工程化、PC 等公司都是四通的全资子公司。

这种快速扩张源于四通打字机这个拳头产品为四通带来了滚滚财源。

引领四通走向辉煌

1987 年 5 月 16 日，四通公司成立三周年庆祝会上，王缉志宣布 MS-2401 正式推出。

从中文处理机的历史上看，MS-2401 是一款成熟的产品，它解决了 2400 的所有问题，并且基本上实现了 WordStar 的所有功能。此外，这款产品还集成了很多王缉志与其开发小组成员们设计开发的创新功能。对于这款产品，日本合作方的一位工程师有如是评价：“日本人可以把产品做得很好，但是我们没有创造性，你们中国人有创造性。”

三井公司的评价是：“2401 的技术即使在日本的同类产品中，也是先进的。”

但是这款先进的产品在走向市场的道路上，并不是一帆风顺。

对于在功能上明显要高出 2400 一大截的 2401，被四通的销售部门认为有点“阳春白雪”，当时四通内部有一句话说得很有趣：“2401 好比高级音响，2400 是普通录音机，高级音响好是好，但需要的人不多。”

更大的原因是，当年 2400 在市场上风头尤健，推出 2401 的话，有人担心的是会不会出现“自己人抢自己人市场”的局面。

而市场的反馈也在考验王缉志的承受力：在2401推出的头半年，销售情况并不好。

但是王缉志依然对2401有着坚定的信心。

半年以后，2401逐渐被人们所了解，在市场上也越销越好。从那时候起，2401连同后来的2411，在市场上畅销了很多年，在四通的发展史上，MS系列文字处理机是举足轻重、具有决定性意义的产品，它同时也是中国办公自动化设备领域最早的民族品牌之一。

这个产品从推出之日起，一直销售了十余年。有媒体称：“截至1996年年底，四通MS系列中英文文字处理机累计销售近30万台，销售收入突破30亿元人民币。”

可以说，没有MS这款名牌产品打字机，四通公司就没有在20世纪80年代中期开始的飞速发展。以MS产品为龙头，四通公司组建了23个子公司及遍布全国的由近千个经销商组成的营销服务网。四通因此成为中关村一代名企。

四通MS系列中英文文字处理机开创了中国办公自动化的先河，堪称是一个产品造就了一个企业、开拓了一个市场、形成了一个广大的用户群。更为重要的是，四通MS系列在现代高科技领域树起了一面国产名牌的旗帜，让中国的IT界在20世纪80年代中期就有了自己的名牌。

在文化领域，四通MS同样具有重要的历史意义。我国语言文字学家和经济学家周有光如是评价：“中国人整整丧失了一个机械打字机时代，我们不能再丧失电脑时代。四通打字机开创了中国词语处理的新纪元。”

语言学家郑易里先生也说：“MS-2400打字机，在中国文化史上是个创举。对于王缉志和他研发小组的同事们，还有当时支持自主开发MS系列产品的四通领导层们的贡献，历史不会忘记。”

当年的四通打字机除了能打印8种大小汉字外，还能打印英、日、俄、希腊等多种文字。这在今天来说不算什么事，可在当时却算得上惊天动地的大事，宣告了中国专业电子打字时代的到来。

凭借王缉志的这一发明，四通走上了快速发展之路：四通的销售额1986

年突破了 1 亿元，1988 年达到了 10 亿元，1990 年达到了 13 亿元。

当时的董事长段永基也坦承：在 1992 年、1993 年时，四通集团的纯利就达到三四亿元，销售额的 70%、利润的 90% 都是依靠打字机系列产品。

发明家的创业史

1987 年，四通和三井物产合资在北京成立了以 SKD 方式生产打字机的公司——中日合资四通办公设备有限公司（SOTEC），王缉志也在四通迎来了他个人职业生涯中最辉煌的时代，可谓鲜花着锦之盛：他位居四通集团主管开发的执行副总裁；那个时期，他是中关村为数不多的开宝马车的人；他研发的产品在市场上十分卖钱，几乎等同于硬通货……

然而好花不常开，在四通推出 MS-2403 型号之后，王缉志渐渐远离了打字机的开发核心层面。1992 年，王缉志离开了四通集团。

离开时，他几乎是两手空空，用媒体的话说是："没有专利费、没有股权。"

这些，王缉志都不以为然，因为他有过辉煌的成功。王缉志和当时一同离开四通的两位副总裁一起创建了新四通公司，自己任董事长兼总经理。

这是王缉志自己创业梦想的开始。他的梦想是：做一个技术开发人员能够说了算的公司。

但是，现实很残酷。

新四通公司与新加坡公司 Creative 一起合资成立创通公司做多媒体，结果合作方 Creative 不重视技术人员，更喜欢销售，创通更像是 Creative 销售其产品声霸卡的中国子公司，开发计划则被暂时搁置脑后。

而王缉志则从搞开发变为管销售，感到了力不从心。道不同不相为谋，不久后王缉志便从总经理的位置上退了下来，和合伙人散伙了。

接着，王缉志又看中了彩色印刷领域，就在他雄心勃勃准备大干一场时，一个他从来没有想到过的情况出现了：盗版。这些软件的盗版以飞快的速度在中关村流行，也就是说花几千美元买下的软件，5 元的盗版光盘在中关村随处可以买到。王缉志同时还发现，他刚从海关进口的照排机，市场上就开始充斥同样却更便宜的走私品。

1995 年，德国海得堡公司推出通过电脑就可以直接印刷的印刷机，王缉志向一家香港投资公司推荐了这个项目，于是，一家合资的彩色印刷厂成立了。投资方任命的总经理管理水平一般，公司无法实现盈利。一年后，此尝试又告失败。

其实，即使是当时，王缉志也完全可以放下身段，去做一些“世事洞明、人情练达”的擦边球生意。但是，他做不来。王缉志自己也承认，他就是一个发明家，一个微机时代的艺术家。“商人”这个角色，对他而言，是一个高深艰难、远超出能力和个性范围的任务。

之后，他还尝试做过可视电话、IP 电话、有线电视宽带、二维码等，他甚至在腾讯还没发展起来的时候，就建议过业内的人去搞即时通信软件。

他的每次错过，似乎都不应该是他的过错。因为他总是想把推到市场上的产品或者应用搞得更精一些、再好一些。王缉志坦承自己办公司也很学者气，“总想面面俱到，任何一个方面，不做足考据工作，不达到十全十美，就不敢放心去做。其实，这么多年看下来，我总结出一条：‘创业不一定要面面俱到，只要你能够看准一个方向坚持做下去，时机一到，就有可能成功。’”

他的经历甚至会让人顿生感慨：难道除了缪斯女神，幸运女神也只青睐年轻人？

王缉志回头再看这些的时候，感觉很平和：“或许是我没有坚持下去吧，就像漫画中那个挖井的人，如果再坚持一下，他可能在挖第一个坑的时候就挖到水了。”

王缉志现在依然对各种技术潮流，甚至是各种新鲜热辣的话题抱有旺盛的求知欲，在他的博客上你能看到高清电视技术的分析甚至是几年前股市最牛时他自己所写的炒股心得；在微博上，他也很活跃。在对未知领域的探求上，他绝对是一个“跟得上时代步伐的人”。

王缉志现在活得很潇洒，除了定期走出国门活动一下腿脚，他还担任一家上市公司的独立董事，每年去参加几次董事会，签署几份需要自己签署的文件，这个，占用自己的时间并不多。他的另外一个乐趣就是成为《今日头条》的签约作者，每天上、下午各一次，雷打不动通过“悟空问答”回答网民提出的各种问题，只要给出的答案被推送到首页，还会有一点数额不等的经济奖励。

王缉志说这就是个乐趣，有些问题问的人多了，我就会上网搜索答案，然后通过自己的判断、总结归纳，用通俗易懂的书面语言为网民进行解答，对我，也是一个很好的学习过程。当然主要还是回答自己熟悉的电子、计算机领域的问题。

王缉志说："不过，如果有人在某个方面想做点什么，正好这个领域我又了解的话，我还是很愿意帮他出出主意。关键是拿出来的东西，像中文打字机那样，对整个社会、人民有好处。我的确没有大富大贵，但是我的工作让一大批人通过中文处理机获益，这就够了。"

尾　声

两个小时，转瞬即逝。我们的话题又绕回到"中关村"，王老微笑着说："已经有段时间没去那里了，不过想起来、说起来都感觉很亲切。这些年，有一些企业在中关村发展、壮大，成为龙头企业，也不排除有非常优秀的企业离开了，我觉得要想使中关村得到更好的发展，可以去采访一下那些离开的企业，是新东家哪些方面打动了自己？吸引了自己？取长补短，不断完善自己，中关村的未来才会发展得更好！为企业服务才会更上一层楼！"

采访手记：有幸与王老见面，听他讲述过去的故事，还要感谢中关村杂志社卫汗青社长。因为找不到王老的联系方式，求助卫社长时恰巧卫社长也有采访王老的计划，于是我们就一同前往。

去拜访王老前，我心里有些忐忑，不知道伟大的发明家是否日理万机？是否有时间长谈？

王老才思敏锐，滔滔不绝，而且对曾经的成功、失败都看得非常平淡。王老提到早在2003年就研发过二维码，后来因种种原因搁浅时，深邃的目光飘向遥远的窗外，淡淡笑着说："有些东西，该来的时候自然就来了，符合科学发展观的自然规律，太提前了反而不好往前推。"这份豁达和胸怀真是让人佩服。

当今，二维码无处不在，极大地方便了民众的工作、生活。如果那时王老的研发没有停滞，那么，中关村的史册上就会又留下王老浓墨重彩的一笔。

王小兰：中关村精神的传承者

明　星

王小兰

中关村40年的发展，不仅是一部波澜壮阔的创新史，更是一部勇于突破、敢为天下先的奋斗史。在这部长篇史诗中，中关村的开拓者和创业者们，以百折不挠的创业勇气、追求卓越的创新精神，书写着各自的光荣与梦想，串联起一段段产业报国的家国情怀。

时代集团总裁王小兰就是其中的卓越代表。

知名作家凌志军在《中国的新革命》里有这样的描述："如果能够领先10年的公司是百里挑一，那么能够领先20年的公司就是万里挑一。以25年的历史衡量，中关村曾诞生2万多家公司，能够躲过'盛极而衰定律'的公司只有三家——联想、四通和时代。时代自1984年创立以来，一直游离于激烈的市场竞争和浮华的事件之外，至今保持着顽强的生命力。”

王小兰与董事长彭伟民创办的时代集团，历经30多年的发展，一直是制造行业的领军企业。

不过，王小兰的志向不止于此，她还将目光投向了中关村“前赴后继”的创业者身上。

为了推动中关村民营科技企业的发展与壮大，王小兰与她的“伙伴们”搭建起中关村“四通八达”的社会组织网络，为企业提供了向政府和社会表达自身意愿的渠道，在与中关村管委会共同治理区域的模式下，推动实现了中关村企业和行业的自治与自律。

这位杰出的社会活动家身上闪耀着诸多的荣誉与光环：北京民营科技实业家协会会长、中关村协会联席会主席、中关村企业家顾问委员会常务副主任委员兼秘书长……

但在作者看来，所有的光环都指向着一个身份：中关村精神的传承者。

心怀祖国

1954年4月，春回大地，万物复苏。

祖国首都，一个干部家庭里，新生的女孩被捧在掌心，灵动的眼神恰如春兰，仿佛她的到来，让整间屋子春意盎然、熠熠生辉。

女孩遂得名“王小兰”。父亲希望她如“花中君子”，有崇高的志向、美好的品格，为祖国做贡献，留馨香于人间。

在长辈的殷殷期盼和谆谆教诲下，女孩儿无忧无虑，茁壮成长。她是父亲口中“祖国的花朵”，但“祖国”是什么？她歪着小脑袋，回答不上来。

直到6岁那一年，在国家纪念三八国际妇女节的庆祝会上，3个小朋友手捧着鲜花，像可爱的小天使，欢欣雀跃着奔向主席台。周总理抱起了王小兰，温暖的一幕被定格在挂历上，也定格在了小女孩的记忆里。在那一刻，她懵懂地感到，“祖国”就在爷爷温暖的笑容里。

又过了4年，共和国迎来15岁华诞。10岁的王小兰作为少先队代表，与首都3 500名工人、农民、科研工作者一起，参加大型音乐舞蹈史诗《东方红》的演出。他们以满腔的热情载歌载舞，共祝祖国繁荣昌盛。演出结束后，毛主席、周总理在人民大会堂接见了演员们，个子最小的王小兰被安排在第一排最中间，在热烈的掌声中，她坐在了身材魁梧、和蔼可亲的毛主席身前。主席用浓重的湖南话对她说："在什么学校？学习好吗？……"心潮澎湃的王小兰，仰视着"心中的红太阳"，眼里盛满了崇敬与热爱。从主席关切的话语里，在《东方红》深情的歌词里，她对"祖国"的理解更深了。

1968 年 12 月 22 日，《人民日报》头版头条转引了毛主席的最新指示："知识青年到农村去接受贫下中农再教育，很有必要。"消息一出，全国上下一片沸腾，一批又一批的城市青年，以革命先烈为榜样，听从组织召唤，哪里有困难就到哪里去。

1969 年，年仅 15 岁的王小兰，脱下了红装，换上戎装，英姿飒爽地加入屯垦戍边的队伍中，光荣地成为黑龙江生产建设兵团的一名女战士。她与她的战友，宣誓要勇敢地战斗在祖国的最北端，一旦中苏开战（1969 年正值中苏关系恶化时期，发生了珍宝岛边界冲突），她们就筑起血肉和精神的"万里长城"，告诉敌人中国领土神圣不可侵犯。

她们遵照主席的教导，在广阔的天地里炼红心，挥热汗，致青春。王小兰虽然年龄小，但很能干，先后做过农工、文书及统计。在空旷的原野上，她拿着比自己高得多、长得多的工具，丈量脚下每一寸土地，一丝不苟，不畏艰辛。

几番拼搏，数年磨炼，兵团战友们前赴后继，吃苦耐劳，在东北广袤的黑土地上，建起了"中华大粮仓"。于是，就有了"喜看稻菽千重浪，遍地英雄下夕烟"的景象。兵团战士们为祖国的经济和国防建设，做出了难以磨灭的贡献。

1978 年，党的十一届三中全会召开了。在"解放思想，实事求是，团结一致向前看"的方针指引下，高考恢复了，许多年轻人渴望着进入大学学习，尽管王小兰是 1969 届初中毕业生，没上多少中学的课，几乎只有小学文化，但恢复高考的消息一出，她为之振奋，为之欢呼，她想用知识来武装自己、改变命运，为社会主义事业添砖加瓦。于是，王小兰白天在工厂里工作，到了夜间，就沐清风，伴明月，点着油灯，备战高考。

一年以后，她顺利地成为西南财经学院的一名大学生。在校期间，王小兰能吃苦、肯钻研，学到了十分宝贵的科学文化知识，她善于用理论来联系实际，积累了解决实际问题的能力。这让她深受同学欢迎，很快当选为校学生会副主席，1982—1983 年还参加了四川省及全国法学生宣讲比赛，荣获一等奖和特等奖。

年轻的王小兰，青春似火，心似朝阳，她感受着时代的脉搏，也高唱着属于她的青春之歌。

时代“弄潮儿”

1978 年，改革开放的春雷震响在古老的东方，中国进入社会主义现代化建设新时期。一部分敢为人先的年轻人，毅然走出机关、走出农村、走出学校，下到商海中拼搏，发挥着他们的才能，释放着他们的能量，实现着他们的价值。

王小兰就是其中的一员。

1983 年，王小兰本科毕业后，被分配到机电部管理科学研究所任《管理科学文选》编辑一职。上班时间不长，王小兰发现了生活中一个不起眼的小细节：中午有人需要小憩一会儿。当时的办公室很拥挤，同事想休息时，只能借用他人的椅子，三四把在一起拼凑成一个“床”，这样既不舒服，也干扰到了别人。心思灵巧的王小兰开始琢磨，“能否设计一个随意调整、坐卧两用的办公椅啊?”想法一出，立刻获得了大家的赞同。

说干就干。风风火火的王小兰立刻与同学一起画起了椅子的图纸，一会儿工夫，图纸画好了。可由谁来生产呢？她又开始四处奔波，寻找生产厂家。兜兜转转，寻觅了许久，也没找到一个工厂有能力定制这种椅子。

沮丧之余，她也有了一个新发现：很多民间发明成果找不着生产厂家，而好多乡镇企业也不知道该生产什么。如何把两者对接起来？王小兰陷入了沉思。

就在此时，一则新闻吸引了她：为鼓励民间发明，由团中央、国家科委、国家经贸委等五部委联合组织的“全国五小发明”活动正在如火如荼地进行中。

何不找五部门寻求支持？王小兰精神为之一振，再也按捺不住内心的激动，一口气写了3封信，一封寄给单位领导，一封寄给时任机械部总工程师沈鸿，还有一封寄给了时任国家经贸委副主任朱镕基。没过多久，就有了回音。

朱镕基安排国家经贸委进出口局、机电局的两位局长接待了她。在听取了王小兰的想法后，两位局长问："你们需不需要资金支持？"王小兰非常肯定地回答："我们什么都不要，就希望得到一点儿肯定和鼓励！"

从中南海回来后，王小兰停薪留职，创办公司，成了机械部下海第一人。1984年10月，她与彭伟民（现任时代集团董事长）等人放弃了铁饭碗，在阜成路一家招待所里，宣布成立中国机械工程协会工业技术咨询服务公司（时代集团前身），专门帮助有市场前景的发明成果转化为产品。

起初，时代公司靠技术转让、销售图纸等中介服务为生。

创业是艰辛的。"我们没钱、没背景、没房子、没设备，有的只是年轻人的勇气与激情，还有对国家的信任。"

王小兰用"惨淡经营"形容创业之初的窘境。"一个又一个自称发明者来了，可拿出产品一看，都是一些概念设计，无法进入市场。"与此同时，"一些发明又找不到买家，公司没有收入就难以为继，怎么办？"他们的身影曾出现在劳动人民文化宫前，向游人们兜售他们四处搜集来的发明创意。当他们发现一种儿童智力拼图深受欢迎时，内心激动了许久，"发明被认可，就等于和市场接轨了！"

20世纪80年代初，国家工业基础薄弱，产业配套、技术水平和管理水平都与工业化国家存在很大差距。这也增加了原创发明技术转让的难度。王小兰印象最深的一件事是一个液压吊车发明的转让。最初团队转让给了一家乡镇企业，对方很重视，花了很大精力搞研究，还举办了一个小型鉴定会。但是，就在鉴定会上，企业生产的液压吊车在吊重物时出现了失误，所有物品哗啦啦地掉落下来，鉴定会以失败告终。

乡镇企业能力不行，公司又做了一个决定，"把发明转让给军工企业，他们的技术能力强。"但随之问题又来了，军工企业找上门来，"市场哪有你们说得那么好？我们做出了过硬的产品，却一台也没卖出去。”

这些问题，逼着王小兰他们不断地反思与总结，“既要有好技术，也要有好销售，才能对接供给与需求。”

最后，团队达成了一致：未来要建立自己的工厂，培养自己的销售团队，把高技术转化成产品生产出来，再卖出去。

真正的“蜕变”发生在1986年。

埃森国际焊接博览会将于1年后在北京盛大开幕。该项展览被称为“焊接界的奥林匹克盛会”，在全球具有极高的声誉。展会筹办伊始，主办方找到王小兰说，如果她能在展会上卖出价值400万美元的国外焊接产品，就会获得5万元的酬劳。

“5万元不是个小数目，”虽然对焊接一无所知，彭伟民、王小兰等人还是果断地接下了这项艰巨的任务。为了弄懂焊接产品，他们跑去清华大学，聘请了几位专业教授，为自己“补习”焊接知识。仅在很短的时间内，他们就对各种焊接产品摸得门儿清。

接下来，就该找市场了。他们曾尝试以国家部委的名义，给企业下发红头文件，但经多方努力，没有什么效果，团队也是一筹莫展。

就在离展会开幕不到半年的时间里，创业团队想到了“样本推销，上门推介”这个主意。这一想法立即得到了同事们的赞同。于是，他们手握会展策划书，往返于北京、天津等地，到制造企业征询意见，递上邀请函，请对方代表来北京参加样本展。

几经努力之下，终于有了成果。样本展会一下来了二三百人，王小兰团队趁此机会，向企业讲解政府批文、海关报关减免税等贸易程序，不仅解除了企业的疑虑，还帮企业与外商谈了一个折扣价格。

1987年5月，“埃森国际焊接博览会”在北京展览馆隆重开幕，而此时的王小兰已经手握800万美元的订单，超额完成了销售任务，令主办方大为赞赏。

故事到此，还未结束。

王小兰他们发现，在为期两天的展会上，一项名为里氏硬度仪的产品很是抢手。这一产品用来测量各种金属材料的硬度，是工业领域重要的测量仪器。他们得知，该产品在国内没有生产厂家，而国外也只有一家瑞士公司在生产。于是，当机立断买下一台，带到了公司里。公司找来科研人员，从模仿开始，再通过自主研发的技术路径，把它们连接起来，从而研制出时代公司第一代里氏硬度仪产品。

外国品牌的里氏硬度仪只具备显示功能，而时代公司的同类产品不仅可以显示图形，还增加了计算功能，可以算出各项指标的平均数值。凭借优异的产品性能，时代里氏硬度仪迅速占领了国内市场。当年，该产品的销售量达 400 余台，而外国厂商在国内 4 年也仅卖出 200 余台。

几年下来，时代里氏硬度仪填补了国内空白，占领了国内大部分市场份额及欧美部分市场份额。“时代”商标，一举成为国际知名品牌。

这一产品的问世，标志着时代公司走上了技、工、贸、展四位一体的发展道路，“时代”英文为“TIME”，正是这四项业务英文名字的词头。

第一代“中关村人”

1988 年，彭伟民和王小兰成立了北京时代机电新技术公司。

同年 5 月，国务院批准建立北京市新技术产业开发试验区，中关村扛起了全国第一个国家高新技术产业开发区的大旗，探寻培育发展高新技术产业、实现创新驱动发展的新路。

时代公司成为最早一批诞生于中关村的企业。

无独有偶。1984 年，柳传志在中科院计算所所长曾茂朝的支持下，创办了北京计算机新技术发展公司（联想集团前身）。

彭伟民、王小兰和柳传志都是中关村第一批创业者，也是那段激情燃烧岁月的亲历者。

当然，说到中关村，就不得不提一个人——陈春先。

1978 年，中国科学院物理所一室主任、等离子体研究所副所长陈春先随中国首个科学家访美团，来到了大洋彼岸的美国。他此次考察的是美国的核聚变项目。在考察过程中，他对美国硅谷和波士顿 128 公路区的新技术扩散区产生了浓厚兴趣。

他在中国科学院的座谈会上，在北京市科协的交流会上，大声疾呼：“经济要发展，就要搞技术扩散。应该把科学技术和人才从高密度区域向低密度区域扩散，像把墨水滴入水杯一样，扩散开，把水染蓝!”“要把中关村建成‘中国硅谷’!”

1980年10月23日，陈春先带着纪世瀛、崔文栋等一众同人，来到中国科学院物理所一间十几平方米的平房仓库，成立了“北京等离子体学会先进技术发展服务部”。经过大家热烈讨论，决定今后服务部经营项目包括搞技术咨询、办技术培训、为企业与科研机构牵线搭桥……

有人说，他带头创办的这个民办自发性质的科技开发机构，是北京甚至全国第一个民营科技公司的雏形，更是日后引领中国、影响世界的中关村的第一粒种子!

无论是陈春先，还是柳传志、彭伟民、王小兰，当他们下海创业时，都遵循了“两不四自”的原则，即不要国家拨款、不占国家编制，自筹资金、自主经营、自负盈亏、自担风险。这也宣告着第一代“中关村人”投身市场、拥抱改革的决心。

他们的决心又来自哪里?

“我看到了生产力即将迎来一次大解放，而我们每个人对生产力的解放是充满渴望的。中关村的价值就在于解放生产力。在当时，允许干部能上能下、允许人员能进能出、允许工资能升能降，就是一种生产力的释放。”王小兰说。

1994年，时代公司决定自己生产焊机。在此之前，他们一直是欧洲一家焊机公司在中国的经销商。

“卖产品不是我的目标。通过卖，我们学到了焊机技术和外国公司的管理模式。对我们而言，当时有两条路可以选择，一种是跟着国外走，开发相同技术原理的焊机产品；另一种是自主创新，做一种革命性的创新型产品。”

经过详细的技术验证后，他们选择了后者，做逆变焊机，颠覆现有市场的机型，这将在全球掀起一场焊机领域的技术革命。这需要投入很大的精力，一旦失败，一切都将付诸东流。但他们丝毫没有退缩，而是迎头奋进，忘我地投入科研当中，历时数月，研制出划时代意义的逆变焊机。

从此以后，时代公司实现了弯道超车，通过自主创新，从跟跑者，变身为焊机行业的领跑者。时代焊机在“三峡工程”“南水北调”“奥运场馆建设”等重点工程中得到了广泛应用，并批量出口至全球40多个国家。

没有科研机构或大学创办企业的优势，没有大院大所的背景，也没有技术积淀的背景，他们完全凭借自身的能力，坚持走自主创新道路，建立起时代品牌和创新体系。

在改革开放40年的创新发展中，尤其是在IT、通信业迅猛发展的21世纪，独角兽企业层出不穷，而且动辄几十亿元、几百亿元的规模。

时代公司曾禁不住潮流的诱惑，尝试做过电脑等电子产品。但是，转了一圈后才发现，“适中而立”才是他们应该坚守的创业哲学。

对于这段“走过的弯路”，王小兰对作者坦率地宣称，“时代公司立足装备制造业多年，早已刻下属于自身的发展烙印，我们只适合做小而精、生命周期长的产品。”王小兰说，“行业没有好坏之分，在小的行业做到前几名，成为小巨人，也很有意义。”

经过几十年的不懈努力，时代公司已发展成为拥有几十亿元资产、多家控股公司，产品涉及检测仪器、焊接设备、试验机、机器人等领域的高科技产业型经济实体。

时代集团连续10年获得“中国机械工业500强企业”称号，公司先后获得“中国高新技术百强企业”“北京市经济百强企业”“中国机电行业影响力百强企业”“中关村20周年突出贡献企业奖”等多项殊荣，成为行业排头兵企业。

董事长彭伟民和总裁王小兰作为公司创始人，凭借运筹帷幄的胆识和魄力不断将时代公司做强做大，获得“优秀企业家”“创业英才”等诸多荣誉，成为中关村民营科技企业家的杰出代表。

先行者的探索，是中关村加速发展的强大动力。

他们不惧失败、持续创新的勇气，被新一代创业者传承和发扬，并推动中关村不断走向科技创新的前沿领地，成功跻身全球创新第一阵营。

王小兰说，历经40年的创新发展，中关村早已不仅仅是一个地理概念，它已经成为一个品牌、一个符号和一个象征。

服务于“创业者的中关村”

改革开放以来，有两个“异军突起”对中国产生了巨大的影响，一个是乡镇企业，另一个是民办科技。这两股力量在中国历史上留下了浓墨重彩的一笔。

中关村的创新经济是民办科技的鲜明代表，推动我国开辟了新的经济发展路径。

作为国家改革开放的桥头堡，从“中关村电子一条街”到“新技术产业开发试验区”，从“第一个国家级高新区”到第一个“国家自主创新示范区”，中关村紧跟技术革命浪潮，突破体制机制束缚，走出了一条敢为人先、矢志创新的道路。

2018 年 5 月，在第九届中关村创新论坛的现场，中关村管委会副主任王汝芳应邀发表主旨演讲，并向现场观众展示了一组最新的数据：

截至 2017 年年底，中关村高新技术企业总收入突破 5. 3 万亿元，实现利润 4 670 亿元，这个数字也是 156 家国家高新区企业总收入的 1/7。拥有 70 家“独角兽”企业，占据了全国 1/2、全球近 1/4 的份额。

如今的中关村，共聚集两万余家高新技术企业，上市公司 321 家，共有 57 家前沿技术企业估值超过 20 亿元。以上市公司为例，中关村企业贡献给外地的收入占 80% 左右。

包括中关村在内的科技创新对北京经济增长的贡献率超过 60%。

……

以上这些是中关村创新创业的有力佐证。

王小兰说，中关村的发展，有太多的天时、地利、人和，其他园区复制不来。“仔细回顾，你会发现中关村的成长史，不仅是一部科技园区成长史，更是一部铺路史、一部政策变迁史、一部技术发展史。”

“它的成长是独一无二的，它的发展是一代代创业者怀抱产业报国、创新报国的梦想，为摆脱旧体制的束缚，自发出来创业的过程。同时，也得益于政府部门、大专院校等丰富的智力资源的支持。”

在这个发展过程中，以王小兰为代表的创业者群体与历任管委会领导在不断讨论一个问题："中关村到底是谁的？——是企业的中关村，还是政府的中关村？是政府规划出来的，还是企业作为先进生产力引导政府生产关系来适应的?"

最后，大家达成了共识：中关村是创业者的中关村。

几十年以来，所有的要素都在向创业者聚集，通过创业，把创新要素凝聚和扩大，中关村才有了如今的发展态势。

但是，问题又来了，创业者与政府之间，创业者与社会之间，谁来充当要素集聚的桥梁和纽带呢?

王小兰给出的答案是"社会组织"。

与常规的地理概念不同，中关村是一个政策区域。它的管理机构是中关村管委会，作为政府的派驻机构，它存在的使命是制定和开展先行先试政策，搭建双创生态环境。在这样的前提下，中关村表现出"小政府、大社会"的治理特色。

换而言之，几万家企业的"大事小情"，不是由政府来直接服务，而是依靠各式各样的社会组织。中关村的社会组织是一支十分活跃的力量，它们组成"品"字形网络，帮助解决企业面临的现实问题，与政府形成良性互动。

按照王小兰的形象的诠释，"品"字形架构的顶部是"中关村企业家顾问委员会"，由企业家、投资人和知名学者组成，向北京市委市政府提建议，充当高级智库的功能。

"品"字形下面这两个"口"，一个是由128家活跃在中关村的社会组织组成的"中关村社会组织联合会"；另外一个是由100家产业联盟组成的"中关村产业联盟促进会"。产业联盟再将100个产业链组合起来，成为纵向合作的组织。社会组织联合会将128个协会组织起来，成为推进协会横向合作的组织。

北京市社工委、中关村管委会将这两个平台作为枢纽组织，通过支持两个平台，连接起几万家的企业。企业通过加入联盟或协会，有了表达意愿的渠道；社会组织通过加入政府枢纽平台有了上传下达、反映民意的通道。

这种由政府支持自下而上建立的社会组织网络，让企业、社会组织有了很强的参与感和获得感，形成了政府与社会组织共同治理区域的局面，从而实现了企业、行业的自治与自律。

这也是中关村“遥遥领先”于其他园区的另一个优势所在。

在这一联合治理模式的产生与深化过程中，王小兰和她志同道合的“伙伴们”是重要的缔造者和推动者。

仅就王小兰个人而言，这位巾帼企业家，眼界高远，胸襟广阔，在中关村有着很好的口碑和较高的威望。她本人也不满足于自己一个企业的发展与成功，而是将更多的精力放在推动民营科技企业的发展与壮大。

自2004年起，王小兰接任北京民营科技实业家协会会长职务。2005年担任中关村协会联席会（40余家协会组成的联席会）主席职务。

“中关村的使命就是先行先试的示范区，通过我们的实践来推动政策的先行先试，让好的政策和管理模式在更多创新园区推广复制。谁来做这些先行先试的探索工作？首先是企业，其次就是社会组织和管委会。所以，反映企业家的心声、推动政策出台是我们的使命。”

在王小兰的努力下，北京民协的社会影响力不断加大，社会职能也进一步扩张。仅2006年，协会就承接了政府有关部门委托的5个软课题研究；为16家会员企业解决了各种实际困难及问题；成功组织了各种座谈会、人才招聘专场，专业培训活动97场；向各类媒体提供文章90余篇；为政府发布的“建设创新型北京60条政策”提出了如何执行政策的90条建议……

不仅如此，她还领导策划了许多具有普遍意义的为企业服务的有效举措；搭建了民协理论研究中心、企业家咨询顾问团、企业HR俱乐部、CTO俱乐部等八大服务平台；组织中关村开放实验室、新技术新产品应用和推广、中关村企业家顾问委员会等专项工作，推动以企业为主体产学研相结合创新体系建设；组织发起中关村企业家天使投资联盟、中关村企业家商事调解中心，鼓励创新扶持创业，帮助企业解决法律纠纷，受到会员单位的广泛好评。

她主持了多项课题的调研，发表论文十余篇，其中两项调研成果被列入《中关村发展蓝皮书》，在社会上引起较大反响。

在参政议政领域，她以人大代表、政协委员的身份，通过对企业的调查研究，征集了许多来自基层的意见和建议，及时向各级政府反映社情民意，积极呼吁为民营科技企业的发展营造良好环境。政府部门对王小兰的评价是：具有深厚理论、实践及较高参政议政水平并享有很高威信的优秀企业家。

挥舞中关村精神的“大旗”

如果细数王小兰对中关村做出的贡献，恐怕三天三夜也说不完。

与此同时，王小兰在与作者的交谈中，似乎“自动忽略”了她自身的成绩，而一直强调，中关村创业者是一个整体，中关村精神的传承是他们今生的根本使命。

2009年，一向以中关村为“家”的王小兰撰文指出：“中关村相当多的企业，早熟同时也早衰，她用短暂的三五年的历程，走完了一个百年企业或者几十年企业应该走完的从生到死的过程。持续的科技创新，是中关村民营企业面临的一个重要‘瓶颈’。”

与此同时，政府相关部门的一份邀请——能不能帮国家多培养几个联想这样的世界级企业？——递向了柳传志、王小兰、李彦宏等知名企业家。

带着强烈的使命感，以柳传志、王小兰为代表的20多名企业家于2010年3月组建中关村企业家顾问委员会（以下简称“顾委会”），接受政府部门交代的几项至关重要的任务：推动企业做强做大、重大产业化项目挖掘和推荐、培育高端领军人才、促进产学研用的合作对接以及国际交流合作。

顾委会成员是目前活跃在中关村的四代企业家的杰出代表。20世纪80年代下海的如柳传志、王小兰等从大院大所走出来，创造了新的体制机制，他们是中关村第一代企业家。到了90年代，以王文京为代表的第二代企业家带着私营帽子或者戴着民营帽子开始创办公司。第三代企业家李彦宏等是2000年前后以海归创业为主的企业家。第四代企业家程维等是在互联网浪潮兴起后开始创业的年轻人。

在接下来的几年里，顾委会成员扎扎实实，力图将每项任务做实做深。2017年5月，王小兰作为常务副主任委员兼秘书长，参加了时任北京市长蔡奇同志组织的与顾委会的座谈会：

我们成立“中关村100企业家俱乐部”，64名企业家参与其中，通过闭门研讨、企业互访、海外游学等形式，共同探讨企业发展战略问题。截至2017年5月，已有10余家企业达到100亿元以上的产业规模，先后去过美国硅谷、德国、日本、以色列、英国游学，去过深圳、西安、贵阳、南京、杭州等地学习。

成员向政府推荐一些值得关注的重大前沿项目，并推动了海淀区发起成立的“300亿元并购母基金投资”，在科技与金融结合上发挥智库及投资家作用。

协助管委会等部门做政策研究几十项。

利用顾委会专家优势，在企业国际化、推动京津冀协同发展方面发挥作用。

参与研究创业服务和人才培育、高聚人才评定工作。

2015年，由怀进鹏、柳传志、王文京、徐井宏、王小兰等128位学者、企业家和投资人共同发起的“中关村U30”，致力于寻找改变世界的青年创业力量，传承中关村文化和企业家精神。他们聚焦高精尖产业结构，对标的是美国硅谷。2018年3月26日，“中关村U30”2017年年度总决赛上，30位优胜者成功获得“2017年年度中关村U30”荣誉奖杯。

顾委会当中的大多数人集四个角色于一身，既是企业家又是投资人，还兼创业导师、社会工作者。这种手把手“传帮带”的模式，让很多年轻的中关村创业者打开了眼界和思路，一上手便瞄准了世界最前沿。

这四代企业家和他们率领的创业大军共同形成了一个前赴后继，有理想、有抱负、有持续动力的创业团队。中关村创业者群体，也通过这种方式，实现了企业家创业精神的传承和参与社会治理的自觉。

直到与王小兰交谈后，作者才察觉到，以往对中关村精神的理解一直是管中窥豹。中关村精神不仅存在于那些百折不挠、勇于探索的创新与创业活动中，还潜藏于为中关村的发展不计回报、甘愿奉献智力与体力的志愿服务活动中。

就王小兰而言，投身于中关村的社会工作，与其说是兴趣与动机，不如说是一种习惯和信仰。这种“生而为中关村人”的信仰，能汇聚成溪，经河流入海，从而产生百川汇海的磅礴势能和博大胸怀。

这一信仰的伟大意义还在于，能够引导数百万名在这片热土上创新与创业的人们，培养他们对中关村的认同感、归属感和使命感，从而产生一种强大的凝聚力。无论在参加国务院有关领导座谈会，还是参加全国政协、北京市人大各种座谈会，王总讲得最多的就是中关村，她为中关村鼓与呼，为中关村发展不断建言。

这种基于文化与机制的“软生态”建设，在中关村打造“具有全球影响力的科技创新中心”的道路上，势必会持续提供强大的助力。

采访临近尾声，作者突然想到有关兰花的几句诗：

兰花之香，
不在于浓，
在于淡雅而幽远，
一香足以胜千红。

采访手记：兰花有丛生固本的品德。固本，让兰花的根基牢固，在源头上端正生长的方向；而丛生，能够抵御风雨，从容立于天地之间。这种丛生固本之道，体现了兰花日日生新、团结奋进、自强不息的精神品格。

以“兰”为名的王小兰秉承了这一可贵的品质，在她为之奉献的创新与创业的沃土，不忘初心，深深扎根，生机挺拔，叶绿花繁；她不与“群芳”争艳，而以“草木”为伍，团聚精英，风雨共济，同心协力，“其利断金”。她不愧是中关村享有较高威信的企业家、社会活动家。

如今的中关村，在以王小兰为代表的老、中、青、新几代“中关村人”的努力下，惠风和畅，日新月异，万物并作，生生不息。

苏药：创业者背后的创业者

吴 炜

苏药

在中关村的创业者中，苏药属于一个异类。和众多的互联网和 IT 创业者不同，他关注的重点不是机器和工具，而是创业者本身。他成了服务创业者的创业者。为了创业者，他做了三个类似“社会型企业”的事情。

如果说车库咖啡给创业提供了办公和交流空间，那么 YOU+创业公寓是让创业者住在一起，让年轻人的生活不再孤单，而创业博物馆，则让创业者有了一个追求精神极致的地方。

车库咖啡：为创业者飘香

2012 年的一天，下午 4 点，车库咖啡馆正是人头涌动的时候。

来到这里，找个宽敞的地盘都有点难度。你不可能一个人再单独拥有一张桌子，只能和别人拼桌。然后，熟悉的或者陌生的人们，可能随时攀谈起来，交流关于创业的一切。

这是车库咖啡里常见的一景。来自不同公司、不同行业的人在这里相互碰撞，寻求合作。

创新、创业是中关村的“主旋律”。而中关村西区，更是一块宝地，新浪、微软、创新工场等科技创新型公司集聚于此。它和清华、北大等知名高校也就是半小时的路程。所以，当“车库咖啡”出现在中关村海淀图书城附近的一个隐蔽的所在的时候，不会觉得奇怪。

车库咖啡的渊源，如果要生拉硬扯，也许可以扯到“车库”这两个字。它能引起丰富的联想，苹果、惠普、戴尔等都在车库起家。它本身就意味着创业的精神、创业的传统。

中关村本身其实也是一个大“车库”。所以，车库咖啡于 2011 年 4 月诞生在这里，似乎也十分自然。

创办车库咖啡之前，苏药在别的公司干了 5 年，最后的职位是战略投资部总监，这个工作让他体会到投资人寻找项目的艰辛，尤其是在路途上浪费了太多时间。辞职后，他就想，将创业者和投资方聚在一起是一个很有意义的事业。

作为一家以创业和投资为主题的咖啡馆，最初的时候它占地 800 平方米，能容纳 150 人左右。创业者只需每人每天点一杯咖啡就可以在这里享用一天的免费开放式办公环境。因为自由放松的氛围，来这里的创业项目越来越多。可以说，车库咖啡不仅是创业者的低成本办公场所，也是投资人的项目库。

车库咖啡越来越受到欢迎。“对于创业者来说，资金、资源、社交是最重要的。这样的开放办公环境，不仅降低了办公成本，还降低了社交成本。车库咖啡经常举办创业投资和技术交流活动，团队之间也可以相互交流。更重要的是，‘伯乐’随时会出现在门口。”苏药说。

车库咖啡创办只有 7 个月的时候，就已有 13 家曾在这里办公的创业团队找到了资金，成立了公司。

为了让咖啡馆更聚焦于创业者，苏药还为车库咖啡制定了一些原则。比如，车库咖啡晚7时之前不接待任何活动，白天要保证纯粹的办公环境，拒绝所有商业活动，拒绝任何企业的包场需求。这样做的目的是，“避免伤害我整个商业模式”。对于经济上的营收，苏药至少是不急切的。“吃亏，我都不怕，我没有太多利益追求，如果某一天我去追求这些东西，可能心态就会变了。我喜欢的就是这种特别热乎的感觉，今天到这儿来的所有团队，都一视同仁。”

车库的知名度是随着光顾者的增多而日益传播出去的。薛蛮子、蔡文胜等知名投资人就起了很大的作用。一方面，他们不定期出现在“车库”，与创业团队沟通和交流；另一方面，他们也把自己在“车库”的经历发在微博上，扩大影响，让更多的创业者和投资人了解“车库”这个平台。

与时代相关，创新创业的热潮渐起，苏药开始见识数不胜数的各路人马了，政府官员、资本大鳄、天使基金人、创业先锋、知名企业家等纷纷来访。大家为创业者和琳琅满目的科技创新项目而兴奋。

但成立基金、创办投资公司、与政府合作，这些都不是苏药最先考虑的，他想的是如何帮助创业者创业。“我认为，让我这一生值得回忆的事情就是，5年之后，有几家非常好的公司曾经在我这儿奋斗过。”

车库咖啡并不仅仅是在投资人和创业者之间搭桥，也在为创业者和创业者搭桥。

在车库咖啡进门的两侧，“招聘墙”上是一张张需求投资和技术合作的帖子。帖子用钉子钉在一起，有厚厚的一沓，而且每天都有新帖。很多IT高手或者其他领域的创业者都在这里呼朋引类，寻找同伴。

当然，最后形成项目组或团队，有的会走向成功，有的也会因为失败而解散。但车库咖啡依然是他们的家。

车库咖啡每个月还推出求贤会——帮助各个项目小组招募人才。除此之外，“车库”还常常举办沙龙或讲课，主题均围绕创业或投资，包括技术探讨、法律实务。每天下午，还有一段“Case Show”，让创业者在众人面前介绍项目，由业内知名投资人或参与者点评。

由于人气聚拢，生意趋于火爆，“车库”的营收逐渐好转，开业才一年，就基本达到了收支平衡。虽然鱼龙混杂，车库还是涌现了不少成功的创业团队，例如风靡海内外的“魔漫相机”、一度备受瞩目的垂直类招聘网站“周伯通”、领军无人机领域的“极飞科技”、做颠覆性动画制作工具的“皮影客”、圆普通人影视梦的“微星辰”、拍三分钟创业视频的“一见”……此外，这里还是无人机送快递、比特币的开矿机、快递智能寄存柜等这些创意项目的策源地。

政府也及时注意到了这个民营的“孵化器”，将“车库”纳入了支持对象中，享受政府的资金补助。而在“车库”办公的创业者，也能获准以“车库”的地址在中关村示范区注册，享受优惠政策。

开始有创业者把车库咖啡比作一座庙，什么人都可以来。而苏药，有点像庙里的住持。

苏药自己估算了一下，每年来到车库的创业者至少 5 万人，创者团队 1 000 多个。车库咖啡成立 3 年多的时间里，孵化出的创业团队里已经有 4 个年收入过亿元人民币，有 110 多个创业团队在车库获得投资、70 多个团队在车库完成团队组建，还有很多个被并购的案例。

YOU+：为创业者提供一个家园

“哇，今天我的朋友圈一大早就被刷屏了！”2014 年 10 月 28 日傍晚，苏药兴奋地对笔者说道，难抑喜色。他身材微胖，一笑起来全身舒展开来，传递出一种欢快的气氛。这次，朋友们纷纷转发的是小米雷军投资 YOU+国际青年公寓的新闻。也有不少朋友发来微信，表示祝贺或者询问更多的信息。作为 YOU+公寓的联合创始人及车库咖啡创始人，苏药又一次出现在众人的视线中心。

此时，车库咖啡已经实现了他初设的目标。在车库咖啡的影响下，以及在苏药的建议和推动下，车库咖啡所在的整条街变成了“中关村创业大街”，满街飘着咖啡香。

但当大街开始人头涌动起来的时候，苏药倒有点茫然了。原来的目标已经达成，下一个目标是什么，他还不知道。直到他遇到了广州做 YOU+青年公寓的刘洋兄弟。

现在，他带着新的梦想而来。“我们要打造一个乌托邦乐园。”他说。他将和刘洋合作，让“创业”和青年公寓结合，产生化学反应。

这段时间，苏药三天两头要出差。他和他的创业伙伴刘洋、刘昕等人，在全国一、二线城市到处搜寻3 000~10 000平方米的独栋楼，“长期租用，多多益善……”。

北京YOU+创业公寓有两栋正在动工，一座在苏州桥，一座在上地。在苏州桥的面积有12 000平方米，将作为YOU+创业公寓的总部。而在北京之外，上海和广州的创业公寓项目也在热气腾腾地推进中。苏药要不断来往于几个城市。除此之外，作为北京创投圈的一个名人，他也被全国各地的各种创业活动所邀请。

一说起YOU+创业公寓，他就会两眼放光，激灵起来。“我们要逆天了。苏州桥的创业公寓有万兆宽带接入，思科网真网络高清会议系统，各种娱乐设备，可以烧烤，还有几万元一台的奥运级跑步机设施……”甚至，他透露，在苏州桥的公寓，还有篮球场的配套。

而这不是建一两栋楼的问题。苏药说，YOU+的计划是今年开建10栋公寓，明年后年更多……也许是个逆天的数字！

这个设想甚至让他自己也心惊肉跳。如果说苏药以前的主要活动范围是800平方米的车库咖啡，那么现在他的活动范围将成千倍上万倍地扩大。YOU+将让大量的创业人才不仅工作在一起，而且住在一起。有迹象显示，他和YOU+的其他几位创始人将一起打造一个系统，在这个庞大的系统内部，一切可以互联、共享，并可以借助网络的力量，跨越地域的阻隔。

刘洋和刘昕等在两年前创立的广州YOU+国际青年公寓其实就是一个带有乌托邦形式的社区试验。门禁将公寓与外界隔离开来，塑造相对独立的居住空间。内部布置很别致。底下有大厅，有花园，楼顶可以烧烤。房间都是LOFT格局，主要用来休息和睡觉。每个房间都可以个性化布置，空间可以被充分利用。比如吃饺子可以在走廊上，大家各自搬出凳子，摆个长桌，就成了宴席。想吃火锅，在群里发一个声音，往往一帮人就可以很快聚拢起来，结束后AA制一算账就可以了。

YOU+实行了对用户本身的筛选和对房客的社交KPI考核，并规定了三不租：45岁以上的不租、带小孩的不租、不爱交朋友的不租；并采取各种方法鼓励住户之间相互交流，那些社交指数过低的可能会被“末位淘汰”。它可能是当前中国城市长租公寓里社交化元素最多的公寓。

而 YOU+创业公寓是兼顾居住和工作的社区，它也是一个“平台”，可以嫁接各种想法。比如每栋楼可以设立基金，每个人都能当 LP。每天大家一块路演，一块听项目、投票。

作为联合创始人，苏药将负责给原来的 YOU+公寓带来更多的创业资源和互联网理念，并促成更多的配套支持。比如新布置的思科网真系统，可以让创业者的思想碰撞变得更加容易。“我们以店为核心，可以把思想碰撞搬到网络上来。我们在北京可以‘列席’广州店开的创业交流会。大家有什么好建议可以面对面地交流。”苏药说。

后来的发展也基本符合他的预期。YOU+创业公寓逐渐成为有一定准入资格的内部开放的社区。在这个社区里，有情怀、有温暖，不断聚集着一批有创造力和有正能量的人，他们可以互帮互助，相互砥砺，成就每个人的梦想。

创业博物馆：追求精神极致

时光又转移到 2018 年，此时的苏药，已经从 YOU+的日常管理中逐步退出。而在过去的两年里，他又有一个梦想憋在那里，生根发芽，慢慢破土成长。

3 月 22 日，他第一次在朋友圈表达自己的心愿：“我下一步要为社会做一个类似但不完全是记录创业者历史的博物馆的新模式，纯粹追求精神极致的地方。完全 NGO 化。”

在接下来的 6 个月里，他和身边逐渐组建起来的团队日夜兼程，为这座理想中的博物馆添砖加瓦。

他希望博物馆做三件事：一是做科技的编年史，把过去 30 年间对科技有过贡献的企业，包括被人遗忘的企业记录下来；二是老物件的收集，让 Apple2 电脑、286 电脑、5 寸[1]软盘、磁带、录像带、打字机、声卡、汉卡等

[1] 1 寸 = 2.54 厘米。

已经消失于历史里的东西在这里重聚；三是记录创业人物的精神和趣事，做一个创业精神的博物馆，给到这里的年轻人以激励。

最初，他借用了朋友赵东在立方庭的办公室办公，每天和几十个朋友交流和碰撞思路，每天讲十几遍差不多同样的故事，不断在沟通中丰富这件事的想法和不断开有趣的脑洞。

然后，梦想落地，见风就长。各种资源纷至沓来：

各路新老朋友陆续送来数百件曾经的老科技产品。廖天华带来了Windows 95 中文试用版软盘、键盘哥带来了汉卡、翁胖送来了东方快车翻译软件……

域名投资人戴跃捐赠给了创业博物馆一个域名：chuangye. com. cn。

博客中国的方兴东博士和甜夏、海淀区老书记申建军表示，愿意一起共建博物馆的第一部分历史的内容。

YOU+总设计师齐舒雁和李军、张谢勋等著名设计师愿意来做免费的设计。

年轻艺术家凡仔和画家吴俊自愿承担制作“刘关张桃园结义”的“创业”雕像。

清华大学硕士毕业的刘丁，准备用他的几个专利技术协助共建这里的科技部分。

人员方面，6 名来自不同领域，各有技能，但不要求薪资的全职同学自愿加入团队，希望为共建这里付出一份力量。

资金肯定是需要的，苏药发起了初期的捐赠，7 天之内就收到了 400 多万元捐款。

海淀区政府和中关村管委会纷纷表示大力支持。在场地和政策方面提供便利。

9 月 15 日，“创业博物馆”在中关村创业大街开张。在这里，有联想、金山的“创业之门”，有计算机和 IT 硬件历史老物件的陈列，有刘关张桃园“创业”的雕塑，有创业者的会议室和“达摩洞”，也有数不胜数的创业故事。

“我胡汉三又回来了”，苏药绕了一圈创业服务之路，又回到了创业大街。

这次，他要为创业者提供一个追求精神极致的地方。

让北极熊不再跳跃行走

创业是从 0 到 1 的努力，创业者是孤独的。从创业咖啡馆到创业公寓，再到创业博物馆，我们可以看到苏药不断地为创业者的社区努力。

在中关村创业大街，创业服务机构已经有很多家了，黑马会、3W 咖啡、言几又、Binggo 咖啡、京东奶茶馆等纷纷而立，但“社区”基因最强的，可能还是车库。苏药称，车库咖啡只关注创业者这个群体。“初期我想建立创业和投资之间的扁平化交流，但做着做着，创业者之间的互助和那种精神更加打动了我，甚至远远比创投更重要。”

社区与一般的商业机构相比，目的性应该不是那么强。比如一般的网络论坛有各种专项区域，也有“灌水区”。社区应该是好玩的、需要被体验的、不容易被定性的。

尽管苏药后来逐渐退出了车库咖啡的管理，车库咖啡本身也不断转型。但车库咖啡作为一种精神多少保留在了大街上、保留在了中关村。而 YOU+和创业博物馆，则是把车库的精神进一步扩大和升华，在物理上服务于创业者，在精神上鼓励着创业者。

很难追溯苏药怎么走上了这样一条路。他最初的职场身份是电脑和 IT 服务销售，做得相当成功。但可能是对人和生活本身的关注，让他逐渐从纯商业的工作中慢慢脱身而出。

苏药喜欢玩。有一次和朋友们出国，朋友们带回来的是一些电子产品或服饰，苏药带回来的是一块滑板。

他曾带领着车库的人到处“玩”，比如骑车去春游，去寺庙学禅，请 400 个车库的小伙伴一起到中国科技馆的 IMAX 影院看《变形金刚 4》的零点首映。

收养流浪狗并为它建立公共号、为了一碗兰州拉面周末坐火车专程从北京奔赴兰州，在朋友圈推荐北京美食和小众电影，这些事情发生在苏药身上，都显得不足为奇。

在一次公共号的写作中，他写下了这样一句话："今后无论做什么事，一定要做到两点：有意思，有意义。"

大约10年前，苏药有一个叫虞鑫的朋友在绿色和平组织工作。为了考察全球变暖，虞鑫作为中国绿色和平组织的代表去北极做了三个月的科考，每天写博客传播他在那里看到的事情，其中一组视频和照片打动了苏药：北极熊不再在冰川上行走，而是需要跳跃——因为全球暖化，它们没有了足够的活动空间。

苏药问虞鑫："你会一辈子都在绿色和平工作吗？"对方的回答是："也许我一辈子不会在绿色和平组织，但我一定会一辈子在社会型企业。"这让苏药印象深刻。

"社会型企业"就是以公共利益为目标的营利事业。"你会发现长存或者伟大的企业其实都是有精神层面的东西在支撑。但当时做车库的时候就希望寻找一个模式能够让这存在到老，并且是一直有意义地到老。我发现我的能力和时间、心态都不足以用商业的方式做到这件事。那只能想办法做一件精神层面的事。"苏药说。

或者这就是苏药从初期的车库咖啡，到YOU+，再到创业博物馆，一直追求的东西。某种永恒之光的指引，让他走到现在，而且只有这样走，他才能感觉到自在。

世界，我们来了！

——启迪控股为清华全球战略添砖加瓦

马文良

付常银

在付常银的记忆中，2018 年 4 月 17 日的意大利米兰色彩斑斓。那一天，素有“时尚之都”美誉的米兰，因为中国企业代表团的到来而热闹非凡。

“中意设计创新基地”挂牌仪式暨“中意设计创新展”开幕仪式如期举行。作为启迪控股品牌经理，付常银心潮澎湃，这不仅仅是因为启迪控股带领 25 家中国企业及其展品在那里搭建起一座中国与意大利两国之间科技、时尚、创新交流的桥梁，更重要的原因在于在她的内心中，深刻感受到了“中国脉搏”在异国他乡强烈跃动所带来的震撼。

“在会场，当五星红旗升起，中华人民共和国国歌奏响，全体起立的时候，我们在距离北京6 000多公里的地方，感受到的是强烈的民族自豪感与自信心！在这里，我们买下了世界著名的蒙迪尼广场，‘中意设计创新基地’由此起航，至此我们帮助清华大学实现了亚洲高校首次独立海外办学的夙愿，‘中意设计创新展’也作为中国企业主办的大型展览首次纳入‘米兰时尚周’活动框架，成为常规展览之一！”

那一刻，热泪盈眶。

那天，原定300人的会场来了将近500人，场地被挤得水泄不通。很多在米兰的中国留学生自发来到会场，甚至带上身边的意大利朋友。他们说，看到“中意设计创新基地”门口张贴的中国国旗和清华校徽，感到非常亲切。这么多同胞聚集在米兰，他们觉得祖国就在身边。

付常银说：“或许我理解不了他们在远离祖国的米兰，是如何吃着比萨、喝着意式浓缩咖啡却思念着中国的心情，但是我确信启迪作为中国企业竭尽所能地为清华大学、为中意交流做了一件有意义的事。”

在“中意设计创新展”现场，启迪带领中国创新企业走进世界时尚舞台，收到的尽是欢迎与赞叹。不论是在科技领域、创新领域，还是时尚领域，中国企业、中国人正拥有着越来越多的话语权——在这背后，是我们的国家，这个有中华文明5 000年的国家，真真切切地强大了！

“我没有机会看到四十年前中国在国际上是怎样被评价的，但是如今我亲眼见证了国际社会对于中国科技与创新，对于中国这个国家的支持、信任与赞叹。对我这个‘80后’而言，生活在这个中国正在和平崛起的时代，我觉得是令人振奋的，这份职业成就感与价值感，让我觉得前景无限！”

年轻的付常银看到新世界的大门正在开启，她所服务的启迪也正在创造着奇迹。除了举世闻名的“清华科技园”，启迪在世界上布局了超过300个创新创业基地，拥有世界上最大且独一无二的环球创新网络。从1994年清华科技园成立到现在，仅启迪旗下启迪之星孵化器，累计孵化企业超过5 000家，以20亿元的投资总额获得了200亿元的投资回报，创造了世界上孵化器、科技服务企业的奇迹。

“这两年，我深刻地感受到启迪作为清华大学的企业，作为中关村的企业，立足海淀、布局中国、放眼全球，不断书写着中国创新企业、科技企业的世界影响力！处在这个生机勃勃的时代，我感受到来自中国的民族自信与世界影响力。我们是自豪的、骄傲的，我们年轻一代正带着一腔热血，带着朝气蓬勃的中国精神，走向世界，走向未来！”

在位于清华科技园的 Hi Coffee，我见到了付常银，开启了一段故事。在她所描述的场景中，我也深受触动。作为中关村的记录者，我曾访谈过许多企业，也深知国际化的魅力与艰难，当她伴随着启迪的步伐，融入这浪潮当中，所见所闻也就弥足珍贵。

我们常常被成功所鼓舞，却往往忽略背后的艰辛——如同登山，在山顶可以俯瞰无限美景，可是在攀登过程中，总会有艰难的上坡，中途有阻碍和险境，也透支着体力。但是，不管怎样，克服重重困难之后，才能体会到成功者的乐趣。所以，在我看来，聆听亲历者的故事，和中关村的企业一起感受“国际化之旅”的苦辣酸甜，也是一件让人愉悦的事情。

当中国企业出现在世界面前，面临无数未知的困难与挑战，却心存“勇攀险峰”的勇气，更有“舍我其谁”的豪情——恰如启迪走进意大利米兰，在这时尚之都，他们镇臂高呼：“世界，我们来了！”

是的，我们来了。

启程：全球化战略“先锋军”

时光如流水，永不止息——后来者看到的许多“大事件”，在当时可能仅仅是浪花一朵，但它所带来的影响却颇为深远。倘若时间倒流，历史将记录下这一刻：2017 年 2 月 22 日，在中国国家主席习近平与意大利总统马塔雷拉的共同见证下，清华大学校长邱勇与米兰理工大学校长费卢奇奥·内斯塔（Ferruccio Resta）在北京人民大会堂签署协议，合作建设“中意设计创新基地”。

回顾历史，中意两国友好交往历史源远流长，两大古老文明始终相互吸引、交相辉映。意大利以艺术与设计创意而著称，米兰更被誉为世界设计之都，有着浓厚的设计氛围和成熟的设计生态。创建于 1863 年的米兰理工大学，在意大利工科排名第一，意大利设计专业毕业生中，有近一半来自米兰理工大学。

尽管创建创新基地缘于意大利政府的邀请，但这对清华大学而言同样意义重大——这不仅是其在欧洲设立的首个教育科研基地，更是清华大学布局全球战略的重要一环。这个规划中的“中意设计创新基地”将成为中国企业在欧洲的设计总部，在与世界一流产业和机构对接、交流、合作的同时，也将成为连接欧洲设计资源与中国市场的跨境平台。

简而言之，这将是一个连接世界的窗口。在“一带一路”的背景下，中意牵手成立创新基地，更显得意义非凡——尤其是两国元首都高度关注，无疑是对未来发展寄予厚望，这是“国家任务”，更要快马加鞭。

这次签约之后，建立“中意设计创新基地”与成立“清华大学米兰艺术设计学院”提上了日程。在此之前，清华大学与米兰理工大学互为重要合作伙伴，近年来开展了一系列长期持续、全面深入的交流合作。两校发挥设计领域的共同优势，在人才培养、教师交流、联合研究等领域加强合作，取得了一系列丰硕成果，但是两校共同在意大利设立实体的二级学院尚属首次——在海外购置办学物业、设立办学基地，这也是清华大学的“首次试水”。

困难可想而知。首先要寻找到合适的合作伙伴，既要有敏锐的市场嗅觉，完成在米兰的场地需求，又要有耐得住寂寞的担当——教育不是一件急功近利的事情，要有舍才有得。但是，这样的伙伴，是否真的容易找到？

清华大学美术学院牵头成立项目组，负责筹备及工作的推进，接触了数家中国企业，尝试以市场化机制来解决物业购置难题——但是，结果却不甚理想。诉求有别，或是因为合作机制的问题使得这件事举步维艰。

“为什么不找清华的企业试一试？”就在濒临困境之时，有人提出了这样的想法。清华产业传承清华大学的精神与使命，在商场叱咤搏击，已经成为在中国乃至世界都颇具影响力的企业集群，不管是从精神还是行事风格上，都是一脉相承，或许能够事半功倍。

柳暗花明又一村——启迪便进入项目组的视野当中。

谈及启迪，便要提及“清华科技园”。这家诞生于1994年的科技园区，经过二十多年的实践与探索，不仅是中国首家A类国家大学科技园，也是目前世界上单体最大的大学科技园，是中关村科技园区建设速度最快、入驻企业品质最好、创新服务体系最完善的大学科技园，在国际科技园区行业享有很高的声誉。

启迪从建设“清华科技园”起步，积极响应国家创新驱动发展战略，落实清华大学服务社会职能，在“致力于成为科技服务业的中国引领者和全球典范”“成为战略新兴产业发动机”的总目标下，构建了“科技园区、科技实业、科技金融”三位一体、相互协同的集群式创新业务格局，并形成独特的“技术、产业、资本”“园区、实业、金融”“政府、企业、大学”立体三螺旋发展模式。在打造全球领先的创新创业生态系统的征程中，启迪始终不忘服务学校发展的初心，砥砺前行。

启迪在成立之初，就将“国际化战略”摆在包括“支撑平台战略”“辐射发展战略”在内的三大战略的首位，而且在大力提升清华科技园国际行业知名度和影响力方面，也很早就开始了战略布局。经过多年的发展与探索，启迪积累了丰富的科技园开发与运营经验，形成了一支高素质的经营管理队伍，积极推动创新资源与区域经济的有机互动，成功构建起辐射全球的以科技园区为载体的创新体系。同时，启迪还与埃及、泰国、巴基斯坦、马来西亚、澳大利亚、英国、蒙古等国家的政府、大学、科技机构建立战略合作关系。

义不容辞。在启迪的负责人看来，助力清华大学的国际化战略，也是企业的使命所在。没有讨价还价，更没有丝毫犹豫，启迪便参与到推进“中意设计创新基地”建设的工作中来——启迪团队深感责任与使命重大，精心组织、认真谋划，力争向学校交上一份满意的答卷。

由此，启迪开启了助力清华大学全球战略的序幕，也成为一支“先锋军”，代表中国企业“走出去”。但前路漫漫，等待他们的将是怎样的未知挑战呢？

困境：购置基地物业的“曲折路”

既然启程，就不惧风雨。2017 年 5 月，启迪领导率领团队奔赴米兰，开启了“摸底考察”之旅。

这是一个完全陌生的环境，语言、文化、政策都成为“国际化”征途中的堡垒，需要一个个攻破。对于这次选址，要符合创新基地的定位——教育、研发、产业一体化，这就要求距离要适当、面积要合适、空间要独立但具备相应的配套设施。

看上去不难，但事情不容乐观——满足条件的楼宇本就不多，同时由于上文所述诸多差异，清华大学和米兰理工大学两方的项目团队在之前的接触中，在合作办学购置场地的问题上产生了误解与冲突——清华大学原计划买下全部办公、展厅、教学楼宇，但多次商谈，都被告知教学楼宇不能购置，只能租赁。这就意味着清华大学不能拥有教学场地产权，这将对永续办学与持续科研带来严重挑战。

这是现实的困境，启迪项目团队参与到沟通谈判之后，沟通数次也是无果而返。第一次的选址调研工作，启迪团队就这样带着遗憾而离开米兰。

知难而退还是激流勇进？这又是一个问题。

一周之后，米兰理工大学副校长 NOCI 率团赴清华大学再次商谈。启迪没有打退堂鼓，而是在这次商谈中，以清华大学校办企业身份主动承担起“中意设计创新基地”的筹建工作，与清华美院成立联合项目工作组，积极推进。

不言放弃，方显英雄本色。但是，事情却没有转机，双方的谈判一度陷入僵局：视频会议刚刚谈到物业购置问题，便以意方代表拍桌撕纸愤然离去而告终。就这样僵持下去，还是寻求新的解决方案？既要顾全大局，又要有序稳步推进——这件事的成败在此一举。

面对困境，启迪项目团队没有轻言放弃，而是迅速调整商谈方案，不钻牛角尖，但也要有背水一战的决心和勇气。如果双方都纠结在这个“局部”问题上，那么势必会影响到合作大局——与其在物业购置问题上讨价还价，还不如另辟蹊径，找到解决之道。

于是，2017 年 7 月，启迪团队再次与清华美院院长鲁晓波一行奔赴米兰，寻找新的物业。只有走出去，实地去考察，才有可能寻找到机会。但是，数次考察之后，希望一点点破灭——不是面积不合适，就是有诸多使用限制，或者环境不佳……总之，符合既定条件的场地没有找到，困难重重。

山重水复疑无路——机会却在拐角处出现了。在距离米兰理工大学不远的地方，新建成一处生态化建筑，这是由世界著名设计大师 Alessandro Mendini 设计、半开放而又相对独立的空间、楼宇使用的环保且免维修材料……这不就是项目组梦寐以求的场地吗？唯一的问题，能否购置全部产权？这对清华大学而言，至关重要。

不管怎样，这都是一个需要抓住的机会。启迪团队第一时间主动邀请物业业主 MarcoTuisini 和他的合伙人见面，表达了对物业的购置意愿，并坦诚交流，期望能在服务科技创新层面达成共识。MarcoTuisini 表示启迪要做的事情非常符合他们的意愿，愿意负责任地达成这项交易。但同时，还有买家意向全部购置此处物业项目——也就是说，启迪要拿下这个理想之地，还要和至少两个竞争对手“掰手腕”。

时间紧迫，距离清华大学既定的建设日期越来越近，如果再找不到合适的物业空间，意味着清华大学国际化战略在欧洲的进程就要被迫推迟。重任在肩，启迪项目团队兵分两路，一方面全力盯紧物业业主，另一方面紧锣密鼓地向清华大学汇报进展，并多次尝试邀请业主来北京面谈。

功夫不负有心人，百转千回，终于迎来了转机——启迪团队说服 MarcoTuisini 千里迢迢来京面谈。坦诚的交流缩短了双方的距离，同时也增进了了解。当他参观完清华校史馆，听完清华的故事，也被深深地打动了。

转机，也就在这次访问中悄然而至——启迪团队心头的石头也落地，一直纠缠的问题也迎刃而解。这就是坚持的力量，在困难面前负重前行，最终“柳暗花明又一村”。如果当时选择放弃，故事的进程可能会改写，也许就不会有后面的故事了。

破冰：启迪团队书写“中国速度”

百转千回，事情终于有了突破性进展。在业主方同意签署具有约束条款的协议后，启迪团队快马加鞭，从企业发展的角度高效完成前期“尽调”和相关投资、经营测算工作，建立起符合企业发展要求、满足清华美院办学需求的商业模式并形成项目报告。在清华控股的支持下，立项报告很快获得清华大学经资委批复。

一切都在朝着预定的目标高效推进。在“第八届中意创新合作周”前一天，2017年11月13日，“中意设计创新基地启动仪式暨中意设计创新日”如期举行。这也宣告着创新基地正式启动，“清华大学米兰艺术设计学院”揭牌。

活动现场，邱勇校长引用达·芬奇的名言说：“我不想用画笔捕捉世界，我想改变它！”期待“中意设计创新基地”用设计与创新的力量使世界变得更加美好。

活动隆重而热烈，来自中意两国设计创新领域的专家、学者、政府官员出席了这次活动，共同见证这来之不易的阶段性成果。意大利教育部、大学部和科研部部长瓦莱里娅·费代利说：“‘中意设计创新基地’的建立意味着中意两国在科技领域的合作向前迈进了一大步，意大利将致力于打造世界水平的创新基地，促进企业孵化，协力将学术领域合作向企业领域推进。”

米兰理工大学校长费卢奇奥·内斯塔发表热情洋溢的讲话，他说：“清华大学一直是梦想中的合作伙伴，创新基地的建立具有历史性意义。两校将共同采取开放包容的态度，携手在国际化道路上越走越远。米兰理工将继续开展全面深入的交流合作，把中国所了解的知识向全世界进行传播，共同分享这个美丽的梦想。”

鲁晓波院长说：“‘清华大学米兰设计学院’将致力于培养具有全球胜任力的设计创新领军人才，这是清华大学设计学科跻身世界一流学科前列的重要举措，也是建设世界一流大学的重要步伐。”

作为重要的一环，在活动当天，北京市通州区和四川省天府新区分别与清华大学签署在两地设立中意创新基地“镜像基地”的战略合作协议。

活动取得了圆满的成功。奔赴北京参加此次活动的MarcoTuisini异常激动，他说，他自己为能参与到中国与意大利、清华大学与米兰理工大学的这个两国两校的项目中来而倍感自豪。

活动结束后，启迪团队的步伐不敢有丝毫松懈，而是将工作稳步推进。聘请世界级的法律、财务、税务方面的顾问机构，以高效、缜密、专业的工作态度，积极推进，如期完成物业购置的签约工作，于2018年1月30日完成物业“交割”。

寒冰消融，迎来了冬日暖阳。启迪团队的每个人都如释重负，拼搏这么多天后，终于有所斩获。

但是，顺利完成“交割”，相对于“中意设计创新基地”肩负的重大使命而言，仅仅是万里长征的第一步。如何管理和运营这个创新基地、助力中国企业转型升级、服务清华大学的“双一流”建设和国际战略，可能才是考验启迪的核心所在。

在这个过程中，启迪团队所展现的工作效率和缜密的态度令合作方刮目相看，表示“太不可思议了”。这不仅是褒奖，也是对启迪团队工作的肯定——时间对于每个人都是公平的，关键是看如何高效使用它。

没有现成的经验可以遵循，一切都是摸着石头过河，如履薄冰的同时，还要寻求突破与创新。于是，一套行之有效的管理机制脱颖而出——成立“战略指导委员会”，主要从宏观上对项目事项进行统筹协调和资源调配；多方组成“理事会”，共建共享中意设计创新平台；“基金管委会”负责专项基金的管理，定期进行资金使用的汇总、分析、报告等。这也是清华大学海外办学管理机制的首次尝试，对未来的布局与落地，意义重大。

苦尽甘来，一切都因为“中国速度”而高效运转——经济腾飞、科技创新，中国正引领着新一代的潮流、中国崛起的快节奏，让民众找回了久违的尊严与骄傲，使民众的民族自豪感倍增！在全球惊叹、他国艳羡的时刻，我们总结经验，就是分工协同，个体融入集体之中，群策群力缜密衔接，一致同步加入同一个工程。由此创造的，必然是举世的非凡。唯有“中国速度”，方能造就“中国奇迹”。

考验：一个近乎“不可能完成的任务”

事情在按照既定的规划稳步推进，在一切都走入正轨之后，启迪团队又遇到了新的问题——当然，相比以前的破釜沉舟，这算是“幸福的烦恼”。

中国人讲究“开门红”，那么在异国的“中意设计创新基地”和“清华米兰艺术设计学院”正式亮相，也要吸引世界的目光——这也成为启迪团队在完成创新基地物业购置和确定运行机制之后，花心思去思考的一个问题。不走寻常路，就要找一条寻找人不走的路。

那么，作为国际著名的世界都市——米兰，不仅是世界历史文化名城，还是世界格局圣地和艺术之都，除了举世闻名的足球，还有全球设计界的“奥斯卡”——米兰设计周。

创办于2000年的米兰设计周，可谓设计与时尚界的顶级殿堂——这期间，米兰将汇聚全球的设计灵感与顶级设计成果，最新的品牌展品、脑洞大开的创意设计，最前端的设计趋势，与设计大师的零距离接触——整个米兰市，此时就是一个巨大的展会场。

如果“中意设计创新基地”和“清华米兰艺术设计学院”在这期间登台亮相，会不会成为一个向全球展示的契机？

启迪领导认为，这是一个不错的选择。于是，一个重大的设想浮出水面——在“米兰设计周”期间策划举办“中意设计创新展”。

当然，益处不少，问题也很多。从1月30日完成基地物业的“交割”，到4月17日开展，短短两个半月的时间，中间还有中国的春节、清明以及意大利的复活节等节假日，要做出一个登上世界舞台的海外展览，真的可行吗？——这似乎又是一个“不可能完成的任务”。

举办“中意设计创新展”的提议得到了清华大学、米兰理工大学的认可，得到了中国驻米兰领事馆、米兰市政府等各方的支持，并成功地纳入“2018米兰设计周”活动主框架。本次活动由清华大学、米兰理工大学作为指导单位，清华大学美术学院、米兰理工大学设计系、中意设计创新基地作为主办单位，启迪控股旗下启迪意大利公司、意大利WiseSociety为承办单位。

知难而上，这是启迪团队的行事风格——他们坚信，办法总比困难多。启迪第一时间进行全体动员，抽调总部和各机构相关人员，组建了“中意设计创新展”项目工作组，并于2018年2月4日召开第一次工作会议。

一切又都走上了“快车道”。但是，举办一场跨国展览，困难可想而知：诸多事情需要商讨确定，各个部门需要明确分工、鼎力配合，流程安排、嘉宾邀请、设计制作、后勤保障……问题接踵而至，各方面都容不得半点马虎，事无巨细，都要精益求精。

慎小事微。3 月 5 日，在启迪控股常务副总裁陈鸿波主持下，项目工作组召开全体执行层面工作会，逐条梳理展览所需要做的准备工作。会议从下午三点持续到晚上八点，讨论结果写满了位于清华科技园创新大厦 10 层第四会议室的整个玻璃板。

其中的艰难不再赘述——为了此次展览，启迪团队大大小小会议超过 20 次，即便在春节假期，所有工作人员都处于紧张的工作状态，目标只有一个：言必信，行必果。

启迪团队用行动给予了最有力的回答：宣传与设计文件修改数版甚至数十版；参展展品漂洋过海，一一按时到达；展览物料陆续设计制作完毕，分批运送；开幕式出席嘉宾及具体流程日渐确定；意大利主流时尚杂志、网站、米兰公共巴士车身上投放“中意设计创新展”预告广告……启迪携手各方，正将一个看似不可能完成的任务变成可能。

文前的那一幕，就是活动当天的回溯。

本次展览以“设计驱动创新、构建智慧生活”（Smart Life Evolution）为主题，共汇集了来自中意两国近 40 家科技创新企业的近百件高科技展品，涉及文化创意、智能出行、物联网、无人机等十几个领域，携“中国科技+设计”登上世界著名的设计展示舞台。向世界展现“中国创新”“中国设计”“中国科技”之美与力量，向公众展示中意两国最新科技创新成果以及这些成果正在如何重塑人类的生命体验及生活方式。

清华大学党委书记、校务委员会主任陈旭出席会议，她说：“2017 年 2 月，清华大学与米兰理工大学在北京签署合作协议，共同建立‘中意设计创新基地’。2017 年 11 月，在美丽的清华园，‘中意设计创新基地启动暨清华大学米兰艺术设计学院揭牌仪式’隆重举行。短短 5 个月之后，在米兰，中意设计创新基地正式启用，中意设计创新展隆重举行，清华大学米兰艺术设计学院也揭开面纱。基地和学院将向世界开启中意设计驱动创新之窗，向社会呈现出两国设计创新的最新理念与成果，为两国教育、科研和人文交流做出积极贡献。”

米兰市市长朱塞佩·萨拉说：“希望以中意设计创新基地和中意设计创新展为起点，在米兰市聚集更多创新成果、科技企业和人才，能够与中国更多城市建立紧密、深入、全方面的合作关系。祝基地的发展越来越好!”

活动非常成功。作为工作组的成员，付常银倍感骄傲，她说：“我真的觉得无比光荣，我第一次感觉不是在为一个企业工作，而是在为中国——一个国家工作。”

这一刻，付常银说出了许多人的心声。作为启迪的普通一员，有幸参与国际化的进程当中，成为执行者，也是时代的记录者，他们倍感骄傲：“在这个平台上，在我职业生涯早期有机会参与这些国家级、国际级项目，我才真切地感受到中国在世界上是什么地位，这种感觉令人怦然心动。”

起航：挑战虽艰，希望尤盛

故事暂且告一段落。回头复盘，这是一个值得总结的故事：在国家任务面前，启迪与清华大学美术学院精诚合作，从前期共同考察物业，到联合成立工作组，它们面对困难不退缩，携手策划举办“中意创新日”和“中意设计创新展”活动，携手为“中意设计创新基地”和“清华米兰艺术设计学院”殚精竭虑，将梦想变成现实。

2018年新年伊始，邱勇校长在清华大学新年晚会上发表致辞，将清华在欧洲设立首个教学科研实体——“中意设计创新基地”定义为学校2017年收获的一大“惊喜”。他赞誉，启迪和清华美院完成了一个完美的“双打配合”，这也是中意两国的“双打”，成为未来腾飞的“双翼”，值得期待。

的确，不到一年的时间，成绩有目共睹，未来可期。启迪的基地运营和平台搭建与清华美院的学科优势，也将为“中意设计创新基地”的腾飞奠定坚实的基础。人才培养方面，创新基地将依托中意两所高校的禀赋，与中意设计产业界开展人才培养和创新研究全方位合作，不仅服务于清华学生的海外实习实践活动，还将进一步提升清华大学的国际化办学水平。

除此之外，创新基地还肩负着企业孵化、展览展示等多项创新服务功能。这些服务，将以启迪为主体，联合意大利工业设计协会等机构，通过创新的模式和运行机制来实现。在“大众创业，万众创新”的浪潮中，为众多的创业者打开一个连接世界的“窗口”，促进交流的同时，寻找到合作的机会，让科技和人才在世界中无缝衔接，不分国界。

启迪将充分发挥长期积累的“孵化+投资”的运营优势，大力激活科技元素，以设计为桥梁，推动中国创新走出去，助推中国设计产业高质量发展——这是初心，也是中国企业“借船出海”的捷径。

“清华大学米兰艺术设计学院”成立后，将通过整合欧美的优势设计学科、教育资源，为学生提供跨地域、跨学科、跨文化的学习实践机会，培养具有全球胜任力、能面对全球化挑战的创新型人才，学院将在清华大学的领导下，依托基地平台和启迪资源的支持，以及米兰理工大学在师资、实验室的支持，与欧洲的名校合作展开教学与研究。

创新基地的建成，代表着继“西雅图全球创新学院”之后，清华大学全球战略在欧洲又迈出了至关重要的一步，清华新百年“更创新、更国际、更人文”的蓝图上又增添了浓墨重彩的一笔，也表明清华大学全球战略格局基本形成。

随着工作的快速推进，清华国际化的步伐也日渐提速，而更多的“惊喜”也接踵而至。

“中意设计创新基地”不仅是国内企业走出去、参与国际交流和竞争的平台，同时，基地将在国内与地方政府合作多个“镜像基地”，通过跨境互动，实现国际高端设计人才、高端设计资源、科技成果等要素的跨国界全方位交流，推动我国的设计创新、智能制造走出国门、融入全球。

2018 年 2 月 11 日，习近平总书记视察四川天府新区，成都市委书记范锐平就位于天府新区的中意设计创新基地“镜像基地”情况向习总书记进行了汇报。听完汇报，习总书记关切地询问：“那个基地不是在米兰吗？是我去年见证签约的啊！”范锐平解释说：“这里是‘中意设计创新基地’的镜像园区，未来会通过这个镜像园将米兰的设计资源整合、引进、落地在天府新区。”习总书记听后表示，希望项目能够加快推动，早日取得预期的成果。

任重道远，“中意设计创新基地”是中意两国在教育、科研、文化和产业等领域开展合作的结晶。中国驻米兰总领事宋雪峰两次亲赴基地视察，并给予高度赞赏。他说，“中意设计创新基地”既是中国“一带一路”倡议的重要落脚点，也是中国在意大利和整个欧洲的一个重要窗口。

与此类似，2017 年 12 月，付常银在英国大使馆见证了启迪科服集团与英国剑桥三一学院科技园签约，共建孵化器与科技园，促进生物科技的发展。她说：“剑桥大学三一学院早在 1970 年就建成了英国第一个科技园，比咱们清华科技园早了整整 24 年！如今这样的老牌科技园也愿意学习我们的运营管理经验，并联手合作，这在以前，是我们想都不敢想的！工作两年来，当我看到瑞士、美国、英国、澳大利亚……这些成熟资本主义国家都在向我们学习科技服务的经验，中国企业不论在技术上还是在产品上都已经走向世界而且位居前列，我感受到启迪真的正带领中国科技企业、中国创新走向世界！”

的确，在新形势下，国际化视野对科技园区、高新技术企业的发展意义重大。无论是从产业链前端的技术创新研发、园区规划设计、产业发展定位，还是到产业链末端的园区市场拓展、实体产品输出，都需要企业将自身置于全球的坐标体系中去思考、研究、比较和认识——启迪无疑就是先行者，一方面瞄准美国、欧洲等发达国家和地区，通过跨境并购等手段，推动双创、投资新经济；另一方面瞄准“一带一路”沿线国家，通过科技园创新基地建设、启迪旗下产品输出、咨询运营服务等方式迅速拓展市场，积极搭建全球创新创业网络。

故事还在继续。我们所描述的不过是浪花一朵，无论是“中意设计创新基地”还是“清华米兰艺术设计学院”的运行，都是中国在国际上前行的一点缩影。启迪作为中国企业的代表，助力清华大学的国际战略，为中国“一带一路”倡议的发展添砖加瓦，无疑也将成为中国发展史中的重要一笔，值得记录且珍藏。祝福“中意设计创新基地”，因为未来，期待再次被书写。

采访手记：我对启迪控股的了解，首先是始于清华科技园。这家诞生于 1994 年的科技园区，经过二十多年的实践与探索，不仅是中国首家 A 类国家大学科技园，也是目前世界上单体最大的大学科技园，是中关村科技园区建设速度最快、入驻企业品质最好、创新服务体系最完善的大学科技园，在国际科技园区行业享有很高的声誉。

但是，启迪不仅仅是清华科技园。作为清华产业的支柱型企业之一，如今启迪在世界上布局了超过 160 个创新创业基地，拥有世界上最大且独一无二的环球创新网络，构建起“科技园区、科技实业、科技金融”三位一体的业务格局，成长为具备全面业务能力的科技服务提供商。

这次我所采写的故事，就是启迪助力清华大学实现全球战略、为中国“一带一路”倡议添砖加瓦的“海外之旅”。其中酸甜苦辣，不是一篇文章所能承载的。但其中“不畏艰难、砥砺前行”的精神打动了我，完成一个个“近乎不可能的任务”背后，悦动的是那颗“爱国心”。

《世界，我们来了！》——这是宣言，更是承诺。我想，这不仅仅是启迪的故事，更是千千万万中国企业走向世界、实现“中国梦”的故事。对此，我们充满期待。

易净星　让世界更干净

王培静

肖鹏飞

在世界范围内，超疏技术研究已超过30年历史，由于起关键作用的表面结构十分脆弱，极易受到外界环境作用而损坏，因此使用性、稳定性一直不足。在易净星之前，全球范围内并无真正意义上的产业化的超疏产品能够解决。

易净星超自洁材料是一种具有超强疏水特性和自洁效果的功能涂层。该产品利用特有的纳米技术在物质表面形成一层特殊的空气保护层，可以完全避免水的浸润，同时减少空气中灰尘等污秽的集聚，从而使物体表面始终保持洁净，达到“免清洗”的效果。

肖鹏飞，“易净星”隐形镀膜剂团队负责人，北京易净星科技有限公司CEO。“我的征途是大海星辰”，肖鹏飞和他的团队，正在创新创业的轨道上疾速奔驰。

火花，来自实验室的灵感

2013年3月，正在清华大学攻读硕士学位的肖鹏飞像往常一样在实验室进行一次常规的药物开发实验。实验完成后，他去清洗杯子，发现玻璃杯壁竟然滴水不沾，反而形成快速的水流从杯壁上滚落下来，惊讶之余，他想到可能是做实验时残留在杯壁上的小分子保护基团在“作怪”。于是他对这些保护基团加以研究，发现它们的确有很好的疏水效果。那一晚，等实验室的同伴走了，他振臂高喊：我有创业目标了！

一个创业的念头在肖鹏飞的脑海中萌生，“能不能利用这一发现研制一种无污染、成本低，专门针对玻璃材质的除水产品呢?”在经过了长时间的反复试验后，一种新型的防水清洁剂有了雏形。

这个技术叫超疏水技术，在全球范围内还没有真正意义上的产业化。

肖鹏飞想，这偶然得到的收获，应该是我创业的起点吧。他想把技术转变成产品，将超疏水材料与汽车玻璃防雾气需求结合在一起，推出一款除雾纸巾。可是，95%以上的汽车贴膜已经具备部分防护功能，因为镀膜的差异也不能保证对所有膜都有效，他意识到实验室和实际应用的不同。

当水在物体表面的接触角大于90°时为疏水表面；超疏水表面为接触角大于150°的表面，荷叶就具有超疏水性质，表现“出淤泥而不染”的特性，水滴在荷叶表面会快速汇聚并迅速滚落，同时带走表面的灰尘，使得其表面在自然条件下能始终保持清洁。因此，超疏技术又叫仿生荷叶技术。

创业路并不平坦，但对肖鹏飞而言，困难恰是他前进的动力，“已经上了那条船了，再难也要做下去。”在朋友沈露俊看来，他是一个乐观坚强、有闯劲的人。

凭借实验中的意外发现和对超疏水技术的无限兴趣，肖鹏飞在经过一年半的不断思考和反复试验后，研发出了他与团队的第一款新型防水清洁剂。

除了除水隐形镀膜，肖鹏飞和他的团队还研发推出了玻璃除雾纸巾，其能有效清除并预防玻璃上产生的雾气。

但攻克技术到形成产品，并非一帆风顺。在除雾产品研发中，肖鹏飞遇到了“瓶颈”：玻璃上已经实现了有效清除并预防雾气，但中国汽车95%以上都贴了膜，如何在不同材质的膜上成功应用该产品，是一个亟待解决的问题。肖鹏飞调研了北京许多汽车玻璃厂，采集不同汽车玻璃和膜的样本，甚至在同学的车窗玻璃上做实验，最终成功推出除雾纸巾——司机只要擦拭一次，至少在开车这一天，都不会受到因温差、下雨等因素引起车窗起雾的困扰。

对于目前这两个成熟的汽车类产品，肖鹏飞似乎还不满足，“除雾纸巾还可以考虑应用在眼镜上，擦一次，起雾的困扰就解决了，会给生活带来不少方便；除水喷雾只要是大于10毫米的水流，很快就能滑下来。我还在探索，希望有一天，最小的水珠都站不住。”

无论清洁剂还是除雾纸巾，都尚未达到令肖鹏飞完全满意的状态，而创业环境和市场对他的要求和考验则更大。如何将产品推向市场？选择何种商业模式？在实验室成长起来的肖鹏飞，明白自己缺少与创业目标匹配的社会经验与资源。

为此，他开始恶补商业知识，并参加了清华大学鼓励学生创新创业的公益平台——清华x-lab。一方面，x-lab在公司战略、运营、产品销售、推广宣传等方面给予支持；另一方面，持有不同创业创新项目的成员在这里汇聚，交流经验，互利合作。也是在x-lab老师的指导下，他才更为明确超疏水技术在未来的应用价值和市场潜力。

在肖鹏飞拿他的产品去洗车店推广时，虽然得到了洗车店老板的好评，但事后，洗车店老板却再也没有联系过他。肖鹏飞面对眼前的困境，选择更加积极地去思考这种现象背后的原因。在深入学习了与商业相关的知识后，他才得出结论：“一个产品要进入市场，与市场真正的需求是有关系的。一个行业有很多个端口，每个端口都有自己的利益链，你不能一下子革了人家的命。”在实验室时，肖鹏飞只想做非常牛的技术，尽量提高产品性能，但市场比实验室复杂得多，这次的经验也促使肖鹏飞在研发技术的同时注重研究市场需求。就是这样一种迎难而上、充满闯劲的态度，让他在创业之路上越走越远。

把产品推向市场并不容易，学生创业也缺乏市场运作经验。2014年3月，在清华 x-lab 项目的帮助下，肖鹏飞跟清华生物医学系研三学生王同舟、武远泉一起，注册成立了北京易净星科技有限公司，肖鹏飞的创业路从偶然的技术发现向市场化运作迈进。

2014 年 5 月 25 日下午，清华“校长杯”创新挑战赛决赛现场的展示台上，一杯泥水分别从两块玻璃上倾泻而下。结果是——一块玻璃沾满泥水，另一块则完全没有留下水迹。

“哇!”伴随着评委老师的一片惊叹声，负责演示的男生粲然一笑，揭开谜底：“没有任何水迹残余的玻璃，是涂抹了我们创新产品易净星隐形镀膜剂。它能有效解决玻璃雨天亲水、粘泥尘、粘油渍、冬天雪霜结冻以及玻璃老化等一系列问题。”

在清华大学“校长杯”创新挑战赛上获得金奖后，易净星也迅速吸引了市场的瞩目，顺利拿到第一笔融资后，先后研发了玻璃隐形防护剂、车漆隐形防护剂、超自洁材料、朗视星防雾型毛巾和朗视星防雾型眼镜布等。

获奖之后，肖鹏飞走到了人生的一个十字路口：读博或者创业。肖鹏飞也曾在这两个选择之间摇摆不定——读博是一条相对稳妥的路，但肖鹏飞最终还是选择了前途未卜的创业道路。“我喜欢去做能够由自己主导的事情，对于一件事情如果能够一眼看到它的结果，那就没什么做的价值了。”肖鹏飞说，他更愿意冒险。

肖鹏飞是一个热爱创业的人，早在中山大学读本科时，他就参加了“全国挑战杯创业创新科技大赛”并且获得广东省银奖。虽然离开中山大学已经将近五年，与伙伴们一起参赛的经历仍让他念念不忘。在他看来，一帮人在一起“头脑风暴”后，把想法付诸实践的过程是一件很享受的事情，同时这也可以收获到许多东西。在参加“挑战杯”创业大赛时，他学到怎样去写商业计划书、如何深入思考整个商业模式、如何理解产品和市场之间的关系等比较完善的商业知识。“会有痛苦，但只有做过之后才能体会到那种满足。”那时的他，专注于科研，脑袋里充满了各种新鲜的主意，而参加创业比赛，“没想过要真正意义上的创业，只是觉得好玩，还可以学到些东西，就去了。”据肖鹏飞的朋友沈露俊说，肖鹏飞在参加创业大赛之后整个人的想法就变得积极活跃了许多，那场比赛也是他日后走上创业路的一个重要助力。

到了清华，肖鹏飞真正把这种喜爱变成了自己的事业去做，他自认为，这是由于自己想清楚了要下定决心去做什么事情的缘故。“本科的时候没有什么经验，更多的是要去学习知识、增长经验，而到了研究生以后，就觉得之前的很多经历可能足以支撑我去做我一直想做的事情。”

他说：“起初，我就是一个眼镜布养活的公司，它帮我解决了很大一部分运转资金问题。”说到这儿，肖鹏飞脸上露出了难得出现的笑容。

肖鹏飞一边在广撒网研发产品，一边又舍不得小生意，公司没有方向和重心。x-lab 安排的创业技术指导老师直接问他：“你是想单纯做个生意，还是想干一番事业？”他才意识到，要从广撒网的发展定位上转移，聚焦到重点产品、核心产品的打造上来。

他心里暗下决心：“我想让易净星更有价值，我想让易净星成为世界级领先的新材料企业，实现利用前沿材料，改变生活的理想。”

创业初期，肖鹏飞也像无数创业者一样给易净星设立了目标。“3~5 年时间把易净星推广到一两个行业，一年有个 3 000 万~5 000 万元的营收”，今年是易净星成立的第四年，肖鹏飞相信明年他可以实现这个任务。而对于未来，肖鹏飞的理想更为宏大，“五到十年的时候，我们想把超疏水技术全面应用到生活的各个领域。用十年时间，把易净星做成一家有名的新材料公司。”易净星不是肖鹏飞第一个创业的项目，但实实在在是他坚持最久的项目。

任何一项创新，都离不开长期的知识积累和持之以恒的努力。

本真的肖鹏飞

肖鹏飞虽然很年轻，但和他交流，感觉他的思维缜密，头脑冷静，不苟言笑，给人一种和他年龄不相符的成熟感。

感觉他的头脑里，聚集着无限的能量。

肖鹏飞出身于书香门第之家。他从小学习一直很好，十四岁时就以中考第一名的成绩被一省级名校破格录取，在中山大学时担任过学生会副主席、团委副书记，多年在外求学，锻炼了他的自立能力，大学期间一直得到了全额奖学金。

肖鹏飞讲述了爷爷对自己产生的重要影响。他说："爷爷在我 21 岁时，给我讲了他 21 岁的故事。他当时有一些机会没有抓住，一些事情没有做成，到了晚年一直很遗憾。爷爷告诉我，年轻时候要勇于尝试和探索，对时间要有规划，要有紧迫感，人遗憾的不是你做失败了什么，而是你根本没做过这件事情。"爷爷已经去世了，但他的人生态度给予肖鹏飞无限启迪，"所以无论 chemical seeker 还是'易净星'，我一定会坚持做下去，哪怕失败了，也要尝试。"

肖鹏飞说，别人做一件事，我可同时做三件事，对感兴趣的事，我可以牺牲自己的娱乐时间。

青春是用来"瞎折腾"的，肖鹏飞笑言，从有创业想法到付诸实践，他最大的感受是：趁着年轻多去尝试。

但这并不意味着"瞎折腾"，肖鹏飞再次展现了他理性的一面，他提醒有对创业同样充满热忱和想法的同学们，学生阶段创业意味着更大的付出，必须平衡好科研和创业的关系，同时，"创业不是闹着玩的"，事无巨细皆要从头学起。肖鹏飞建议说，可以从创新含量高但投入的成本不高、现金流可以很快回来的产品做起，等整个商业流程走一遍之后，其他事情也就水到渠成了。"所以我们从不好高骛远，而是结合实际制定公司未来规划，先把手里的两个产品做好，推广好，再考虑公司的壮大发展。"

抱团追梦

然而，肖鹏飞坦言，对于清一色理工科背景的他们来说，商业模式选择、产品推广与营销，却是创业过程中的"拦路虎"，让他们头疼不已。缺乏相应的社会经验和资源，也往往影响项目进度。为此，他们阅读了大量书籍，并旁听讲座和 MBA 相关课程，"恶补"商业知识。他们还参加了清华大学鼓励学生创新创业的公益平台清华 x-lab。一方面，x-lab 在公司战略、公司运营、产品销售、推广宣传等方面给予支持；另一方面，不同项目成员们在这里汇聚，交流经验，切磋砥砺。肖鹏飞在这里认识了清华在读 MBA 的部霞，她具有丰富市场开发以及大客户营销工作经验，肖鹏飞将她吸纳加入团队。"我们完全是一个以学生为主体的技术类型的团队，缺乏竞争力”，肖鹏飞非常清楚公司短板，“为此我们不断寻找相关的合伙人，为我们团队带来新的价值”。

不忘初心，方得始终。本科阶段肖鹏飞就开始进行创业的尝试，曾带领团队荣获2010年“全国挑战杯创新创业科技竞赛”广东省银奖。进入硕士阶段，凭借着具有扎实的高分子材料和有机合成专业知识，他与同学一起创建了一款全新的化学试剂管理、查询软件 chemical seeker，即拥有45万条化学小分子的数据库，其中的结构式搜索（substructure）可以实现运用分子结构式对目标分子进行检索，当画出一个分子结构时，可以精确检索到和这个结构所有相关的化合物，以及与之相关的所有信息和所有厂商。这款软件已经广泛运用于清华、北大、中科院等高校和研究机构的相关实验室中，并已经给相关的试剂厂家提供了相关技术，现阶段免费向科研用户开放，肖鹏飞想把它做成一个公益事业，先推广，再运作。

谈到自己的创业经，肖鹏飞认为，成功往往意味着努力与坚持。目前公司正走向正轨，产品正在做专业的测试，并逐渐建立起自己的销售渠道。谈到未来规划，肖鹏飞显得冷峻而理性，“宏大的目标不切实际，最紧迫的是将商业流程完整地走一遍，发现问题及时纠正，摸清楚适合自己的路子，然后坚定地走下去。”

翻看团队成员的简历，都属于同学眼中学业与创业兼顾的优秀者：一系列化学类国际顶级SCI期刊的论文作者，“挑战杯”大学生创新创业项目获奖者，各种大型企业、公司的实习经历……武远泉这样评价三位创始人：“我们目标一致，都属于认真去做一件事情，享受着从无到有、从小到大过程的人。”

基于这个大前提，在肖鹏飞看来，团队成员最好的配合方式，就是一种高度互补。作为公司的CEO，肖鹏飞认为自己有时候看问题过于乐观，这个时候，王同舟和武远泉就及时给他“泼冷水”。比如对于公司的资金源问题，很多投资人找到他们要投钱，从肖鹏飞的角度，拿到资金发展、壮大公司再好不过，但另外两位合伙人提出，资金注入可能意味着更多约束条件，这将面临对公司走向、发展模式等观点的博弈，对公司发展是否有利，需要根据具体情况来分析。

肖鹏飞在技术方面遇到难题心灰意冷时，王同舟和武远泉又扮演了支持鼓励的角色。在尝试将防雾技术运用到眼镜布时，肖鹏飞已经做出了相关产品，给周围很多同学用，都没出现问题。在他们准备投入市场生产时，防雾技术在一位师姐眼镜上却突然不起作用。通过反复论证，原来一些高级眼镜上面涂有含氟的镀膜，导致材料无法附着。这个问题的突然出现让肖鹏飞措手不及，非常挫败。王同舟、武远泉一直为他加油打气，三个人整晚整晚在实验室讨论技术，一起寻找解决问题之道。

在遇到分歧时，三个人最常见的处理方式是一起坐下来讨论，各种利弊逐条逐条讲清楚，一起去分析。“他们给我的帮助特别多，我们互为老师。遇到他们，我很幸运。”肖鹏飞如是说。

出席 COP21 巴黎气候峰会

COP21 巴黎气候峰会于 2015 年 11 月 30 日在法国巴黎举行，全球逾 130 个国家领导人齐聚巴黎，包括中国国家主席习近平、美国总统奥巴马、俄罗斯总统普京等多位重量级的政治人物均出席了巴黎大会的开幕式。这次峰会商议 2020 年以后全球的气候变化协议，以实现到 21 世纪末全球升温 2 ℃以下的目标。

挑选未来将对人类气候环境产生革命性影响的组织和企业，清华经管创业者加速器创业群英荟加速团队——易净星科技凭借其在能源创新方面先进的技术方案和成熟的解决思路，成为中国大陆唯一当选受邀的科技创新企业。创业群英荟会员、易净星创始人肖鹏飞追随习主席出席了 COP21 巴黎气候峰会。

2015 年 12 月 4 日到 12 月 10 日，易净星创始人肖鹏飞在巴黎大皇宫展览中心，让全世界的相关者分享了易净星的能源创新和解决方案——“SAVE WATER，SAVE ENERGY！”。

在中山大学学习、参加挑战杯比赛时，肖鹏飞还处于对创业这个概念摸索的阶段，他十分感激当时担任他们指导老师的江雷老师，“如果没有老师当时的鼓励，或许我也不会走上创业这条路”。江雷老师在担任他们的指导老师时主要是在理论方面进行指导，最大程度地发挥他们整个团队的领导力和创造力，产生最大的价值。江雷老师还给他们讲了很多故事，告诉他们不同的路核心都是一样的，都是创造，所以很支持他们去创业，去外面闯，而不是留在体制内，十分注重培养他们的创新精神。

“创业的梦想是从大学阶段就开始有的，那时自己动手做节能灯，搞小试验。在广州上学开阔了视野，那里的商业气息重，参加比赛，跑赞助、找合作单位，那样的氛围，对我后来创业的想法产生了很大的影响。”

“中大和清华都是名校，都有很强的社会责任感。中大会更开放包容一些，更容易从学生中出一些创新性的东西；清华则拥有非常专注、认真的学术氛围。”访谈中，肖鹏飞谈到了中山大学和清华大学给他的不同感受。

通过自己的经历，他也希望整个学校层面能够注重鼓励学生进行更多的创新，并应用这些创新的力量，把它们转化成能够改变生活方式的可用的生产力；也希望广大学子们要专注，脚踏实地，以学业为重。首先要利用学校宝贵的时间，将知识学得通透；其次要多参与一些对自己能力提高有帮助的活动；最后要学会利用学校拥有的创新资源去全面地锻炼自己。

在中山大学2007级校友录上留有这样的文字：

肖鹏飞：中山大学化学与化学工程学院2007级高分子专业校友；北京易净星科技有限公司创始人兼CEO；Chemical seeker化学数据库创始人；2010年“全国挑战杯创新创业科技竞赛”广东省银奖；2014年清华大学首届“校长杯”创新科技大赛第一名；2015年首届香港国际创客节“十大国际青年创客”入围；曾跟随习近平主席出席2015年COP21巴黎气候峰会。

一个青年创业者的心声

在一篇演讲稿中，肖鹏飞这样写道：创业过程中有两件事让我印象特别深刻。一件是2015年的时候，那时候我们的公司刚刚起步，我们有了初期的产品，但还在探索应用前景，通过调研我们了解到，让太阳能发电面板表面保持干净，可以大大提高太阳能发电面板的发电效率。于是，一个利用我们研发的产品来提升太阳能面板利用率的技术方案有了雏形。让我们惊喜的是，我们的方案获得了代表中国初创科技企业前往巴黎参加气候大会的机会。当时评委会在全世界总共挑选了25个跟清洁能源相关的初创科技团队，因为都只是早期的项目，当时大家都不确定设计方案未来的发展成果如何。从那时起我们一直不断完善我们在太阳能发电领域的应用方案，打磨技术，如今我们的材料已经在北控、京东方等太阳能企业大量应用，每年能够增加500多万度清洁电力，相当于燃烧2 000吨煤产生的电能。今年我再次见到了当时一位评委会的老师，他告诉我："当时去巴黎的25个团队，只有你们中国的易净星真正实现了当时的方案，你们中国的初创技术比其他国家坚持执行得更好！"那一刻我感到很自豪，觉得我们真正实现了自己的技术应有的价值。

2016年，我参加了一个中德创业项目。这个项目是要在中国和德国选出几支创业团队，大家相互交流学习，最终从技术创新性、商业模式等方面评比出一个优秀项目，而我们易净星又再次折桂，拿到这次交换项目的第一名。活动快结束时，我碰到德国政府官员 Olivev，跟他分享起中国创业创新的情况。我告诉他，中国的年轻人很多都在做技术创业，因为大家越来越发现，简单的抄袭和山寨很难在市场长期立足，而中国政府又非常鼓励技术创业，一直在引领潮流并给予了创新企业很多的扶持。听完我的介绍后，这位德国官员告诉我说："说实话，我很害怕你们这群中国的年轻人，而且我对德国的未来有些担心。现在德国的工业体系太完善，技术创业成本又很高，原本技术应该是德国的基础和强项，可如今不少年轻人都已经不做技术创业了。现在看到你们在做，我感到如果德国人不再继续深耕，未来就会非常危险。"听了他的话我深有感触，我知道中国在技术创新的道路上正在一步步走向强大。

的确，中国改革开放40年了，我们的国家已经有了富足的物质基础、优厚的政策环境和创业前辈传承给我们的精神滋养。如此坚实的基础，足以支持我们从原始创新开始不断探索，就在我们清华科技园，在整个中关村，在全国，大量的年轻科技企业正在做着跟我一样的事情，我们不再单纯追求短平快的山寨，而是脚踏实地一步一步做着技术积累，我们相信为技术付出的每一分努力，都将创造出更强的技术优势立足于这个世界，创造出更大的社会价值。这份信念和坚持，必将汇聚成为一股不容小觑的创新力量。

今年的中兴事件，相信大家都有所关注，正是因为我们国家以前在原始创新方面的不足，才频频出现核心技术被卡脖子的事情。也许我们现在还不是一个真正意义上的技术强国，但是从我身边的所见所闻来看，中关村有大量的科技创新企业正在努力，我坚信就在十年后，当我们这一代年轻的科技创业者成熟强大后，像今天这样被动的局面将不再出现，越来越多领先于世界的创新技术将诞生在中国，我们一定会向全世界展示出一个技术强国、创新大国应有的姿态！

给清华满目绚烂的色彩　再增加些亮色

每年四月的最后一个星期日，是清华大学的校庆日。今年的清华校庆日之前，清华著名景点二校门迎来了一次全面的维修粉刷，因为常年经受雨淋风化，新建于 1992 年的清华二校门近年来已出现了饰面污损的现象。

这本是一件再普通不过的事情，因为清华二校门早在几年前也曾进行过维修。可今时不同往日，已离开母校的易净星创始人肖鹏飞在听到二校门将进行再次修缮的消息后，立刻萌生了将自主研发的“黑科技”产品——超疏纳米材料应用在二校门上的想法。

原定修缮近一个月的二校门，在“黑科技”的强势加入后，不仅提前六天完成了维修，最终效果更是令人啧啧称奇——在洁白的墙体上倒下可乐，却没有留下一点污渍，白色的二校门从此能够长期保持“肤白貌美不怕水”。

2018 年 4 月 21 日，清华大学迎来了 107 岁生日，崭新的二校门，见证了琳琅满目的校庆活动，欢迎着纷至沓来的返校校友和参观队伍。

同学们情不自禁地把在修饰一新的二校门前的留影和专门录制了倒可乐的小视频发到了网络和朋友圈，收获了很多人的留言和点赞。

这就是令肖鹏飞引以为豪的超疏水技术。

2016 年 6 月，正式登陆“大创版（四版）”，同年 12 月，成为首家成功发售 500 万元人民币债券的初创公司，并顺利入选中关村前沿科技高科技企业。2017 年，易净星的第一条生产线正式投产，新一轮市场战鼓擂响。

经过研究，肖鹏飞跟团队决定将光伏发电玻璃的清洁问题作为核心产品打造。这是一块原始大陆，市场范围广大。

他们经过查阅资料，反复实验，苦心钻研，刻苦努力，不断攻克技术难题。2017 年 3 月，超疏水技术成功打入光伏发电市场。易净星只用了三个月，就火速与乌克兰一家光伏发电厂建立了合作关系。在 x-lab 和校友资源的帮助下，他们还与沈阳铁路局、西安铁路局合作。现在，易净星的光伏发电市场覆盖国内外两个市场。经过五年的发展，易净星已慢慢站稳了脚跟，成为超疏水技术产业化的尖端者。

如今，易净星公司是一家集研发、生产和销售为一体的新材料高科技公司。易净星研发的超疏水纳米材料，有效解决了行业难题，实现了超疏水纳米材料的产业化、市场化。公司生产的超疏水纳米材料系列产品，具有防水、防尘、防雪、防油等功效，解决了工业用户及普通用户所有相关物体表面清洁方面的维护问题，满足了人们对高品质、高效率的生活需求。

我们和北控有合作关系，将来还要和大的集团合作，搞好研发，多推出新产品，加强产品宣传、包装、销售等环节的产业化问题，扩大市场。

目前，他们已经获得的资质荣誉有：六项发明专利，一项 PCT 国际专利，一项实用新型专利。

2014 年清华大学首届“校长杯”创新创业挑战赛金奖。

2014 年北京高校优秀创业项目。

2014 年北京海淀区创业火炬工程项目。

2015 年北京市创新基金。

2015 年北京市雏鹰计划项目。

2015 年第四届中国创新创业大赛新材料组优秀企业。

2015 年清华 x-lab 年度之星。

2015 年创始人入围“中际十大创业青年”。

2016 年入选中国新材料创新科技 TOP10。

采访手记：联系采访这天，正好是休息日。在清华科技园一栋写字楼的普通小会议室里，我见到了肖鹏飞，刚一见面，我都有点不敢相信自己的眼睛，这么年轻，他已经是公司的 CEO 了？通过采访，我了解到这个年轻人从求学到创业的心路历程。敢想敢干，自信，相信他和他的团队，未来能给我们带来使生活变得更干净的科技产品。愿他们在创新的路上阔步向前。

北斗“芯” 中国梦

——走进“北斗星通”

曾金胜

作者在采访北斗星通

从2000年至今，18年来，北斗星通取得的创新成果，正在影响着各行各业，改变着人们的生活：从渔船上的北斗导航系统，到城市共享单车的定位芯片，再到被誉为新时代中国速度的智能高铁，从汶川大地震救灾到撤侨，都有北斗星通的身影。走进北斗星通，一个由北斗七星衍生的卫星导航知识谱系缓缓在笔者眼前展开，一个创业者和他带领的团队的故事，也深深地在笔者心中刻下烙印，久久不能忘怀。

探秘“神秘”的北斗七星会议室

2018年9月的一天，秋高气爽，笔者驾车来到海淀区西北旺镇，去探访一个与北斗星有着密切联系的公司。在手机地图的导航指示下，在绿树环抱中，一栋深灰色的办公楼映现在笔者的眼帘。尽管是一个与星空相关的公司，却没有一般人想象中的炫目建筑，也没有未来世界的后现代感。但大门口树立的“北斗星通”四个大字，说明这就是此行的目的地。此刻，手机导航语音提示：“目的地就在前方，本次导航结束。”

走进北斗星通，笔者一下被他们会议室的铭牌所吸引：天枢、天璇、天玑、天权、玉衡、开阳、瑶光。分别以北斗七星命名，显得有些神秘，不禁让人想进一步探究这里都发生了什么故事。

北斗星通的有关部门负责人热情地接待了笔者，简短交流后，带我参观了公司的展厅。偌大的展厅颇具现代感、科技感，展陈着北斗星通2000年成立以来的发展历史。特别醒目的是电子显示屏上呈现的“共同的北斗，共同的梦想”。寓意“北斗”是建设者的北斗，使用者的北斗，应用推广者的北斗，关心“北斗”发展的人们的北斗。让北斗守护国家安全，造福国计民生，更是国人的共同梦想。十八年来，北斗卫星导航系统的建设者、应用推广者和使用者们，一起坚守“中国人的北斗、中国人的骄傲”的信念，始终艰辛地为“北斗”劳作着、贡献着，在“共同的北斗、共同的梦想”旗帜下紧紧地聚集在一起，共同书写了一个大大的“北斗人”！

一路走下来，笔者对北斗卫星与北斗星通的来龙去脉也有了直观而深刻的印象。一个由北斗七星衍生的卫星导航知识谱系缓缓在笔者眼前展开，一个创业者和他带领的团队的故事，深深地在笔者心中刻下烙印，久久不能忘怀……

“北斗星通”闪耀时

北京北斗星通导航技术股份有限公司成立于2000年，是我国卫星导航产业首家上市公司。公司以推动北斗产业化应用、助力导航产业发展为己任，为全球用户提供产品、解决方案及服务。

周儒欣，男，中国籍，无境外永久居留权，1963 年 3 月出生于河北沧州，中共党员，南开大学人工智能专业硕士学位，北京大学 EMBA 毕业，北京中关村高新技术企业协会副会长，北京市软件业协会副会长，中国卫星导航定位协会副会长，北京市海淀区第九届政协委员，北京市第十四届、第十五届人大代表，北京市海淀区第十一届党代会党代表。现任北京北斗星通导航技术股份有限公司董事、董事长，（香港）北斗星通导航有限公司执行董事，和芯星通科技（北京）有限公司董事长，深圳市徐港电子有限公司董事长。

周儒欣这份特别标明国籍的简历，展现的是他的家国情怀。“北斗”——我国第一颗导航定位卫星；北斗星通——我国卫星导航产业第一家上市公司；周儒欣，可以说是推动卫星导航系统民用的“第一人”。

1983 年，在我国第一颗同步卫星即将发射升空的前一天，国家“863”计划创始人、著名航天测量控制专家陈芳允院士，对同步卫星总师办公室的刘志逵说，能否考虑充分发挥同步卫星的作用，使其为国防和国民经济服务。用两颗卫星定位，以已知的地球半径数据和高程测量两颗卫星与目标间的距离进行定位，再传到指挥部，这在原理上是可行的。由此，“北斗”的双星研发之旅开启。3 年后，该项目以双星快速定位通信系统为名获立项批准。1989 年 9 月，科研人员进行了第一次定位演示。1994 年 1 月，工程立项并根据赵耀升提议，正式命名为“北斗”卫星定位导航系统。

从 1983 年启动北斗研发，经过研发人员 17 年的努力，2000 年 10 月 31 日，“北斗导航试验卫星”发射成功，这是中国自行研制的第一颗导航定位卫星。这对于当时的中国来说，无疑是一个超大喜讯，这意味着我国一跃成为世界上第三个拥有卫星导航系统的国家，对我国国防、经济等各方面意义非凡。

北斗卫星导航系统是中国自行研制开发的卫星导航定位与通信系统，是继美国的全球定位系统（GPS）、俄罗斯“格洛纳斯”（GLONASS）之后第三个独立运行的卫星导航系统，也是国家战略性新兴产业发展与国防建设的重要举措。特别值得一提的是，这也成功印证了我国专家首次在世界上提出“北斗”的双星定位原理。

为什么要发射“北斗”？虽然原因很简单，但有着深层的意蕴：国家的安全、民生的福祉。作为中国这样的大国，必须有自主的卫星导航系统。用北斗星通董事长周儒欣的话说：“中国的卫星导航应用近年来发展迅速，但是绝大多数应用都是建立在美国的 GPS 之上。一旦发生战争，美国关闭应用，后果就会不堪设想。”而如果有了北斗，即使全球定位系统（GPS）完全瘫痪，北斗卫星导航系统也可以作为后备支持。

那么，“北斗”与“北斗星通”有着怎么样的深刻联系？

就在“北斗”发射当年，一个“名不见经传”的公司悄悄地诞生了。2000 年 9 月，北斗星通卫星导航技术有限公司成立了，一个北斗民用的宏丽篇章拉开帷幕。而拉开序幕的人，正是周儒欣。

周儒欣从小就是学习成绩优异、全面发展的班长。他聪慧灵活且要强，干农活、打乒乓球都要争个第一……中学时，政治老师杨荣清觉得周儒欣是个好苗子，特意为他请来一位优秀的数学老师，进行系统的数学训练，这使他很快就从学校的乒乓球尖子变身为数学尖子，代表学校参加沧州数学竞赛获了大奖，还上了《沧州日报》。高考时，他以全县第一名的成绩，考入了南开大学数学系。本科毕业后，他来到研究载人航天的航天医学工程研究所工作。其间，他考上了南开大学计算机与系统科学系读研究生。以“模式识别与智能控制”作为研究方向。

1991 年，国防科工委正为叶挺将军长子、中国航空航天工业领袖级专家叶正大将军寻觅秘书。经推荐，周儒欣被调到国防科工委，做了叶将军的秘书。周儒欣因此有机会接触到了当时最高精尖的军工科技，也曾参与了多次重大的战略分析与决策，也逐渐形成了统领全局的体系化思维。1993 年 5 月，国防科工委决定，借邓小平同志南方谈话的东风，发挥科工委空间科技优势，加大力度开展生产经营活动。周儒欣在老领导即将转任全国人大常委会委员之际，也面临人生方向的选择。在市场经济的大潮下，为了追逐心中的梦想，周儒欣选择了体制内“下海”。

1994 年，周儒欣找来两位相熟伙伴，三个人租了一间小屋，便做起军办企业京惠达，并设想着从卫星定位系统中谋求生机。

万事开头难。初入商海，他就结结实实呛了几口水。据一些创业元老们回忆，那个阶段，为每个月按时给大家发工资，周儒欣整天就想着怎么能赚到钱，连批发的活儿也干过。

面对艰难的初创岁月，周儒欣咬着牙坚持了下来。在理想与现实的碰撞中踉踉跄跄的日子没有多久，1994 年，公司从国防科工委拿到一笔某基地 13 台微机及配件的单子，能赚到 10 万元，这无疑是久旱逢甘霖。在配送货物的过程中，为给计算机配置电源接线板，周儒欣和副总经理迟家升两人冒雨，在还是一排排小平房的中关村电子一条街，挨家挨户询价，整整花了一上午时间，从 10 元一个接线板询到最后的 7. 5 元一个，几十个接线板算下来，差不多节省了 100 元。

如是“艰难困苦，玉成于汝”，3 年多来，周儒欣将这家体制内企业运营得风生水起。

一个看似偶然其实蕴含必然的机会“点亮”了周儒欣。1997 年，周儒欣去美国考察时，看到美国高通公司的 OmniTRACS 系统，租用两颗卫星的部分转化器，为长途客车与沿海渔船提供卫星定位和传讯服务，并创造了巨大经济效益。回国后，周儒欣开始关注北斗一号，也萌生了借鉴“他山之石”、推动北斗民用的念头。

1999 年，适逢军企转制。在政策的转向下，周儒欣转业，离开了多年的体制内职业生涯。

面对新的人生，周儒欣开始了新的人生规划：经过多年军队历练、技术钻研、商业实战，周儒欣对北斗系统的宏观大势和微观动态洞若观火，坚定了以导航定位事业为终生事业的信念。他敏锐地感到：中国导航系统的应用，必将发展成为一个巨大的产业。一个关于北斗民用的“伟大梦想”由此诞生。

2000 年的中关村，创业沃土厚植。也就是这一年的 9 月 25 日，周儒欣与合作伙伴李建辉两个人，一共凑了 60 万元作为注册资本，成立了北斗星通公司。一叶扁舟由此驶入中关村的创业热潮中。在公司成立之初，北斗星通的主营业务是从事国外进口产品的代理工作，并没有自己的核心技术；但正是在代理国外产品的过程中，周儒欣的梦想逐渐清晰：那就是要让每个老百姓都能够真正享受到卫星导航服务为我们生活带来的便利！

也就是这一年，“北斗”发射成功。敏锐的周儒欣发现了潜在的巨大商机，同时也是实现自己梦想千载难逢的契机。2000年9月，在“北斗”升空的前一个月，周儒欣向北斗主管部门领导汇报了“北斗一号”对民用开放和建立“北斗一号信息服务系统”的构想，并为此争取资金早日立项。

在“北斗”发射之前的一个月，北斗卫星导航定位系统是否会对民用开放仍是个未知数。周儒欣携团队二十几人，通过深入论证、仔细分析，提出了北斗一号信息服务系统，为原本由军队主导的封闭系统找到了民用出口。在一场类似于答辩的汇报中，周儒欣是这样说的：“这件事情，我不是从个人角度出发，而是作为一个有理想的年轻人，站在国家利益的角度考虑。美国GPS开放民用后，全世界都在帮着找问题，GPS也因此不断受益完善。反观俄罗斯，格洛纳斯系统的开放程度不高，再加上当时其经济形势不好，系统没人使用，导致军方也不好使用。开放才会有生命力，所以中国的北斗必须开放民用。通过北斗一号信息服务系统的立项建设，就可以把促成北斗开放民用的通道建立起来。”俄罗斯格洛纳斯系统的“前车之鉴”，也让有关部门领导深有感触，经过慎重研究同意实施这一构想。周儒欣由此以自己的敏感、大胆设想和务实论证赢得了时代赋予的机遇。

由此，北斗星通提出的北斗一号信息服务系统，第一次打通了“北斗”民用的通道。

2004年，北斗正式向民用开放，北斗星通拿到了“‘北斗一号’卫星导航定位系统”分理服务的第一块牌照——001号。2006年，北斗星通真正做成第一单具备市场意义的北斗业务。笔者看到，这块牌照已经作为北斗星通公司史展厅的“镇馆之宝”，讲述着北斗星通一路走来的“光阴的故事”。

创新之旅：小企业获得国家科技进步奖二等奖的“大殊荣”

“对一个企业来说，要始终把国家和民族的命运作为一个重要的考量，要站在国家和民族安全的角度做一些事……”“未来有多大，这取决于你想象力的边界。”把企业做强做大后，周儒欣开始逐步将心中的梦想变成现实。

北斗导航系统迈入产业化之后，有一个关键问题需要破解，那就是芯片。何谓芯片，打个比方，就像人的大脑一样，是导航定位系统的技术核心。只有研发和制造出属于中国人自己的芯片才能够占据产业链的最高点，才能够彻底摆脱核心技术受制于他国的尴尬境地。

然而，研发芯片谈何容易！

要研发芯片，就需要投入大量的人力、物力和财力，在当时几乎没有人能够相信一家民营企业有实力研发和制造芯片。但是周儒欣和他的团队，通过“梦想+实干”成就了“北斗芯”，创造了一个奇迹。

在北斗星通拿到“‘北斗一号’卫星导航定位系统”分理服务的第一块牌照的同时，北斗星通的上市事宜也有了重大突破。2007 年 3 月 5 日，北斗星通启动上市。周儒欣带头在宾馆住了 20 多天，日夜奋战，把所需材料准备好报送证监会。7 月 9 日，北斗星通的申报材料在证监会的审核中全票通过，创造了“百日过会”的行业奇迹。

也就是从上市起，有了更大资源可以调配的周儒欣，带领团队着力转型升级、人才引进，开拓北斗装备和芯片业务。通过转型升级，北斗星通自主创新产品与服务，逐步成为公司收入和利润的主要来源。在一片质疑声中，在中关村科技创新的深厚土壤上，从 2009 年开始，北斗星通成立了自己的研发团队，经过了 1 000 多个日日夜夜的努力，成功研发出了世界首款兼容全球四大定位系统的高性能、多频点的导航芯片，从此结束了中国卫星导航领域长期“无芯”的历史。

特别值得一提的是，在多年的发展中，北斗星通坚持以创新为动力，将纯正的“中国智造”进行到底，在芯片研发中不懈努力，孜孜以求，一举获得国家科技进步奖二等奖的“殊荣”。2017 年，北斗星通发布了我国首颗 28 纳米北斗芯片，它是支持全球卫星定位导航信号最小的北斗芯片，这个芯片，只有铅笔尖那样的大小。在全球卫星定位导航芯片研发长期落后于发达国家的背景下，功夫不负有心人，北斗星通研发团队终于后发先至，跃至世界科技前沿。因“北斗”而生的北斗星通，凭借自主知识产权的导航芯片，广泛布局车载导航、无人机、物联网等应用领域，有力拓宽了北斗应用的产业空间。截至2014年年底，北斗星通已获得161项软件著作权、110项技术专利，形成了一系列自主知识产权，在北斗自主知识产权的数量和规模上，领先于同行业。

在中关村这片创业的热土上，有数以万计的梦想从这里出发，北斗星通也是一样，而且梦想逐渐变成现实。时至今日，北斗星通不觉间走过两个阶段，正处于第三个阶段。第一个阶段是艰苦创业阶段，从公司设立到上市。第二个阶段是转型升级阶段，是建立自主知识产权、技术体系和产品体系的过程。现处于国际化、规模化发展的第三阶段。时至今日，北斗星通已从2000年创业时60万元的注册资金、24名员工、代理国外进口产品的小公司，发展成为市值超过160亿元、包括欧洲和北美员工在内一共4 500多人的、拥有自主核心技术的导航产业集团。

海洋渔船“保护神”和震灾“启明星”

2007年11月21日至12月1日，强台风“海贝思”和“米娜”袭击南沙，南沙渔船陆地监控中心凭借北斗信息服务系统的预警功能，及时发布台风警报信息，指挥渔船紧急撤离台风海域，组织开展海上搜救和自救互救，确保了100余艘渔船、800多名渔民的生命财产安全，减少直接经济损失2亿多元。“北斗”被广大渔民称为海洋渔船的“保护神”。据不完全统计，仅2007年，受助于北斗系统的渔民就多达800余人，确保了100余艘渔船的安全，减少直接经济损失2亿多元。北斗被广大渔民誉为海洋渔业渔船安全捕捞的“保护神”。

在海洋以前所未有的“蔚蓝疆域”进入我们视野的时代背景下，北斗卫星导航系统为海运和水运提供了强大的支持：北斗卫星导航系统在任何天气条件下，为水上航行船舶提供导航定位和安全保障。同时，北斗卫星导航系统特有的短报文通信功能将支持各种新型服务的开发。基于北斗卫星导航系统的“南沙渔船船位监测系统”能够做到“我在哪里”和“你在哪里”，把渔船出海捕捞纳入全程安全监控，从而减少涉外纠纷、海损事故的数量，大大提高了海上救援的成功率，大幅度提升了海洋渔业的现代化管理水平。“我在哪里”是指渔民可以通过船载设备实现自主定位；“你在哪里”是指岸上的人可以通过卫星知道渔船在哪里。在系统监视屏上，所有装有北斗星通北斗海洋渔业船载终端的作业渔船都能实时地显示出其所在的位置和航迹。渔船如果遇到危险，可以通过终端发送短信求救；如果渔船不慎驶入禁渔区或者邻国海域，监控部门能够及时通知渔船上的人员，以免渔船被扣押。

特别值得一提的是，北斗的应急救援功能还广泛用于沙漠、山区、海洋等人烟稀少地区的搜索救援。在发生地震、洪灾等重大灾害时，救援成功的关键在于及时了解灾情并迅速到达救援地点。北斗卫星导航系统除导航定位外，还具备短报文通信功能，通过卫星导航终端设备可及时报告所处位置和受灾情况，有效缩短救援搜寻时间，提高抢险救灾时效，大大减少人民生命财产损失。救人于危难之际，守护人们生命安全，北斗因此被称为查看灾情的“千里眼”、收集信息的“顺风耳”。

虽然已经是2018年了，但说起“北斗系统”，2008年那次惊天动地的震动依然触动人心——汶川地震救灾时，是北斗一代设备发出了来自震区的第一条消息。

时间回到那个令人心恸的瞬间。2008年5月12日，四川汶川发生8.0级大地震。大地震使得灾区交通和通信完全中断。第2天，北斗小分队急进汶川，他们携带的1 000多台“北斗一号”终端机，在抗震救灾中发挥了重要作用，实现了各点位之间、点位与抗震救灾指挥部之间的直线联络。在灾区通信没有完全修复、信息传送不畅的情况下，各救援部队利用“北斗一号”及时准确发回各种信息，为指挥部指挥抗震救灾提供了重要的信息支援。来自震区的第一幅画面、第一个声音，通过北斗传了出来，并通过广播电视传入千家万户……

5月17日，“北斗一号”从前方发回“北川余震不断，海子水位不断上升”，解放军某部18日证实这一信息属实，抗震救灾人员迅速处置，险情被及时排除。北斗星通在抗震救灾中的优异表现，也得到了中国卫星导航定位应用管理中心和成都军区抗震救灾联合指挥部的高度评价……在2008年的抗击冰雪战役中，北斗综合信息应用服务平台也发挥了巨大作用。

通常人们以为手机导航用的是“GPS”，北斗导航和我们关系不那么直接。其实，北斗导航与人们的生活息息相关：

个人位置服务。当人们进入不熟悉的地方时，可以使用装有北斗卫星导航接收芯片的手机或车载卫星导航装置找到要走的路线。就拿最常用的手机为例，北斗信号的获取主要取决于手机处理器（SOC）中集成的定位芯片，目前大多SOC都能同时支持GPS、北斗和格洛纳斯。此外，华为、小米、魅族等品牌的大部分型号手机都支持北斗定位！所以，北斗离人们一点也不远，只要用手机的位置服务，导航也好，找附近的外卖也好，北斗都在参与其中……在驾校考试、关爱老人、智慧出行等行业领域，北斗芯片正发挥着重要作用。

气象应用。北斗导航卫星气象应用的开展，可以促进中国天气分析和数值天气预报、气候变化监测和预测，也可以提高空间天气预警业务水平，提升中国气象防灾减灾的能力。除此之外，北斗导航卫星系统的气象应用对推动北斗导航卫星创新应用和产业拓展也具有重要的影响。

道路交通管理。卫星导航将有利于减缓交通阻塞，提升道路交通管理水平。通过在车辆上安装卫星导航接收机和数据发射机，车辆的位置信息就能在几秒钟内自动转发到中心站。这些位置信息可用于道路交通管理。其中特别重要的应用，那就是“两客一危”，即从事旅游的包车、三类以上班线客车和运输危险化学品、烟花爆竹、民用爆炸物品的道路专用车辆。从2013年1月1日起，行驶在全国各大高速公路和交通路网的“两客一危”陆续装上北斗导航终端系统，为国家和人民生命财产安全，添加了一层极为重要的“安全甲胄”。中国卫星导航系统管理办公室主任、北斗系统新闻发言人冉承其曾给出一组数据：我国480万辆营运车辆已上线“北斗”，建成全球最大的北斗车联网平台，全国4万余艘渔船安装“北斗”。以北京为例，已有33 500辆出租车、21 000辆公交车安装“北斗”，实现“北斗”定位全覆盖；1 500辆物流货车及19 000名配送员，使用“北斗”终端和手环接入物流云平台，实现实时调度。北斗芯片还实现了首次过万量级应用于公务车，为广州公务车提供智能监控。

此外，北斗导航应用的领域还有“铁路智能交通”。在高铁时代，安全至关重要。卫星导航将促进传统运输方式实现升级与转型。例如，在铁路运输领域，通过安装卫星导航终端设备，可极大缩短列车行驶间隔时间，降低运输成本，有效提高运输效率。未来，北斗卫星导航系统将提供高可靠、高精度的定位、测速、授时服务，促进铁路交通的现代化，实现传统调度向智能交通管理的转型。

在航空运输方面，北斗导航为“飞行族”安全护航。当飞机在机场跑道着陆时，最基本的要求是确保飞机相互间的安全距离。利用卫星导航精确定位与测速的优势，可实时确定飞机的瞬时位置，有效减小飞机之间的安全距离，甚至在大雾天气情况下，可以实现自动盲降，极大提高飞行安全和机场运营效率。通过将北斗卫星导航系统与其他系统的有效结合，将为航空运输提供更多的安全保障。

此外，北斗导航还被应用于“指导放牧”。2014 年 10 月，北斗系统开始在青海省牧区试点建设北斗卫星放牧信息化指导系统，主要依靠牧区放牧智能指导系统管理平台、牧民专用北斗智能终端和牧场数据采集自动站，实现数据信息传输，并通过北斗地面站及北斗星群中转、中继处理，实现草场牧草、牛羊的动态监控。2015 年夏季，试点牧区的牧民就能使用专用北斗智能终端设备来指导放牧。据媒体报道，牧民以前每天骑摩托车跑好几公里路为牲畜送水，现在要做的只是发送一条短信来操作自动供水系统。

中国梦“中国芯”：北斗照耀世界

北京北斗星通导航事业部常务副总潘凯，曾经担任多个宣讲团的主讲，经常宣讲的主题是“北斗照耀世界”。

在巡回宣讲中，潘凯总是抑制不住激情和自豪：

“说起卫星定位导航，很多人会首先想到 GPS；是的，美国的 GPS 系统自发展至今已经有了 30 多年的历史，我们国家曾经因为没有自主的卫星定位导航系统，无论在军事还是民用等很多领域都不得不依赖 GPS。大家试想一下，如果哪一天美国人对我们关掉了GPS导航功能，那将会给我们的生活以及安全带来什么样的后果呢？所以，发展我们自主的卫星定位导航系统已经刻不容缓。北斗导航系统不仅打破了国外在这方面的垄断地位，还在拥有全部传统功能的基础上增加了短报文通信功能，在卫星导航领域，我们打了一个漂亮的翻身仗。”

对于未来的北斗星通，潘凯如数家珍：“2017年11月，北斗三号卫星发射成功，与以往不同的是，北斗三号卫星上使用了北斗星通自主研发的处理器，做到了完全国产化的技术配置，达到国际领先水平。到2020年，北斗导航系统将会覆盖到全世界的每一个角落，到了那个时候，它不仅仅是中国的北斗，它还将成为世界的北斗，一张亮丽的‘国家名片’。”

“在这样一个伟大的时代，中关村沉淀了深厚的创新创业文化，我们作为这里的一份子，代表着新的生产力和发展方向，我们肩负着推动园区、社会发展的责任，我们将用不断的突破与超越，履行自己的义务和使命，来回报国家对我们的信任和期望；同时，我们也相信将有更多像北斗这样的中国制造照耀世界！”

回顾过去的风雨历程，作为北斗星通的创始人，周儒欣倍加感慨：北斗星通起初是做卫星导航，后来做导航，后来形成了“3+6+3”模式，涉及了卫星导航、汽车导航、惯性导航、光电导航和位置服务；这个还不够，现在要把各种导航的设备当作传感器来看，比如卫星导航接收机只是得到经度、纬度、精度、高度、速度、时间，要把它放在一个背景下，就必须跟通信结合起来；我们把业务范围进一步准确描述，“提供基于位置的产品”，做技术等于做工程，要给人家搭建一个基于位置的管理平台，使得技术用户也好、生活用户也好，利用我们提供的工具，提高生活效率，生活更安逸安全；接下来还要基于产品、平台上提供的长期信息服务，可能将来不限于这个。基于对产业发展趋势的判断，北斗星通提出的“北斗+”成为产业发展趋势，也是企业间合作发展的趋势。他阐述说，“北斗+”包括三个方向：一是北斗+技术，主要是指北斗+大数据、云计算和物联网等技术和资源；二是北斗+行业，北斗产业的渗透性和寄生性决定了其应用无处不在，可以极其广泛地应用到地下管网、地下停车场、智慧交通、智慧城市等众多领域；三是北斗+规模，即横向的并购使各业务板块上规模。北斗星通因北斗而生，伴北斗而长，吸收了北斗精神、中关村精神，成为中国北斗产业的领军企业。未来将继续追随中关村创新发展新梦想，为把中关村建设成为具有国际影响力的科技创新中心贡献力量。

北斗星通见证了我国北斗卫星导航系统从无到有、从“一代”到“二代”的整个过程。“共同的北斗，共同的梦想”，这是北斗星通提出的一句口号。它作为上市企业，多年来的发展让它更加坚定了成为导航产业国际领先企业的信念和愿景：通过十年努力，公司成为“受人尊敬、员工自豪、国家信赖、国际一流的百亿级导航产业集团”。而现在，他们也伴着北斗的发展成长了起来，正在向着这个目标前行。

如今，宏大而美好的愿景正落地为铿锵行动。在一带一路的时代背景下，北斗星通开启了太空丝绸之路。“一带一路”是中国主导的大规模基础设施和贸易项目，而北斗系统则被称为“太空丝绸之路”。人们欣喜地看到，北斗卫星导航系统历经跨世纪的十八年风雨历程愈加“茁壮”：中国位于南极洲的基地甚至也有北斗卫星导航系统的地面基站；北斗卫星导航系统已经覆盖了包括巴基斯坦、老挝以及印度尼西亚在内的 30 个国家。到 2018 年年底，北斗卫星导航系统将覆盖“一带一路”沿线国家。到 2020 年，将拥有 35 颗卫星，以提供全球覆盖。北斗已然成为我国改革开放 40 年的重大成果和国之重器，形成了新的北斗精神。

我们从哪里来，现在在哪里，将到哪里去？命运之神将指向哪里，人类诺亚方舟驶向何方？在全球前途迷航，寻找最佳航道之际，在人类命运的航向处于风雨飘摇、颠簸难进之时，人类命运共同体的科学理论，犹如航道上的灯塔，引领着人类诺亚方舟驶向美好的理想目标。随着北斗卫星导航系统全球组网序幕的拉开，北斗产业也正踏上更为壮阔的征途。周儒欣和他的团队，也在北斗卫星的数万公里之外，砥砺前行，“未来有多大，这取决于你想象力的边界”。目前，北斗系统服务正广泛应用于交通运输、海洋渔业、水文监测、气象预报、测绘地理信息、森林防火、通信时统、电力调度、救灾减灾、应急搜救等领域，与共享单车、智慧城市、人工智能等不断涌现的新词汇密切关联，激发着人们对未来人类社会生活、社会发展、科学技术的无边遐想，“卫星导航的未来智慧生活场景”有待我们细细描绘。

采访手记：指南针作为中国古代四大发明之一，历来承载着中华文明古国的光辉，为世界带来了福祉。在千年之未有大变局的新时代，北斗“芯”成为国之重器，承载着“吾土吾民”的幸福，与中国梦血脉相连，休戚相关；承载着“崇信修睦、协和万邦”的梦想。

这也正是周儒欣和他的团队孜孜以求的北斗“芯”、中国梦。

创业黑马

王晓佳

牛文文

在中关村方正国际大厦六楼有一家服务全国中小型企业的上市企业“创业黑马”。2017 年成功上市，帮助 9 800 多家中小型企业成功创业。

创业黑马领军人

“60 后”的牛文文出生于陕西省的神木县[①]，创业黑马创始人、董事长、黑马学院院长，中国创业社群领跑者、资深商业观察家、北京市海淀区第十届政协委员。

① 神木县：今为神木市。

1988 年通过自己的不懈努力从中国人民大学经济学系毕业，获学士学位。

1991 年加入经济日报社，连续两届获得三项中国新闻奖，1991 年获中共中央党校经济学硕士学位。2000 年，就任《中国企业家》杂志总编辑，领导了一本中国著名商业杂志的崛起，见证并影响了中国一代民营企业的成长。2008 年，创办《创业家》杂志，现已发展为一个集培训、融资、推广、合作、社交等为一体的 O2O 创业孵化加速器，成为“大众创业、万众创新”时代中国知名的创业综合服务平台。2010 年，入选“中关村高端领军人才”，著有《领袖的资格》《商业的伦理》等书。

2017 年 8 月 10 日，创业黑马正式在深交所创业板上市，股价一路上行。但此时此刻的创业黑马集团创始人牛文文，不但没有惊喜的感觉，反而严肃、紧张以致夜不能寐，他对同事们说：“从 2008 年起，我们从一本畅销杂志转型做孵化，体会到的最重要的一句话就是，‘知道你是谁’比什么都重要。”

牛文文很清楚自己是谁，他永远也忘不了这十年一路走来，那些交织着希望与挫折的日日夜夜，明白创业黑马肩上的责任和重量，以后的路还要更加持之以恒地走下去。

在创办《创业家》杂志前，牛文文是《中国企业家》总编，是一个所谓的“副局级”干部，曾经站在中国商业杂志接近顶峰的位置。2008 年，他下海创办《创业家》杂志。当时正是美国次贷危机肆虐之后，中国经济也非常困难，以“低价”、出口为特征的众多国内中小企业陷入困境。

此时，牛文文面临的第一个问题，就是“写什么?”。是继续抓住他以前的客户和采访对象——那些功成名就的企业家们不放，还是找到另外的价值点?

牛文文认为：“引领中国走向下一个 30 年的，将是那些能够创造出新的技术、新的商业模式的新兴企业，是在阿里巴巴、分众这样的新一代企业身上。”

作为一个商业观察者，他敏锐地看到了新时代的曙光，做出了其创业路上的第一个重大抉择：在占据主流传媒的大公司、大企业家的相关内容与草根的小公司创业者的相关内容之间，他选择了后者。

然而，虽然利用互联网和微博，牛文文的新杂志很快获得了大量关注，但他和团队也马上遇到了业务的“瓶颈”：当时的创投环境远没有如今成熟宽松，初创企业很“穷”，而且小公司的故事并不容易获得读者广泛认可，一家新生的媒体，如何才能生存?

牛文文相信：如果草根创业者是有未来的，那么我们就是有价值的。他决心向纵向深入，抓住创业者这一特定人群，围绕其需求，深入各个环节进行服务。对于一家媒体来说，这将是一条国内外都没有人走过的道路，但牛文文想试一试。他提出“寻找了不起的小人物”，所谓“小”就是不知名，“了不起”就是“新”，即颠覆性、有成长性。他和团队给这群创业者取了一个更形象的名字——“黑马”。

沿着这条道路，2009 年第一次创业定制活动举办，2010 年第一期黑马成长营问世，2011 年第一届黑马大赛举办，2012 年线上综合服务平台 i 黑马网站上线，2013 年 1 月黑马会成立。

天使投资人徐小平清楚地记得牛文文创业之初时的场景：那是在 2009 年，徐小平接到牛文文的邀请，参加黑马的一次活动。那是一个很破旧的地方，也就来了一两百人，很冷清，创业者的质量也不好说。一整天时间，就牛文文一个人，在那个会场上狂欢尖叫，整个啦啦队就他一个人，既是队长也是队员，从头到尾在“嗨”，结束后嗓子都喊哑了。

几年之后，回忆起当时的场景时，徐小平说：“我当时在旁边想，老牛你真牛，但心里也在暗中流泪，做个创业家真不容易，因为你要想把一个事业撑起来，把一个场景撑起来，真的很难很难。”

当时很多业内人士看待牛文文，与其说是尊敬，不如说是同情。没有人相信黑马能坚持很久。但是，正如徐小平后来所说：“这就是创业家精神，当别人不欢呼的时候我欢呼，别人不喝彩的时候我喝彩。当我喝彩欢呼久了，大家也就跟着欢呼了，直至感动了一个时代。”

创业者“黑马”虽然不像大公司一样有钱，但他们像年轻人般有活力、有朝气、有力量前进。创业黑马难免会出现失败者，但他们的数量更多，最终的成功者也会更多；“黑马”虽然很难有明星效应，但发掘创业明星、成就明星，也恰恰能给创业黑马集团带来更大的价值。初创业者虽然打广告不多，但做活动，宣传推广自身产品的需求却很强烈。公司团队服务于创业者，让创业者为自己代言，于是渐渐有了稳定的收入。伴随着“黑马”们的成长和中国创业创新的蔚然成风，牛文文和他的团队价值也开始显现。

牛文文带领创业黑马团队越走越远，逐渐形成了独特的节奏和做事方法。

到 2013 年，创业黑马总结了此前的经验，归纳出《创业家基本法》的三大原则：

1. 一切从用户出发，做用户数量足够大、活跃度足够高的黑马社区。

2. 我们承认自己是小人物，但我们是最热心的黑马服务员。

3. 通过产品组合，为用户提供最大价值。

这是创业黑马集团迈出的第二步，是走向“服务化”的标志。在这一过程中，牛文文也逐渐实现了从一个媒体人到一个草根创业者的自我转变。

万科创始人王石早在《中国企业家》杂志工作时，就与牛文文有过深度交往。2014 年，他再次来到中关村创业大街的黑马会楼下时，却看到了与记忆中不一样的创业黑马。为此，他在微博上发出了如下感慨：当年的老牛是一个为人诚恳、处事谨慎的谦和书生，五年前创办创业家及黑马营后，风格却为之一变，已俨然成为宇宙大战中的光明斗士、生猛海鲜。

牛文文这一改变无疑也是创业黑马的改变，光明斗士带领着他的战士们在激烈地作战。

与创业者的接触中，牛文文发现，创始人群体非常需要有关创业方面专业的知识，却无法在传统商学院中学到。他想到了办一所实战商学院，帮创业者搞定自己、搞定模式、搞定资本。

黑马成长营在 2010 年 9 月 25 日第一期开营，20 名学员都来自《创业家》杂志过去两年所报道的对象。在牛文文的带领下，他们拜访了王文京、王石、史玉柱、江南春、何伯权等一批知名商业领袖。这就是几年后年营收过亿元、累计培训学员人数超过 10 000 人的创业黑马学院的起点。

为了保证创业者们能学到真东西，黑马营在不同时代的创业者之间，努力创造一种新型的师徒关系。如黑马导师、乐百氏创始人何伯权所说：“我最大的价值就是分享失败经验。”作为一位知名企业家兼投资人，他表示：“要让年轻人避免类似失误，看到很多创业者虽然走得很痛苦，但都慢慢有了希望，这令人很开心。”

经过多年积累，创业黑马学院形成了包括六大核心模块的一整套课程体系，以及以“重度垂直”为代表的一整套思维、方法和工具，在国内率先完成了创业知识体系的初步构建工作。以黑马成长营为核心和种子，配合集团公司在传媒、投融资等多方面服务资源，黑马学院实现了可复制、可积累的规模化成长，在线教育也蓬勃开展起来。

2015 年年底毕业的黑马十期 140 名学员，在一年的学习期间共有 59 人实现融资，总额超过了 50 亿元。

创业黑马升级的第二步——“服务阶段”——由此奠基。

建立“平台”：从传承到创新

2014 年以后，中国的创投行业迎来了又一个高峰。当时有名的创业服务机构一般都把资源向履历光鲜的互联网创业者倾斜，这也很容易理解，因为明星显然更容易吸引各方关注。创业黑马面临又一次选择，是跟风创投机构在创业者中构建一道“窄门”，还是在保持对明星创业者关注的同时，向更多草根创业者敞开大门？

创业黑马选择了后者。牛文文清楚地记得，就在黑马营一期刚刚开办之时，有一位学员备受失败的打击，第一个创业项目被迫出售，第二个项目又遭遇关停，甚至患上了中度抑郁症。当时，这位创业者带着犹疑问牛文文：“牛哥，你觉得我这个人靠谱吗？”出于对每一个创业者的尊重和对自己眼光的自信，牛文文不假思索地拍着他的肩膀说：“你一定行。”让他得到了一丝欣慰。

这位创业者，就是几年以后因手游“捕鱼达人”而风靡全国，并进而发展成为一家业务遍及全球的大型手机应用开发平台的触控科技创始人陈昊芝。

经过多年的观察，牛文文和他的伙伴们发现，这些草根的所谓“地派”创业者，往往在学习之后，能取得比当年风光一时的互联网新贵们更高的成就，比如韩后创始人王国安、酒仙网创始人郝鸿峰、万兴软件创始人吴太兵，等等，他们的成长案例，不但成为黑马成长营自身价值的最好诠释，也让创业黑马渐渐可以摆脱对企业家大佬的依赖，为创业黑马下一步的裂变式成长提供了更丰富的实战案例积累和师资资源。

实际上，一直有一个松散的创业者社群围绕在创业黑马集团周围。《创业家》杂志的采访、发行对象，黑马成长营的学员、导师，已参加黑马创投大赛的比赛选手，再加上一些喜欢读黑马网站文章的注册用户，等等，这些人绝大多数都是创业公司的创始人。从 2014 年 3 月开始，以多届“黑马运动会”和“创交会”为契机，这些创业者渐渐发展成为以创业黑马学院为核心，包含 13 个行业分支机构、数十个地方分院，以及上万名付费创业者会员，线上与线下相结合的创业者社群。

众多的创业者、潜在创业者通过公司媒体平台和活动平台进入，接受公司付费创业服务，再通过创业黑马提供的多样化服务与成功创业者、投资人和知名企业家进行有效互动，提升经营能力，最终成为新一批成功创业者和企业家，然后通过黑马学院、黑马大赛等机构反哺更多创业者。围绕这种“平台化”的创业者互帮互助机制，创业黑马集团构建了可以自循环发展的创业生态系统，极大地提升了服务创业者的能力。

这是一个不断开枝散叶的参天巨树，关于创业的知识、智慧、影响力和资本得以积累、传承，直至生生不息。

小情怀成就大事业

牛文文秉承自己的个人小情怀在 2010 年创办了创业黑马，夜以继日地帮助年轻创业者创业成功，成为一名成功的企业家，同时也服务了全国大小企业，帮助年轻创业者实现了梦想。

2010 年到 2013 年 12 月，在创业黑马学院，早已形成一种新的师徒文化。一批资深的企业家和投资人成为创业者的“Mentor（导师）+天使”，愿意坦诚地将自己当年的成败复盘，直言不讳地指出黑马们创业的缺陷，或者索性就是一位教练式的 Mentor 投资人。这已经成为黑马成长营导师传授方式的特色，并逐渐通过黑马社群成为一个新的生态。

2013 年 12 月的黑马硅谷游学第一期，韩后创始人王国安与千千氏创始人曾昭霞两位同学“狭路相逢”，打了个赌——“看谁先融到资”。最后的结果是“双赢”。融资的过程中，两个人的思想和格局都有了升级。在 2014 年 4 月的黑马营硅谷二期之行，则促成了 58 同城与腾讯的联姻。

2014 年 10 月到 2015 年 10 月，黑马营十期的学员中互相“拍砖”，互相合作，一群原本散落在各地、独自前行的创业者，通过黑马营聚集到一起，发生了人生与事业的转折。在一年学习期间，140 多名学员中，有超过 60 人完成了融资，总金额超过 50 亿元，其中 B 轮以后融资 16 人，另有一家公司以 3.43 亿元被上市公司控股，实际上，如果算上经营投资和互联网金融项目的学员们的募资金额，这一数字在 150 亿元以上。同学们也在互投，内部互投项目 23 起，互投融资额达数千万元。

牛文文创立创业黑马是有他自己的个人情怀在里面，看着很多创业失败者面对失败承受的压力甚至承受不住压力而选择了极端的解决方式，牛文文的心在流血。

有一个刚大学毕业的大学生，家境富裕，在经济上父母给予很大的帮助，有着很好的经济基础作为支持，于是开始创业，开始兢兢业业的打拼。可是在创业的道路上不光需要资金的支持，还需要人脉的帮助，没有人脉，公司便经营不下去。创业失败后，他觉得对不起父母，竟选择了从十一楼的公司跳下，结束了自己的生命。

一个富二代不愿意跟着父母一起做事情，和父母要了几百万元出来开始创业，父母私下也给予了人脉上的帮助，公司也顺风顺水地经营着，殊不知这一切都归功于自己的父母。年纪轻轻，创业成功，内心渐渐地也膨胀了不少，做的生意项目越来越大。父母的反对不听，公司员工的意见不理会，毅然决然地做了决定。膨胀的心使他看不清现实，最终项目失败，所有的努力全部赔进去了，父母的帮助也不接受，铤而走险地选择了犯法的道路，最终监禁十年。

一个从农村走出来的大学生，靠父母微薄的收入上大学，大学期间做家教补贴家用。大学毕业后找一份稳定的工作，紧张过日子，看着同学们都创业或者做生意赚钱了，自己还在每个月领工资养活一家老小，艰苦度日，心里不羡慕也是假的，于是慢慢摸索，小心翼翼地开始创业，这种情况的创业者他是输不起的。于是艰苦拼搏，一点点地稳扎稳打，也算是小有成就。慢慢认识了创业黑马，结识了牛文文，经过创业黑马的服务帮助，事业开始向上红火发展。

这样成功的案例是牛文文和创业黑马非常愿意看到的，也是牛文文带领创业黑马日夜努力的结果。

可是还有太多的悲伤案例让我们为之心痛，牛文文及创业黑马看到后，更加坚定了要让创业黑马锲而不舍地走下去的决心。

牛文文看到新闻里不断地有年轻创业者失败，并且还会发生更加令人深思心痛的事情，这让牛文文常常自省，常常查找自己的不足，并且经常和创业黑马的骨干商讨怎么样才能帮助到更多需要他们帮助的创业者，从实践中，从实战上，他们一点点地挖掘出宝贵的经验。

从黑马学院到课堂上，再到实战上，牛文文和创业黑马每一步都用心服务着每一位创业者，让每一位创业者都成功。

黑马学院发展到如今已经有天派和地派七八千家企业家学员，大到成功上市的集团性质企业，小到一家新成立的小公司，创业黑马都十分用心地提供服务。

每到夜深人静的时候，牛文文把一天的工作做完后，自己一个人在办公室，思考一下今天的工作有哪些不足，有哪些失败，有哪些没有帮到学员，明天还要怎么努力，明天还要怎么帮助创业者，怎么样才能更好地服务好自己的学员们……如此这样的问题一直在牛文文的脑海反复出现。

现在的创业黑马，不像刚成立那会儿的创业黑马了，现在的创业黑马更像是“汗血宝马”——有实力，有能力，有经验，有财富，更有魄力和精力帮助更多的没有经验的新创业者走向成功。和创业者一起走向成功的高舞台，这是牛文文的目的。牛文文带领创业黑马一直努力前进着。

小月河畔那一缕阳光

张国领

杨阳

三十年来，我心中一直有一条河在流淌，这条河的名字叫小月河。它的河面不宽，河流不急，河水也没有大的波澜，只是像一面镜子，在蓝天下安静地流淌着，将一河记忆流成静静的月光，照耀北京繁华的街市。工作在北京，整日为理想而奔波，总显得时间不够用，见小月河的机会是少之又少，但我不曾忘却过。

我对小月河的记忆来自三十年前在北京电影学院上学的经历，学院的大门外，就是小月河。它那诗意的名字就如它蜿蜒的体形和清澈的河水，给喧闹的都市增添了一泓纯净和激情。

所以，当我今天看到“小月河科技园”的名字时，脑海就立即呈现出了我心中的小月河。我对它有了十分的好感。于是我沿着这条记忆的河向上游寻找，穿过牡丹园，来到健德门，在这里我看到了一个不大的院落，但“小月河科技园有限责任公司”的牌匾却异常醒目。我要采访的对象杨阳，就在这个公司里。

在门口我拨通了杨阳的电话，不一会儿，一个像阳光一样的女孩儿，就从小院跑了出来。一见面就让我吃了一惊，没想到杨阳如此年轻，没想到她的人就像她的名字一样，阳光灿烂。

说实话，我这次接受的采访任务，用军事术语说，叫目标极不明确，只是看了杨阳的百姓宣讲文稿就决定采访她，而文稿中所能提供的资料和信息极为有限，甚至没有一件事能让我捕捉到一个采访或写作的支点，因此，我对杨阳可以说一无所知。

但从见面这一刻起，杨阳不再是一篇演讲稿，她从那段千字文里走了出来，作为有血有肉的人站在了我的面前，像一缕透明的阳光，即使在这仲秋季节，也让人能感受到她的温度，这温度是工作的热情，是对小月河科技园的爱，是青春的蓬勃朝气。

我跟随杨阳走进小月河科技园公司的大门，小院不大，却很精致，一走进办公楼的大厅，就看到一座楼盘的巨大模型，我问她：“这是你们公司要建的工程吗?”她笑笑说：“这是我们正在建的塔院村回迁安置房，是我们公司负责开发建设京昌路楔形绿地棚户区改造项目中的一部分。”

办公楼内非常安静，杨阳提出让我们直接去会议室里坐坐。进了会议室，我坐在长方形会议桌的一边。一般情况下我的采访对象会在我的对面隔桌而坐，但她没有，而是拉了一把椅子在我左侧的桌子一端坐下，边搬椅子边说，坐对面太远了，说话不方便。她首先考虑的是人与人的距离不能太远，远了空间太大，势必要大声说话，不够亲切和自然。这样一个细节，使我感受到了她的细心、随和、周到。

当杨阳听说是要采访她的时候，连连说自己“没什么采访的，您采访我个人真没什么采访的，因为我没什么事迹，我干的工作都是在公司领导下进行的，干的还都是小事儿，您要想写就写写我们公司吧，我们领导每天都工作到深夜，有的还住在办公室里，他们操的心别人知道后就一定会心疼。”在强调采访不是我自作主张，是组织上交给的任务，采访对象都是事先定好的，希望她配合我完成任务的情况下，杨阳终于同意接受我的采访，但她也强调，她没有什么壮举和感人的故事，如果让我失望了，请我相信不是她有意要隐瞒什么，而是因为她就是这样一个平凡的人。

杨阳生长在山西大同，自小就勤学上进。2012 年，大学毕业后的杨阳，又以高分考入首都师范大学文学院，攻读汉语国际教育硕士，读研期间，是她各方面都得到提高和展示的三年，从理论到社会实践，全面参与，全面发展。第七届全球孔子学院大会于 2012 年 12 月在北京召开，这是一次国际教育会议，与会人员来自世界各地，都是国际教育界的精英，杨阳把这次会议当作一次很好的学习机会，积极要求为大会服务。作为志愿者，每天在大会现场为会议代表提供会场引导、接待等服务，把小事情做得兢兢业业。从全球各国孔子学院教育者的身上，她看到了做中华文化传播者的长远意义。通过热情、周到、细致、得体的志愿服务，她向国际教育界展示了自己的青春风采，以实际行动书写了青春华章。

在实践活动中锻炼自己，一直是杨阳坚持的做法。2013 年，首都师范大学研究生院组织暑期社会实践活动，到湖南凤凰县高级中学支教，在“圆梦学堂”中教英语。都知道湖南凤凰县是比较艰苦的地区，但杨阳没有放过这次锻炼的机会，她跟随队伍深入凤凰县麻冲乡老洞村，到留守儿童较为集中的原始苗寨搞调研，了解当地留守儿童的真实生活状况，做了大量笔记，掌握了第一手资料，回校后与大家共同编写出了一份高质量的调研报告。

在研究生的后两年，杨阳利用课余时间在新东方实习，走上讲台为学生授课，她教的高考政治课，本来是一门枯燥的课程，但她凭着自己丰富的知识量和灵活的授课方式，使课程深受学生们喜爱。在汉语培训公司教授外国人学汉语期间，她的课程更是受到留学生们的欢迎，而她每次都把这些实践活动，看作提升表达能力以及人际交往能力的机会，全身心地投入进去。

进入小月河科技园公司之前，杨阳对这个公司并不了解，渐渐地，她知道了这是一个东升镇塔院村下属的村级公司，它的全称叫北京小月河科技园有限责任公司。公司里的人虽然都是本村人，但没人歧视她这个外地人，更没有人排斥她，有的是对她的关心和帮助。最感动她的还不是这些关心，而是以塔院村党总支书记李建军和他带领的团队对事业的孜孜追求、对村民的深厚感情、对塔院这片土地的那种发自心底的热爱。

因为杨阳学习的专业属于中文类，公司知人善任，让她在公司人事行政部做了一名宣传员，这是一份以文字为主的工作，对外宣传发稿，对上汇报，内部的总结、讲话、经验、宣讲稿，等等，都由她来写。在工作中她逐渐了解到，北京小月河科技有限责任公司所承担的任务，是开发建设京昌路楔形绿地棚户区改造项目，项目范围内包含四个地块：回迁安置房地块、商品房地块、自留产业地块、教育研发地块。回迁安置房地块建筑规模约15万平方米，该小区西南侧配有幼儿园；商品房地块主要用于上市交易回笼资金使用，建筑规模约15万平方米，该小区西南侧配有一所九年制义务教育学校；自留产业地块用地建筑规模约20万平方米；教育研发地块主要用于上市交易回笼资金使用，建筑规模约15万平方米。

该项目位于海淀区东升镇，全长约6.5公里，是北京市规划的楔形绿地之一。2014年，根据《关于印发〈北京市2014年下半年棚户区改造和环境整治项目调整计划〉的通知》，项目已作为2014年新增项目列入北京市棚户区改造和环境整治计划。同年，获得《关于授权京昌路楔形绿地棚户区改造项目建设主体的批复》，由北京小月河科技园有限责任公司作为主体，组织实施京昌路楔形绿地棚户区改造项目的开发建设工作。

她接触到的资料中，都经常提到“京昌路楔形绿地棚户区改造项目”，这就是北京小月河科技园有限责任公司在相当长的一段时间内担负的主要使命。我在北京市电子地图上放大几倍之后，发现它确如资料所说的实施范围：东至京藏高速、南至健德桥、西至小月河、北至竹溪园小区南侧规划路，全长约6.5公里，是一块典型的楔形地。

楔形地，顾名思义，形状像一个楔子，这是个什么样的楔子啊，它的上面原来存在着大量的市场、公寓、库房等低端业态，人口无序聚集，环境脏乱，社会管理难度大，安全隐患突出。已经严重影响到了北京海淀的整体规划和布局。项目搬迁腾退是根据总书记视察北京的重要讲话精神，紧紧围绕首都“四个中心”定位而进行的。塔院村积极贯彻落实市、区、镇党委、政府工作部署，全力推进“疏解整治促提升”专项行动，不断优化产业布局。先后关停疏解了万家灯火装饰城、盛宏达商品交易市场、尧舜建材城等14家大型市场。塔院村大面积疏解区域内宅基地及大型低端有形市场，腾出了宝贵的发展空间。该项目于2015年启动，到2016年度，他们就完成腾退宅基地院落273个，搬迁非宅商户128个。项目整体有序疏解外来人口近10万人。

杨阳走进小月河科技园有限责任公司时，正是塔院村腾退搬迁的初期，初期也就是腾退动员期、政策宣讲期。在当前城市建设中，最大的难题是拆迁腾退，说它难，是它要触动众多个人和家庭的切身利益，何况这些要腾退的都是村民世世代代居住的地方。自己作为公司的一名新成员，不懂就问，在做好服务工作的同时，始终做到少说、多听、多看，从老员工身上学习工作方法，为自己以后的工作积累经验和本领。

塔院村专门成立了京昌路楔形绿地棚户区改造项目腾退指挥部，杨阳把在指挥部工作的日子，看作获得实际工作经验的好机会。她每天和公司领导深入最基层，听最基层群众的心声。东升镇党委成立了项目工作指导组，督促、指导项目腾退搬迁和开发建设相关事宜。腾退指挥部成立了评议组、资金联审小组等14个小组，制定腾退方案、完善工作流程。依靠党组织的坚实基础，凝聚各级党员的能量，充分发挥党组织战斗堡垒作用。领导干部以身作则，率先垂范，班子成员中还成立了动员宣传组，逐户走访，开展腾退宣传工作，向广大被腾退村民、商户做思想动员。杨阳看到这些工作组走进各家各户时，遇到的态度大不一样，有冷漠的，有敌视的，有对立的，也有热情的，但不管遇到什么样的表情，他们都牢记一个宗旨，笑脸相迎，讲透道理，以情动人。

公司的李经理经常说，人心都是肉长的，即使一时有想不通的，只要耐心细致地做工作，都会想得通，因为我们的出发点是为大家办好事儿、办实事儿、办正事儿，北京人，都是明理的人。

杨阳说那些天，是她进公司之后工作量最大的日子，几乎每天加班，晚上加班到八九点钟是正常的。

“你们加班都做什么呢？”

“因为通过走访、做工作，经常有人来签协议，其实就是同意腾退搬迁，来办手续。村民来了之后，并不是马上就签字的，而是要问很多问题，只要有人问，领导们就靠情靠理，耐心反复地讲。有时回答一户的咨询，就要几个小时。但不管时间长短，只要有人在，或者是只要听说有人要来咨询协议的事，我们就等。当然最辛苦的是领导，因为他们面对谁都要始终赔着笑脸，都要始终说话和气。”

我好奇地问她：“既然做住户的工作都是领导出面，那你这个外地人上班、加班的任务主要是做什么？”

杨阳始终保持着她那灿烂的笑容：“我和同事们就是干好服务的活，比如来咨询的人，我们给他们端茶倒水，准备笔呀纸呀，现场的秩序管理，卫生清理，有的村民有什么临时需要，我们都会及时跟上，充分满足。”

杨阳说，这些都是初进公司时的工作，到了2017年夏季，细心的人们已在北四环健翔桥以北、京藏高速以东的路边上，看到了竖起的大量围挡，从围挡上方看过去，能看到成片的树林。这就是即将完工的大公园，未来还会是北京的通风廊道。如果在这个通风廊道上寻找以前的遗迹，那就是海淀东升镇塔院村的老地盘。不过，虽然还叫塔院村，但今天的塔院村除了名字，其他已经和以前截然不同了，就连塔院村的老村民们，到时也要通过老照片，去回忆他们曾经的院落和房舍。不过这些方面，小月河科技园公司的领导们，早就为乡亲们想到了。为了让每个迁出老塔院的人都记住这份乡愁，他们在拆迁之前，就请来专业的摄影师，把老塔院的一草一树一建筑，全拍摄了下来，对每家的院子都进行了专题拍摄、详细标注，所有来签协议的家庭，工作人员都会按程序要求，为他们奉上一本相册，这一出乎大家意料的小举措，让村民们喜出望外，他们拿到相册的那一刻，都会打开相册，找到自己的“家”，然后兴奋地说着感激的话语。那神情，就好像老房屋不拆了一样。

杨阳很有感慨地告诉我，她之所以能很快爱上小月河科技园，重要的原因是在公司里处处感受到的正能量。在村里搬迁的过程中，领导干部始终起着模范带头作用，共产党员始终起着率先垂范的作用。公司的总经理李建军，不但是公司的法人代表、塔院村的党总支书记，更是塔院村的村民，全村村民在听说要拆迁改造塔院村的时候，是李建军第一个站出来，在协议书上签了字。他曾满怀深情地对党员干部说：“我们面对的是乡亲们，给乡亲们办事，要把好事办实，把实事办好，要想做到这一点，就需要一个坚强的、有担当精神的领导班子。”为了让村民们早日签署协议，党总支的成员深入村民，深入家庭，不断给村民算看得见、摸得着的经济账：比如从前有的村民把房子挤出几间，自己不住出租给别人，从中是挣了点儿出租房屋的钱，但自己的生活质量却无形中下降了许多，而拆迁住上楼房后，生活质量将得到大幅度的提升。楼房是有产权的房子，有了产权的房子，无论出租、销售还是抵押，获得的价值更高。关键是周边原来乱哄哄的自由市场，75%的要变成绿化地，房子在绿地间、花园中，这是以前想都不敢想的居住环境，房价一下子要飙升多少，是不可预估的，这与出租房屋费心又费力相比，孰优孰劣一目了然。这看似一笔经济账，其实是一笔生活账、一笔环境账、一笔健康账、一笔幸福账，村民们听完之后，连连说自己以前没想到，现在既然政府给想到了，并且马上就要办到，还有什么理由不签约呢？于是，原来有些犹豫和观望的住户，也都纷纷签了协议。

再看现在的塔院村，从2015年启动腾退疏解至今，这里不仅疏解了近10万外来人口、腾退了14家低端市场，还正在打造100亩绿地公园。村民的回迁安置房，也正紧锣密鼓地建设中，未来这里还将建设中关村东升科技园三期和大片绿地，最终形成总面积177公顷的楔形绿地，成为全市总体规划中的九条通风廊道之一，这也是全北京市最早启动的通风廊道扩建工程。

由于小月河科技园有限责任公司肩负的特殊使命，他们的工作备受各级注目。2017年7月8日，市委市政府就深入学习贯彻习近平总书记视察北京重要讲话精神，落实市第十二次党代会精神举行了一次别开生面的现场推进会。市委蔡奇书记带领工作组，冒着似火骄阳，把检查海淀的重点，就放在了东升镇的塔院村。可见，塔院村的腾退搬迁工作，已成为牵动市委市政府领导视线的重点工程。

2017年，东升镇宣传部举办“百姓宣讲”活动，塔院村根据工作部署把这个任务交给了小月河科技园有限责任公司，而这项工作责无旁贷地落在了杨阳身上。按公司分工，她负责对外宣传，宣讲正是对外宣传的一部分。论形象，她阳光灿烂、落落大方，特别是那真诚纯净的笑容，最能代表今天的塔院人那前所未有的乐观和自信。还有一个重要因素，她是外地人，从另外一个视角观察塔院村的变化，会有不同于村民们的感受。

杨阳说她以前没有参加过百姓宣讲，刚接受任务时，心里还是有点紧张，因为公司让自己代表塔院村宣讲，是对自己的信任，也是给自己一个展示的舞台，成功了还好说，若是失败了，那她就等同于给塔院村和小月河科技园有限责任公司抹了黑。于是她就根据通知要求，开始了文字准备。一连写了三稿，都被自己否定了，她甚至一度怀疑自己无法完成这一任务。公司领导看出了她的畏难情绪，就从侧面鼓励她，让她不要着急，可以到村子里和科技园三期规划的地块走一走，和村民们多接触、多交流。她觉得这个建议非常有道理，就放弃以前的套路，排除脑子中的杂念，听村民说历史、谈变化，这使她的思路大开，然后结合自己到公司之后的亲身体会，一篇新的演讲稿一气呵成，顺利完成在社区的试讲活动。

杨阳宣讲稿的题目是“心连心”。她的那次宣讲深深地打动了现场的听众，经她同意，我把全文附在这里：

尊敬的各位领导，亲爱的朋友们：

大家好！我是来自塔院村的杨阳。今天，我和大家分享的故事是《心连心》。

当看到今年百姓宣讲的主题是“党在百姓心中”后，我一直在想，身边每天都在上演着不同的故事，应该给大家讲点什么呢？是讲述那些利国利民的大举措，还是讲讲身边那些真真切切的小故事？想来想去，还是身边的小故事让我更有感触，而我相信，能够打动我的，才能够打动大家。

在美丽的东升，没有人不知道我们的科技文化的名片——中关村东升科技园，而我所在的小月河公司正在开发建设它的三期项目。现在，项目北边回迁安置房正在热火朝天地建设；南边原来的万家灯火装饰城，现在完全变了样，一片近10万平方米的城市公园已初具规模，预计不久就可以向广大市民开放了。

如果时间回到2015年的6月，这儿还是另外一番景象。大家熟悉的双泉堡、盛宏达、万家灯火依旧车来人往、拥挤不堪，安全隐患随处可见，村民的生活环境亟须改善！就在这一年的8月，塔院村迎来了发展的重要转折，响应疏解非首都功能的政策号召，正式启动中关村东升科技园三期项目。

这是塔院村发展的大好机遇，但也关系到每一位村民和商户的切身利益。面对艰难的工作任务，塔院村党总支团结一心；党员领导干部主动“站”出来，为服务群众“动”起来。8月的北京桑拿天又闷又热，为了让来访的村民，特别是老人和小孩有休息的地方，我们专门设立了等候区，搭上遮阳的棚子，摆放上舒适的椅子，还有免费饮用的矿泉水……党员领导干部用虚心、细心尽全力做好服务工作，也用耐心、责任心认真接待每一位村民。

为了让村民有充足的办理时间，从8月1日起，党员领导干部带领我们停止节假日休息，办公时间也改为早8点到晚9点。每天下班前，李建军总经理都会问问拆迁公司有没有村民咨询，只要有村民在，他和党员干部就会带头坚守在岗位上，为的是能够第一时间解决村民的问题。记得有一次，已经晚上11点多了，村民还在指挥部咨询，他也一直没有走，直到村民顺利签完字才踏实回家，第二天一早在办公室我又准时看到他的身影。李经理既是党员，也是土生土长的塔院人。他第一个带头签约并常说：腾退搬迁是关系到村民一辈子的大事，有顾虑很正常；这时候党员要有担当意识，关键时刻站出来成为村民的主心骨。随后，塔院村的党员干部也纷纷主动签协议，并深入每家每户让每一位村民都了解腾退政策。

党员们分成10个工作小组，每天挨家挨户到村民家，面对面地了解村民的想法和困难；家里没人的就打电话，电话打不通的，就找周围亲戚、朋友，直到联系到本人……不论村民是热情接待还是冷漠不理，他们都主动了解村民的难处，积极想办法解决村民的问题，慢慢地，他也就获得了村民的理解和支持。

签约那段日子，指挥部里经常可以看到这样一些场景。沙盘室里，如果一家人满脸认真、严肃地比较着楼座的朝向、位置，那他们一定是准备要选房了；如果他们满脸轻松喜悦地看着沙盘，十有八九已经签完约了。一天大早，村民高大爷早早地办完签约手续，在沙盘室和身边的工作人员聊着：“哎，真有些舍不得70年的老房子啊！再一想，政府帮我们盖房子，旧房子换新房子，小房子变大房子，又有啥不好的呢？”

办公室里，小李领到腾退补偿款的存折后正打算走，工作人员叫住他：“请等一下，有本相册给您。”小李的第一个反应就是：“什么相册？”工作人员连忙把相册递到他手上。看到相册的封面，小李就收住了往外走的脚步。这是一本记录双泉堡原貌的相册，相册的封面只有一个字——家。他把相册放在桌子上，一页一页地翻看，边看嘴里还边说着：“哟，这不是老王家吗，那不是小月河边吗！”满满的都是回忆。看完相册，小李一边说着“这个得好好收着”，一边仔细地把存折和相册一起装进了包里，又诚恳地道了声谢谢。一本小小的相册虽然不能承载塔院村几代人的全部回忆，却让村民真切地感受到自己的小家拆没了，可是塔院党总支这个大家会永远为他们遮风挡雨。

亲身经历这些并成为塔院大家庭中的一员，我感到十分幸运。作为一名在校入党、参加工作不久的年轻党员，我用自己的眼睛真实地看到了我身边的党员领导干部是如何用实际行动，去诠释“先锋模范带头作用”这几个字的深刻含义，他们在这片土地上默默挥洒着汗水，无怨无悔地奉献着青春年华。

我的宣讲结束，谢谢大家！

塔院　杨阳

2017 年 6 月 11 日

不能不说这是一篇非常接地气的演讲稿，她没有用华丽的词藻去美化，没有用过多的形容词去拔高，她写的都是实实在在的事情，这些事情都是领导带领公司的同志们，夜以继日干出来的，虽然不是每一个细节她都参与了，但大部分故事里也有她的劳动在里面。

参加东升镇百姓宣讲获得了意想不到的机会。2018 年她参加了海淀区百姓宣讲活动，这次她的宣讲得到了区委宣传部的充分肯定。2018 年她宣讲的题目是“梦开始的地方”，宣讲稿中有一段话特别提神，她是这样说的：“站在闪亮的钻石中心大楼前，我想没有人想到这里曾经是农田、是城乡结合部，在东升人的手里，这些‘想不到’变成了‘做得到’。我们紧跟时代发展，勇于开拓，不断创新，让科技园成为新时代的实验田，越做越大，越做越强。我真的很幸运，第一份工作就可以随着公司共同成长，找到自己的位置和努力的方向，在未来的道路上，我要和中关村东升科技园三期一起拼搏奋进！”

看着在公司工作三年，已是收获满满的杨阳，我问道：“你觉得你来小月河科技园三年时间，最大的收获是什么？”杨阳毫不犹豫地回答道：“我感到作为一名党员，比一般群众要承担更多的责任。”

杨阳是读研究生时入的党，在学校，党员就是参加一些组织活动，看不出有多么特别之处，但到公司之后，她发现塔院村党总支对党建抓得异常的紧，无论什么情况下，党的作用都是第一位的。比如拆迁腾退中遇到了难题，党总支把任务分到各支部，各支部把党员分成小组，由党员干部带头，深入群众做工作。党员做工作像一服灵丹妙药，一做就成，开始她以为党员们有什么特异功能，了解之后才发现，塔院村的党员之所以能够让群众服气，是因为他们吃亏的事情做在前面，吃苦的事情干在前面，要求群众做的事情，群众做之前自己先做了。用一句很正能量的话说，就是为人民服务的思想都特别突出。

杨阳是我遇到的比较难的采访对象，不是因为她不说，而是她只说别人不说自己。按她的话说，她进公司时间短，没做什么贡献，一切还都是学习阶段，所干的事情就是领导布置的、会议定下的、职责之内的，没有任何特殊的事迹。在公司，从领导、老员工身上学到了许多东西，这些东西如果要说出来，并没有惊天动地的壮举，都是零碎的细节，但这些细节，是在学校，无论是什么学校，无论读什么专业，老师们、导师们教不出来的，因为这属于长期工作的一种经验、长期相处的一种情感、长期了解的一种默契。

在这里我见到了公司行政人事部的经理刘宜佳，她是杨阳的直接领导，她对杨阳的评价是，不张扬，有悟性，有韧性，工作不计分内分外。她负责的是宣传，同时也配合支部书记做好党建工作，领导讲话、汇报材料、经验总结，也都是她在做，因为她有这个水平，只要她写的东西，都是一遍通过，这些对她来说已是驾轻就熟了，可要做起来都特别的琐碎和麻烦。因为她不在一线，而实际的一线工作，进展情况、数字多少，人员事迹，具体事例，有时材料上都是要显示的，这些虽然各部门都汇总了，可根据不同的材料，都要记录、核对，不能出现任何差错。这方面杨阳为了高标准，要不厌其烦地去询问、查对，做到准确无误。

采访手记：采访杨阳只有三个小时的时间，虽然还有很多问题想问她，可约定的时间已经到了，我只能匆匆告别。走出小月河科技园有限责任公司的大门，我没有马上打车，而是沿着小月河的沿河风景带，一直向南行走，我想近距离感受这河畔的美景。此时，金色的余晖为城市镀上了一层耀眼的光亮，柳丝婆娑，摇动那一河阳光的流苏，使小月河显得越发迷人。我又想到了杨阳，她已和这小月河有了千丝万缕的联系，只是她自己还没有意识到……

下 篇

践行——核心价值观

阿拉善阻击战

——记恩翠休养所退休干部、内蒙古自治区阿拉善盟军分区原司令员李旦生

叶宏奇

李旦生

从1968年年底入伍到现在，李旦生已经度过了第50个建军节。如果把每一个建军节写成一篇日记，装订起来已是厚厚的一本书了。没错，就是一本书，一本写满了人生百味，每一页都镌刻着家国情怀、铁马冰河、倥偬岁月的书。比如，2018年的建军节，对于李旦生来说就有些特别：在退休13年后，他又站到领奖台上，代表北京市57 000多名军队离退休干部，从领导手中接过了红艳艳的荣誉证书，成为北京“十大军休榜样”！

这一刻，他多少有些恍惚。多年以来，作为一名领导干部，都是他为别人颁奖，今天，却是作为一名退休人员、普通市民，在接受表彰和嘉勉。职位变了，岁月变了，责任和担当却没有变，内心涌动的激情也没有变——表彰结束后，他将身上的绶带抻展整齐，双手捧着证书，像一名戴着大红花新入伍的士兵，认认真真地请人拍了张照片，做永远的珍藏！是的，对于这个国家，对于永恒的营盘，自己从来就是一个新兵。

去阿拉善

2000 年年底，李旦生被任命为内蒙古自治区阿拉善盟军分区司令员，负责延绵 700 多公里边防线的防守。

任命没有表情，任务更是坚硬。

阿拉善，对李旦生来说，是个陌生的地方。

虽然之前的某天下午，在组织谈话之后，时任北京军区预备役师副师长的李旦生，曾经蹲在一张中华人民共和国行政区划图前，开始对阿拉善的地理位置情况做功课了，但当他再次把食指从巴彦浩特小镇收回时，脑子还是有点蒙圈，心里也在犯迷糊——这是一个什么样的地方啊？长期从事作战训练的思维限制了他对大漠孤烟的浪漫想象。

他打开电脑，在百度搜索框里输入“阿拉善”三个字，不搜不知道，一搜吓一跳：天啊，面积相当于两个安徽省，人口却只有 23.1 万人，跟我国东部一个比较发达的县城差不多。巴丹吉林、腾格里、乌兰布和三大沙漠横贯全境，占地域面积 29%。与蒙古国接壤……

这一任命，不但为他今后的人生埋下了无数精彩的伏笔，更为他铺垫了几乎戏剧性的效果。同时，也为我们之间的交流增加了无数话题：边防五团团部的军人服务社里，那些随军过来，守着一天也见不到一个顾客的柜台的军嫂；那座被风沙淹没千年，叫黑城的古迹城池；居延海边胡杨林里成群结队的野鸭……

上任第二天，李旦生来到离军分区驻地仅 30 公里的腾格里沙漠东沿通古淖尔，平生第一次跟沙漠亲密接触。跟大多数第一次见到沙漠的人不同，他没有惊喜，没有激动，而是蹲下去，捧起一把冰冷的沙土，细细地在手里研磨，然后从指缝中流下去，流下去，在地上形成拳头般大小的沙包。

寒风瑟瑟，草木枯黄。近六十户人家的村庄，在常年与风沙搏斗中已耗尽最后的力气，显得疲惫而心力交瘁，陈旧的屋顶和破败的院落暴露出衰竭的迹象。黄沙在村庄和农田间的马路上铺了一层柔软的金黄。紧挨着农田的地方，就是正在一步步逼近的沙漠。虽然当地群众修了挡沙墙，栽种了沙棘、梭梭等对抗风沙的植物，但由于势单力薄，肆虐的黄沙还是肆无忌惮地翻越墙裙，吞噬农田，吞噬村庄。据当地村民介绍，农田正在急剧萎缩，已由从前人均五十多亩蜕化到了十余亩。而村民每年大量的工作，就是清理马路上和自家院子里淤积的沙子。

走过农田，是一望无际的腾格里沙漠。放眼望去，沙梁像一道道鱼脊，横亘在寂寥湛蓝的天空下，阵风吹过，沙子窸窸窣窣地滚动像一群老鼠在奔跑。

村民指着两三公里外几棵干枯的杨树说，两年前，那些地方都还是农田，土地肥沃，小麦、大豆、高粱、蔬菜，种啥得啥。可随着沙漠的大举进攻，不堪重负的村民大多选择了退让，有的举家搬到了旗里。

照此攻击速度，几年之后，旗盟所在地巴彦浩特镇还能承担老百姓的避难所吗？它们之间一马平川，没有大山大河做屏障。作为曾经在老山前线指挥过作战的军人，李旦生的思维更趋于战略考量。

李旦生仅仅说出了自己的担忧，并没有继续往深处想，毕竟，这跟他的职责没有多大联系。眼下迫在眉睫的是要尽快熟悉自己的防区、自己的部队。

正值风季，风沙就像一群受惊的骆驼，一直在奔跑，从早晨到晚上，从月初到月末，很少有停下来歇一歇、喘口气的时候。鼻孔里始终是呛人的尘土味道，耳朵边一直回响的是北风尖利的呼啸，粗粝的砂石击打在脸上，一开始是微疼的瘙痒，慢慢就变得麻木了。从分区所在的巴彦浩特镇出发，带上足够的饮水和干粮，戴上护眼的风镜，沿吉兰泰、阿拉善右旗，到额济纳旗，所到之处，除了金黄的沙漠，就是褐色的戈壁滩，偶尔露出的几处房舍也显得格外萧瑟，像一个缺衣少食的丐儿，在风沙和寒冷中瑟瑟发抖。

在与连队官兵交流谈话中，大家说得最多的，也是风沙：床铺上是黄沙，桌子上是黄沙，开水里是黄沙，饭菜里是黄沙，头发里是黄沙，肠胃里是黄沙，黄沙无处不在。篮球场一夜之间被黄沙覆盖了，新挖的战壕被黄沙填满了，进出菜地的门被黄沙堵住了，界碑被黄沙遮挡了，黄沙无所不能。官兵们还储存了许多关于风沙的笑话：野兔和黄羊在风沙中迷路了，直往炊事班窜，成了大家餐桌上的美味；走亲戚的蒙古阿妈迷路了，被蒙古军人当成越境边民，饿瘦了一圈儿，回家后宰牛杀羊补身体；毛驴在风沙中找不到主人，被蒙古老乡抓去拉磨，做了一年苦力……

李旦生笑了，笑得既开心又酸涩，联想到每年春季北京遭遇的风沙，他陷入了思考。

阿拉善曾经是远古人类的发祥地之一。旧石器时代，额济纳旗的弱水流域、居延海畔就有殷、商、周先民生活的足迹。考古在贺兰山、曼德拉山、龙首山等地发现的数以万计的古代岩画，从宗教信仰、生活习俗和经济发展等不同层面，证实了古代北方游牧民族的迁徙演变。军分区所在的巴彦浩特镇，蒙古语中就是“富饶之城”的意思，而分布在三大沙漠中的500多个湖盆，则进一步证明，这片荒芜的土地，曾是水草丰茂、牛羊遍野的丰腴之地啊。

是什么时候，什么原因，让阿拉善变成了如今的荒凉与暴烈，变成了让人不得不逃离的地方，变成了中国最大的风沙源头，直至整个西北华北，经常遭到它的袭扰，笼罩在它的梦魇之下？

第二年春天，李旦生从银川出差返回驻地。

此时的银川平原，已是春暖花开、草长莺飞了，旺盛的迎春花在冰消雪融的沟渠边开得十分卖力，大片的白杨和柳树冒出了茸茸的绿芽，返青的大地在牛羊的点缀下，恢复了往日的生机和活力。翻过贺兰山，进入阿拉善，季节似乎还停留在冬眠的洞穴里，一点也没有苏醒的意思。

下到山底，刚拐进东边的路口，沙尘暴不期而至。一时间，黄沙像决堤的河水席卷而来，所到之处，飞沙走石，排山倒海，势如破竹，除了咆哮的风声，就是石头、枯树、砂砾互相撞击的声音。原先还晴朗的天空，陡然黄沙弥漫，昏天黑地，一副世纪末日的阴森景象。

司机和参谋同时喊了声：“沙尘暴。”

李旦生见过沙尘暴，也知道它的厉害，但真正与沙尘暴面对面还是第一次。他迅速作出反应，命令司机立即将车开到路下一处残垣断壁跟前，借助矮墙的遮挡，减小沙尘暴对车辆人员的破坏。

车子刚到墙根下，沙尘裹挟的粗砂砾石就噼里啪啦砸在车身上，车内瞬间一团漆黑，所有人都沉默不语，仿佛一出声就会连人带车被卷到九霄云外一样。黄土窜进车内，吸入鼻腔，李旦生和其他人被呛得咳嗽起来。

二十多分钟后，天逐渐亮了，沙尘暴消退了，阳光重新从车窗照进来，李旦生和随行的工作人员先是面面相觑，继而哈哈大笑，因为相互间的狼狈实在令人忍俊不禁：帽子歪着斜着挂着，好在有风带死死系住脖子；脸上花里胡哨，既像刚走出矿洞的矿工，又像才从鸡圈里爬出来的周扒皮。最主要的还是脸上惊魂未定的表情，在自然的威力面前，没有任何人能心存侥幸！

大家互相为对方抖去身上的黄土，看着被打得遍体鳞伤的车子，心痛不已。

他问身边的参谋："这种沙尘暴多长时间发生一次？"

参谋回答："根据盟气象部门统计，近两年来，在春冬两季，已达到了至少每周一至两次，只是破坏力和破坏的区域不尽相同。"

他又问："最大破坏力能达到什么程度？"

参谋说："能把羊群刮得满天飞，把牧羊人刮得满地滚。当地人一旦发现沙尘暴袭来，就会立即找个地势低洼或背风的地方躲起来，牢牢抓住地上的附着物。"

"打得赢就打，打不赢就走"，这是兵家理论、制胜之宝。走，是为打赢争取时机，走，是为打赢积蓄力量。对待沙尘暴，当地老百姓早就有了自己的驾驭之术。可这是他们的家乡啊，走到哪里去？要走多远？无路可走了怎么办？

不到半年时间，李旦生的足迹踏遍了阿拉善的戈壁沙漠，见识了它最严酷的冬天和春天，一些看似跟他的职责任务不相干的想法开始在头脑中滋生，盘桓，挥之不去——有什么良方能缓解沙化的蔓延？有什么力量能阻击风沙的侵袭？有没有一只温柔的手能让沙尘暴变得温顺？

又挥铁锹

那天早晨，当李旦生手提铁锹准备跟随部队去植树时，他笑了。仿佛一种宿命，本来握枪操炮的手，在经历了三十多年的轮回后，又拿起了这把铁锹！当初新兵入伍后，就在南方的大山里，用一把铁锹，挖坑道修工事，晴天一身汗，雨天一身泥，手上的茧子撕了又起，起了又撕。没人告诉他这样的日子还要持续多久，只有人告诉他当导弹从这里呼啸而起的时候，挥锹跟发射同样光荣。就如一台机器的所有部件，你能告诉我哪一个无关紧要？他只能继续挥锹！没想到多年以后，自己又重新拿起了铁锹。

在经历一年多时间的调研分析后，2002 年的下半年，李旦生正式向军分区党委提交了建设生态边疆的建议，并把它同管边防、守边防放在同等重要的位置。他认为，如果阿盟的生态继续恶化下去，所有生活在这片土地上的人都有不可推卸的责任。与其坐在屋里寻找恶化的原因，埋怨、声讨、谴责那些导致恶化的人和行为，不如立即走出去，参与到植树造林中。作为军人，一手拿枪，一手拿锹，保卫边疆，建设边疆，不仅符合我军的优良传统，更是保护人类共同家园、修复千疮百孔的地球最实际的行动。

李旦生的提议就像一场强劲的沙尘暴，在分区和内蒙古军区激起了一阵不小的波澜。

一些意见认为，参与到地方政府每年组织的植树造林活动中就可以了，没必要另立山头，重新拉一杆旗帜。因为一方面部队的使命任务毕竟是“保卫”边疆，执勤训练才是正茬；另一方面植树绿化不光是把树苗种下去，还有长期管理养护的问题，部队哪有精力和经费？

对形式主义深恶痛绝的李旦生不这样认为，他不但要让官兵感受到责任，更要让大家看到美好的成果——这一棵树、这一片林是我（们）亲手栽下的。当看到它们以蓬勃的生机染绿广袤的沙漠戈壁，以渐渐硕状的身躯迎风挡沙时，会是怎样一种愉悦心境，怎样一种自豪的情绪啊！

但的确如大家所说，精力哪里来，经费怎么办？

那些日子，李旦生一有空闲就研究治沙植树。看书，跟治沙专家请教，什么树适合在缺水多风的沙漠生长？怎样打坑，怎样养护？种在哪些地方的树最容易存活？下部队路过那些用草格固沙，然后在格子里植树的坡段，他很远就会停下来，徒步过去，跟那些治沙人聊上半天，向他们送去最崇敬的目光和最暖心的问候。他还专门去拜访亿林林业的专家和工人，向他们淘取沙漠植树的经验。半年多时间，他已经俨然一位沙漠绿化专家了。

离驻地500多公里的乌力吉苏木嘎查，是国内著名的戈壁玛瑙产地，李时珍在《本草纲目》里就有记载，说它有药用价值。后来人们逐渐发现，各种颜色、各种形态的玛瑙，更具有收藏和装饰价值，于是，一阵炒作玛瑙的台风从华南沿海直逼这片人迹罕至的边陲戈壁，每年都有大量来自全国各地的淘宝者历尽千辛万苦，前来捡拾玛瑙。有朋友打电话问他收集了多少宝贝，他无言以对。再往西200多公里，是额济纳旗美丽的胡杨林。他去过，是了解胡杨的种植和生态价值，但不是在金色的秋天。那美轮美奂中水天映照下的一派金黄、居延海翱翔的沙鸥、落日余晖下松软的沙滩，都只是一个梦幻的传说。

正当李旦生为经费焦头烂额时，一双友谊之手伸过来了，厚实而温暖。

2002年10月，中学同学，时任深圳证券交易所党委书记、理事长的陈东征到银川考察。他给李旦生打电话，问他在不在左旗，如果在，就绕道过去见一面，叙叙旧，如果不在就打道回府了。

久别重逢，两人需要聊的话题非常多，但没一会儿，李旦生就把内容扯到了植树造林堵截沙尘暴上面。他向陈东征描绘了遭遇的沙尘暴，阿盟地区节节败退的农业和牧业，裸露在沙丘下饿死的骆驼的白骨……陈东征听得津津有味，他却突然来了个急刹车。

陈东征扶扶眼镜，不解地催促说："讲下去。"

李旦生无奈地说："眼下最迫切的任务就是植树固沙。我计划把它当仗来打，集中优势兵力，正规部队，民兵预备役，全上，一年剿灭一块地方，逐年推进，五年、十年、二十年之后，会是一个什么景象？可想法很好，就是没钱实施。"

陈东征问："在沙漠种树，有成活的先例吗？成活率能达到多少……"

第二天上午，李旦生带着陈东征来到腾格里沙漠边沿通古淖尔苏木，向他介绍了土地沙化和旗盟两级政府治沙取得的成果。当他们走近一排排头年栽种的梭梭、沙棘、花棒、胡杨、拐枣、沙柳时，陈东征惊呆了。

李旦生如数家珍："这是花棒。花棒是一种沙生植物，耐旱，耐严寒酷热，喜欢阳光，适于流沙环境生长，枝叶茂盛，防风固沙作用强，树龄可达70 年以上……"

陈东征打断他，指着眼前这片被沙漠紧紧包围的树林问："都是新栽的？"

李旦生点点头说："就去年。应该说，专家已经找到了阻击沙漠化的武器和办法。武器就是脚下这些沙生植物，办法就是人工种植，再加日常养护。一个春末夏初的植树季，我们军分区除执勤人员外，连预备役人员一起，种个上万亩没有问题。坚持几十年，就会造出一个大兴安岭来。"

陈东征哈哈大笑，笑他成了一个树痴，笑他像那个叫愚公的老汉。笑完之后，两人同时陷入沉思。

为了让老同学更多地了解阿拉善地区治沙情况，李旦生又给他讲述了几个说起来、听起来都十分动人的植树故事。

陈东征默默地听着。

两个月后，李旦生接到陈东征从深圳打来的电话，请他立即到深圳，以军分区的名义，签署一份军民治沙协议。期限为三年，每年由深交所员工捐赠三十万元购买树苗和雇用管理人员；具体栽种任务由军分区负责。

李旦生笑了，笑得像小学生第一次获得老师表扬一样开心。

他在电话里兴奋地说："我就知道你不会不管我的嘛，到时我要在绿化林前给你们立块碑。"

陈东征回答："立碑就算了。员工们意见不统一，帮我做做工作。"

李旦生趁机提出了利用植树造林进行国情教育的想法，两人一拍即合。

2003 年 4 月初，一场声势浩大的治沙植树战役在通古淖尔拉打响，总指挥李旦生。

过去，军分区是响应盟委盟政府号召，参与每年的植树造林。这回，是划设战区，独立作战。

军分区从下属的两个边防团和预备役部队抽调部分兵力参战，一干就是一个月。

深交所也派来四十多名员工参加，他们的任务是两天军训、两天国情教育、两天植树，不管职务高低，一律住在12个人一间的集体宿舍，上下铺，过士兵的生活。

塞门三月犹萧条，纵有垂杨未觉春。

无论内地的春天有多么繁花似锦的热闹，也无论人们对春天寄予了多么厚重的期望，阿拉善的春天，依然我行我素——春寒料峭，枯黄遍野，风和砂石很少有安静的时候，封冻的湖盆看不出一丝开裂的迹象。

这是一个阳光灿烂的早上。李旦生身穿作训服，跟一个普通士兵一样精神抖擞地站在队伍前排，等待出发的命令。对来自深交所的员工，他相信，只要到了现场，亲眼看到了沙漠的残暴，了解了当地百姓面对沙漠的无奈和绝望，他们会自然而然爱上这份事业，理解陈东征理事长的良苦用心的。

几十辆军用汽车组成的车队浩浩荡荡地开进通古淖尔。一时间，沉寂荒凉的通古淖尔热闹非凡——一场人类与大自然的抗争搏击开始了。

黄沙漫漫，寒风猎猎。

李旦生在做完简短的动员之后，挥锹铲下了第一锹土。他一边给深交所的同志做挖坑示范，一边给他们讲自己在阿拉善稀奇古怪的经历。偶尔，他会停下来，踏着脚下的沙漠说："这些地方过去都是肥沃的庄稼地。"然后又转身指着身后的村庄和农田，"沙进田退，沙进人退。这样退下去，再过些年，我们巴彦浩特就没啦。"

一名员工好奇地问："李司令，我们江南老家每年这个时候都要下黄沙。除了天地昏暗，桐花飘零外，树叶蔬菜上都会蒙上一层薄薄的黄土。跟这里的沙尘有关系吗?"

李旦生说："应该有。黄沙飘浮在空气中，随着冷空气南下，大半个中国无一幸免。"

李旦生担心战士们毛手毛脚，只管数量，不求质量，会时不时放下手中工具外出"明察暗访"，一旦发现种植不符合标准，就会要求当即返工。许多基层来的战士不认识他，埋怨"老汉"管得严。李旦生不急不恼，耐心地告诉大家，沙漠上种树不容易，树苗也贵，栽一棵就要有一棵的效果。然后就站在跟前，直到他们把树坑重新挖出，标准了，才离开。

后来几天，战士们知道这位“老汉”是谁了，都不敢怠慢，生怕稍有差池被他逮着。

中午休息的时间非常短暂。李旦生跟大家席地而坐，吃着炊事班送来的包子和紫菜蛋花汤，也吃着随风卷来的沙子。看着深交所的同志被沙子磕牙后的一脸苦相，李旦生乐了。

他说：“在外面吃饭，最好是囫囵吞枣，不然会很别扭。你们运气不错，赶上风季快结束了。在阿拉善，每年吃两块黄土坯很正常。风季的时候，无论门窗关得多严实，走廊上、床上、桌上、灶台上、锅里，天天都会积上厚厚的一层沙土。习惯了，就见怪不怪。”

虽然没有亲眼看见，这些从大城市来的员工还是听得瞠目结舌。

在有限的时间里，李旦生会见缝插针给这些远方来的客人介绍阿拉善：号称沙漠人参的肉苁蓉、沙漠黄金的驼绒、“黑宝石”古拉本无烟煤、全国独有的山沉香，丰富的盐和碱，野骆驼、野驴、盘羊，当然还有胡杨林……

李旦生有个小算盘：除了让大家尽量多地了解阿拉善、不虚此行外，还要让大家对这个地方留下美好的情感和深沉的怀念——在中国，有这样一个地方需要共同关注，有这样一种事业需要齐心协力。

六天之后，深交所的同志们和李旦生依依惜别。虽然只是一次仓促的相逢和体验，但他们对这位老军人，及其他率领的部队对这片土地深沉的爱、执着的情，却有了一种全新的认识——他们不单在用生命捍卫着祖国的安全，还在用辛勤和汗水改造着荒僻贫瘠的国土。这种责任和担当，正是这个民族生生不息、创造辉煌的希望和力量。

这一年，李旦生带领部队种下了8 000亩树苗，成活了5 000亩。

办基金会

2005年4月，李旦生接到了退休命令。5月，他参加了大家认为可能是最后一次的植树活动——他的孩子在北京，他的家在北京，退休之后，回北京含饴弄孙，颐养天年，隔三岔五带着家人到各地走一走、转一转，拜访一下那些久未谋面而又时刻梦牵魂绕的老战友，弥补多年欠下的战友情谊，把晚年生活过得充实而饱满，是人之常情。

李旦生也是这么认为的。

当他覆完最后一把土，站起来，看着等待他下达收工命令的官兵时，他的眼眶湿润了。落日的余晖把沙漠照耀得有些晃眼，那一片由树林和士兵组成的阵列，正屏息敛气，无声地注视着他，仿佛古战场上准备冲锋的武士。

李旦生向大家敬了一个军礼，哽咽着说："同志们，绿化沙漠，阻击风沙的任务，就拜托大家了。"

他不敢再往下说，也不敢再停留。他知道自己无法控制对这支部队、这方土地、这片树林深深的眷念。他赶紧躲开那一张张被漠风吹裂、被紫外线照射得黑红粗糙的脸，钻进了汽车。

此时，这片军民林连同补种，已达到波澜壮阔的 4 万亩。而他，也在正式退休前，与深交所补签了继续合作 5 年的协议。按理，他可以放心了。

然而，回到北京，住进位于海淀区复兴路 20 号的恩翠休养所没几天，他就烦躁起来，整天像掉了魂似的无所适从。只要一闭上眼睛，脑子里就是沙漠，就是沙尘暴，就是在漠风中摇曳的树苗。许多个夜晚，他都会在半夜突然醒来，在书房里坐到天亮。他怀疑自己是不是病了？

爱人是跟随他南征北战的战友，也是阿拉善治沙植树的见证者和参与者，她明白这些年来李旦生跟沙漠、跟树木、跟那片蛮荒的边地结下的情缘，它们已经成为他生活中最重要的一部分，融入了生命的呼吸循环。

看着他整天神不守舍的样子，从事军事医学的爱人知道他身体没病，但心里有病，而且病得不轻，于是提出陪他回阿拉善看看，他立即来了精神，说风就是雨，收拾东西就登上了去银川的飞机。

当他重新走进通古淖尔的林地，重新站在曾经挥锹刨土的山丘时，这位身高一米八几，经历过硝烟和战争，经历过生离与死别的铁骨男儿，心疼得差不多要哭了：由于管理不善，用于隔离的护栏网东倒西歪、千疮百孔，林地遭到了牛羊和骆驼的侵袭践踏；雇用的工人责任心不强，三天打鱼、两天晒网，该浇水时不浇水，即使浇了也浅尝辄止没有浇到位，导致成活率大大降低。

他坐在沙包上，出神地望着一队渐行渐远的骆驼，看似平静，内心却在翻江倒海。手里一根细柔的红柳枝条，什么时候勒进了拇指他都不知道：这样下去不要说发展、扩大规模，更有可能前功尽弃。

必须找到一条解决的路径。

晚上，住在军分区招待所，他把自己的思考跟爱人说了：把绿化治沙的工作接过来，走市场化运作。具体做法就是建立一个公益基金，负责经费筹集；林地建好后交由当地牧民管理，根据管理好坏给予工资和津贴补助。这样，牧民有了稳定收入，可以少养牲畜，既避免了牛羊对新建林地的威胁，又能投入更多精力养护林地。

爱人听完，沉默半天才说："基金会不是那么好建的，管理更麻烦，你都这个年纪了，哪有那么大精力?"

爱人的担心不是没有道理，一辈子身在行伍，做做行政、搞搞管理还说得过去，管基金，是跨界作业，没有专门的业务知识和经验，说蒙就蒙了。

李旦生见爱人反对的不是建基金会本身，就视她为支持；至于今后谁来管、怎么管，那是理事会决定的事情。

爱人见他装聋作哑漠视自己的意见，又见他信心满满、胸有成竹，也不好再泼冷水，就说："这可是大事，你得想好了，多找几位战友同学商量商量。"

他说："你都说好就肯定好。至于具体操作，我想办法。"

就这样，爱人不知不觉进入了他的"圈套"，成了他的第一个志愿者，也承担起了"秘书"的角色，在今后的许多年里，始终陪伴在他身边，东奔西跑，爱着他所爱，累着他所累，苦着他所苦。

说干就干。恩翠休养所的会议室成了他最初的办公场所，开筹备会，研究各种方案，都在这里进行。但由于对外面的世界基本是两眼一抹黑，找谁、怎么打交道，李旦生都是一头雾水。他像一位刚出校门的大学生，满腔热情，却四处碰壁。好在有陈东征这位铁杆同学，一位既热心又有使命感的治沙使者，使他在毫无头绪中有所依傍，在逆水行舟中有所抓挠，心中的灯盏从来没有熄灭过。

在北京转了一圈儿，对基金会的成立和管理运行知识摸得差不多了，李旦生跑到深圳拜访陈东征，将自己的想法规划和盘托出。陈东征听完，激动感动同时喷发，拉着他的手摇晃着说："今晚我俩要好好喝一杯。你退而不休，始终惦记着治理沙漠，真的让我很感动。放心，只要我能做到，一定全力以赴。"

接下来，陈东征带着李旦生拜访了深圳的几家公司老总，向他们阐述阿拉善治沙迫在眉睫，阐述这些年联合治沙的成效。他还将与深交所共同打造的军民共建林照片一张张铺在老总们的办公桌上作为证据。

望着眼前这位像农场主一样推销自己农庄计划的老军人，老总们个个肃然起敬。

2011 年 2 月 25 日，是一个让李旦生永生难忘的日子。

在经历几年奔波后，由深交所、中国证券登记结算深圳分公司、安信证券共同出资组建的"内蒙古自治区阿拉善生态基金会"，在深圳证券交易所正式成立。李旦生当选首任理事长。阿拉善绿化治沙工作从此步入基金会运作模式。

没有张扬的排场，没有花里胡哨的形式，也没有领导的剪裁和讲话，有的只是李旦生情深意长的讲述：土地的严重沙化、频繁的沙尘暴、当地政府百姓治沙的愿望、基金会未来的规划发展……

这是一片辽阔而神奇的土地，这是一片荒凉而乖张的土地，这是一片富饶而命运多舛的土地。李旦生用自己对这片土地情有独钟的描述，把大家带进了寂寞的阿拉善。

喜悦伴着泪水。李旦生在高兴的同时，隐隐有些不安和担心：基金会的每一分钱，怎样才能都用在刀刃上？干了一辈子军事指挥管理工作，对经费使用监管是外行，可千万不能因为自己的疏忽大意辜负了大家啊。

李旦生如履薄冰！

不能用人来管人，也不能用人来管事。于是，一系列规章制度应运而生，把基金会工作全部纳入了制度的框架，放置于阳光之中。

基金会办公地点在阿盟，李旦生在短暂的离开之后，又重新回到了这个既不生他，也不养他，却让他始终无法割舍、无法释怀的地方。

到 2017 年，基金会已在阿拉善建立了青年世纪林、中国上市公司生态林、边防军民生态林、国信基地生态林四个生态林基地和一个苗木基地，新增植树造林面积10.8万亩。理事单位也由最初的三家发展到了十八家，一些社会组织、企业纷纷加入，个人也纷纷捐款——阿拉善，正在成为人类生存角逐的战场。

从中国银监会退休的高传捷是基金会专家组的专家，当他在全面了解了基金会内部运作和所从事的事业后，被深深地感动，走到哪里宣传到哪里。在他的影响下，目前已有11家信托公司愿意加入基金会，为阿拉善的治沙防沙尽力。

根据阿盟气象局发布的数据：2001年，阿拉善左旗共爆发沙尘暴13场，2013年，一场也没有。也就是说，在12年的时间里，沙尘暴的发生频率一直成衰减状态。

李旦生坚信，这是植树治沙的成果！

沙漠可以如此美丽

每年9月15日，是基金会“阿拉善生态对话会”，来自全国，甚至世界的投资人和治沙专家，会聚阿拉善，就治沙防沙改变生态展开专门研讨。其中一项内容是到青年世纪林参观。

这是阿拉善最美丽的季节：风停了，沙漠戈壁安静得像新产后的母亲，一脸温柔的静美和安详；天蓝得晃眼，像婴儿才睁开的眼睛，纯净得没有一片云彩；黄河蜜熟了，浓浓的瓜香从一望无际的田野弥漫开来，把干燥而透明的空气滋润得甜丝丝的醉人；苹果和鲜枣红着半边脸，把树枝压得很低，走在路上，随便一伸手，就会享受到丰硕的果实……

此时的世纪林，从一道梁到七道梁，汪洋恣意，一望无涯，满眼是成熟的颜色，满眼是渐浓的秋意：沙枣红了，一串串挂满枝头；肥厚的树叶吸饱了阳光，吸饱了地里的养分，正在等候第一场秋风的到来，把自己奉献给土地；沙雀在树杈间垒起了窝，开始储备过冬的食物；昆虫依旧辛勤地在泥土里耕耘，把板结的盐碱地尽量刨得疏松一些，让植物的根系扎得更深更牢。

李旦生指着已经长到五六米高的沙枣王，向嘉宾们娓娓道来：这棵树是

2001年军分区老政委种下的，那时，它还不到半尺[①]，主干更是只有三厘米那么长，没想到，十多年时间，竟长成了这么壮实、这么高大一“小伙子”。真是有苗不愁长啊，只要种下了，稍微给些水分，这些沙漠植物就不会不生长。

视线已经被树木挡住了，目及的地方，李旦生像介绍自家的孩子：这是2002年种的，沙柳，有干旱旱不死、牛羊啃不死、刀斧砍不死、沙土埋不死、水涝淹不死的特性；这是2008年种的，梭梭，著名中药材苁蓉就寄生在它的根部。那是五团三连的责任地，这一片是六团一连的，那里，是预备役部队的。如果时间允许，他还会给客人们讲一些种树的故事：老兵复员后专程回到阿拉善种树；自己的母校北京八一学校也在这里划了片地，规划八一生态林。

如果赶上别的时间，世纪林会又是一道风景，比如五月，沙枣的白花、花棒的红花竞相绽放，把树林渲染得五彩缤纷。翩跹起舞的蝴蝶和蜜蜂，让人暂时忘记了沙尘暴的凶险和沙漠的罪恶。这时的阿拉善，简直就是一幅充满激情、流淌幸福、爆发欲望的油画！

如果有闲情逸致，带点啤酒和小菜，在有月亮的夜晚，到世纪林来看月亮和星星，听微风在树梢上漫步，听鸟虫在树林里唱和低语，又是一道景致。

一个跟浪漫和情调毫无关联的职业军人，自从跟沙漠打上交道后，心变细了，感情变得柔弱了，懂得赞美周围的人和事了。这是爱人魏医生对他的评价。

沙漠原来可以如此美丽。参观的人发出啧啧称赞。

2015年，阿拉善生态基金会被国家民政部评为内蒙古自治区4A级基金会；同年年底，在巴黎召开的世界气候峰会上，被评为“中欧十佳绿荫基金会”。

一路前行、一路精彩。李旦生再次迎来了人生的峰值。

是偶然？更是必然。

随着基金会的影响力越来越大，2018年4月，蚂蚁金服下属的蚂蚁森林

① 1尺≈0.333米。

主动投入1 000万元，委托李旦生种植4万亩树林；See也投入400万元，委托种植2万亩。因为经过十几年的努力，李旦生不仅拥有了基金会，还培养了一支相对稳定的懂技术、善管理、责任心强的种植养护队伍——民兵预备役部队。

种树是一件良心工程，在浩渺无垠的沙漠上，多种几棵、少种几棵，再精细的检查和管理，都无济于事，必须靠责任心和良心！多年下来，李旦生对此深有感触。

与此同时，他还尝试着收编在戈壁沙漠种树的“游击队”，结束他们在缺水无电、交通闭塞的艰难困苦中长期孤军奋战的窘迫状态，尽其所能为他们提供支援和帮助。

受到中宣部表彰的“时代楷模”，阿盟政协原主席苏和夫妇就是他“收编”的第一个队伍。

2004年，未到退休年龄的苏和主动申请提前退休，回到家乡额济纳旗，开始植树造林，防沙治沙。在十多年时间里，老两口带着两只山羊，长期居住在离县城30多公里的黑城附近，吃白水煮面，用蜡烛照明，种下了近4 000亩梭梭，极大地改善了黑城地区的生态环境。

2011年6月，李旦生来到苏和夫妇所在的黑城，拜访这位名声在外的植树英雄。一台锈迹斑斑的拉水车，一辆同样锈迹斑斑的吉普，见证着他们跟现代文明的联系。而居住的沙窝和沙窝里的陈设，则诉说着他们与世隔绝的生活现状。看着剩在锅里的半碗白汤面，李旦生拉着这位曾经的同事，半天说不出话。

经过简单的商量，苏和夫妇同意“招安”，加入李旦生的基金会，接受基金会的资金和人员支持。

如今，苏和与老伴的黑城林区，已改名为“边防军民生态林”，纳入了基金会的整体建设规划。在未来，这里将建成一片近十万亩的人工林，彻底改变“天上无飞鸟，地上不长草，风吹石头跑”的状态。

如今，基金会不单承担植树造林，还承担许多单位的国情教育，每年两期，每期120人，预约都排满三年了。

绿植面积的不断拓展和延伸，让李旦生对当年的决定充满了信心。2017

年，经过理事会研究，制订了基金会“三个一百年”的行动计划：

到中国共产党成立 100 年时，完成 20 万亩绿化造林！

到中国人民解放军建军 100 年时，完成 30 万亩绿化造林！

到新中国成立 100 年时，完成 40 万亩绿化造林！

事实上，20 万亩绿化造林的任务到 2018 年就已经完成了。目标是行为的动力和压力，是可以超越的，李旦生他们正在快速超越！

除了阿拉善，李旦生又开辟了另一个战场：他们通过乌海军分区，已在黄河东岸开辟了一条长达 37 公里，总面积 8 000 多亩的护路林，以阻止乌兰布和沙漠的流沙进入黄河！如果这场阻击战获得成功，每年进入黄河的黄沙将减少近万吨！这是一个宏伟的计划，相信再有几年，一条绿色的屏障，一定会在李旦生和基金会的卓绝努力下拔地而起。

采访手札：1984 年 9 月，我乘坐的解放牌大卡车，在戈壁沙漠中摇晃了两天后，终于来到了一个叫巴布拉海的地方。时至今日，也没搞明白，它在汉语中的真正含义，只知道，它是内蒙古阿拉善盟额济纳旗的一处地名，离最近的邻居——阿盟军分区边防五团三连约 80 公里。当听说要去采访李旦生这位当地曾经的最高军事首长时，昔日的黄沙弥漫而来，耳畔刮起乖戾的北风，急切地想知道他带的人马，在治理沙漠中获得了怎样的成果。

星光中的诗意

汪雪涛

黄诗瑞

一

初冬的清晨，北方的薄雾还没有完全消散，灰蓝色的天空中，月光清冷而透彻。漫天的星星在天幕上调皮地眨着眼睛，有几颗亮度很大的星星眨得格外卖力，在浩瀚无垠的星河中熠熠生辉。路灯还没有熄灭，在淡淡的夜色中显得格外明亮，与天上的星星彼此辉映。天上一条星河，地上一条星河。

宽阔的马路上车辆稀少，行人更是几乎不见踪影。清晨五点多的街道上空旷而静谧，偶尔可以见到环卫工人穿着厚厚的防护服，刷刷地清扫着路边的落叶。黄建辉小心翼翼地驾驶着车辆，不时望一下后座上小憩的儿子黄诗瑞。小诗瑞靠在妈妈的肩上，轻轻地睡着了，时不时露出一个会心的微笑。妈妈向后视镜中的黄建辉做了一个不要打扰儿子休息的示意。黄建辉心领神会，继续驾驶着车辆平稳地行驶着。

今天是周末，劳累了一周的人们大多还在沉睡，享受着难得的、不用被闹钟吵醒的、悠长的梦乡。可诗瑞不行，每个周末的清晨，他要去海淀区清河彩虹城的冰上运动中心参加冰球训练。

黄建辉 20 世纪 70 年代生于江西临川。这座温暖湿润、雨量丰沛的南方丘陵小城，南高北低，抚河、崇仁河、宜黄河、东流河穿城而过，滋润着这方水土，养育出了王安石、汤显祖、晏几道等历史名人大家，素有“才子之乡”的美誉。黄建辉的童年就是在这些家门前的小河边度过的。在一个个似水流年的日子里，少年赤足蹚着缓缓流淌的河水，目光穿越一座座清幽幽的大山，投向遥远的北方。他心里想，冰天雪地是什么样子啊？那个六角形的晶莹剔透的雪花到底是什么模样？是冰冰的、甜甜的味道？河流也能冻成冰？冰上可以滑行、舞蹈？真想尝尝雪花的味道，真想穿上冰鞋，在那个晶莹剔透的、水晶一样的世界里，像雪花一样飞舞、翱翔……

大学毕业后，黄建辉真的北上了。1994 年，他只身来到北京，开始从事 IT 行业，主要从事数据安全工作。一晃二十多年过去了，他如今在北京安了家。当年那个在家门口小河边遥望北方的少年，如今在千里之外的北方都市稳稳地落下了脚。

生活的画卷徐徐展开，南方少年清澈湿润的筋骨，在北方烈日金风的吹拂下，渐渐坚硬起来，现代化都市的工作压力和紧张的生活节奏，以及商场上瞬息万变的信息研判和真假难辨的职业氛围，将渐入中年的他淘洗得愈发麻木和冰冷。像许多在事业上挣扎的人一样，虽然发展还算平稳，但黄建辉却越来越不受自己的控制，时代的洪流和社会的黏性裹挟着人们盲目地前行，隐隐感觉到不远的前方就是万丈悬崖，不知道何时，自己就会无知无觉地顺流而下，那可怕的不可预知的深渊就是他的梦魇。

然而他是幸运的。2008 年 1 月 25 日，他生命中最宝贵的结晶——黄诗瑞出生了。这个小生命的降临，彻底挽救了他。当他从产房护士手中接过这个流淌着他血液的小生命时，诗瑞那声响亮的啼哭，如同醍醐灌顶一般警醒了他——事业不是唯一的追求，家庭和子女才是人类发展的根本所在，是生命延续的核心动力。从那一刻开始，黄建辉的生命河流猝然画出一道美丽的弧线，转了一个疏朗的弯道，向着无垠的大海奔腾而去。

他俯下身，深深地吻了吻刚刚生产、身体仍然虚弱的妻子，将小诗瑞放到她的怀里，轻声说："亲爱的，谢谢你，辛苦了。我们的新生活开始了！"妻子与他是心意相通的，两人相爱以来，她总是默默而坚定地站在他的身旁，从未改变，始终如一。她的眼睛湿润了，流下了幸福的泪水，不是因为生产的辛苦，不是因为一句"谢谢你，亲爱的"，而是因为自己的丈夫终于走出人生的困境，触手可及的幸福生活重新回到了他们的身边。

这时的窗外飘起了洁白的雪花，由于阳光的反射，晶莹的雪花六角花瓣熠熠生辉，那漫天飞舞的精灵，如同灿烂的繁星落入人间……在那一刻，黄建辉仿佛回到了家乡门口那条熟悉的河流，一个南方青涩少年的冰雪梦绽然怒放。

也许这就是冥冥中的宿命。2015 年 4 月，当黄诗瑞所在的北京市第二十中附属实验学校成立北极星冰球队，征求家长意见时，黄建辉几乎毫不犹豫地替诗瑞做出了选择。就是当时一个如此简单的决定，从此让他们一家人走出了一片新的天地，走上了一个人生的新高度。这里固然有冥冥中的宿命，但最主要的，还是诗瑞自己的坚持与努力、血汗与付出，也有父母的陪伴与坚守、理解与支持，更离不开教育者的洞见与扶持、管理与护佑。

2017 年 2 月 24 日，当中央电视台《新闻联播》栏目里播出习近平主席在五棵松体育馆里接见小冰球队员时，黄诗瑞就在主席的身边，之后中央电视台还专门采访了小诗瑞。黄建辉看着儿子在镜头面前落落大方地说出"希望我能将冰球打出北京，打出中国，参加 2022 年冬奥会"时，他觉得，一切辛苦和努力都值得了。人生的意义，不就在于专注地付出和执着的追求吗？选择固然重要，但对于理想和抉择的专注与执着才是最重要的。

是啊，这三年走过来真是不易，其间的酸甜苦辣只有经历过的人才能知道，只有为之付出了辛劳血汗的人才能体悟，这已经不是小诗瑞自己的事了，它是诗瑞与父母、学校和专业教练共同努力的结果，是一个家庭与社会的集体结晶。

当然，这又仅仅是个开头。美丽的开始不一定有幸福的结局，一切发展都是未知数，我们所能把握的，只有专注于此，执着付出。

黄建辉谨慎地驾驶着车辆，朝着冰球训练馆平稳地行驶。远处的天际线突然亮了一下，然后就有新鲜、稚嫩、透亮的红色光芒跳了出来，一愣神的工夫，东方就亮了一大片，好像天空睡醒了，懒散地挑起了沉睡的眼皮。天空睁开了眼，温暖一下子就倾泻下来，金光普照大地。天亮了，新的一天又开始了。

二

宋丹丹在后座上轻轻搂着沉睡的诗瑞，一动不动，也不敢去揉揉被他压酸的左肩，生怕惊动睡梦中的儿子。她心疼地望着那张稚嫩的、沉睡的脸庞，总是忍不住想去摸摸这张可爱的小脸。作为一个五年级的小学生，儿子的睡眠太少了，这怎能不让一个母亲担心呢！从一年级下半学期开始，黄诗瑞每周一、周五晚上都要进行冰球俱乐部的训练，每周六、周日还要参加校队和海淀区区队的训练，寒暑假还有各种各样的专业集训班，冰球训练的日程排得满满的，一个十岁的孩子，能吃得消吗！

清晨五点半从家里出发，去冰球训练馆要半个多小时的车程。三年多来，每个周末的清晨，她和丈夫黄建辉就是这样陪着儿子一起度过的。一家三口，春夏秋冬，丈夫小心地开着车，儿子靠着自己休息补觉，花开花落，雨雪纷飞，四季的变化就是这样在车窗外缓缓流过，就像家乡门前的那些小河。

两年前的一个场景，她至今记忆犹新。也是初冬的清晨，也是周末，也是在这条送诗瑞去冰球馆训练的路上。当他们的车子在路口等红灯时，被后面一辆车追了尾。事故本身很轻微，只是后车追尾，按道理双方简单认定责任就可以驶离现场，可那天后车司机非要等交警现场处理。如果真要等交警来处理，就耽误了诗瑞的冰球课，宋丹丹只好在丈夫的建议下，带着诗瑞跑到路边去打车。那时是清晨六点，太阳还没有出来，空旷的街道上异常寒冷，初冬的冷风恶作剧般卷积着满地的落叶在空中乱舞，寒气阵阵。宋丹丹紧紧搂着小诗瑞，护住他的头和肩膀，两人在寒风中瑟瑟发抖。等了多久才打到车，她已经不记得了，但冬日寒风中，两个无助的、瑟瑟发抖的身体，却深深印刻在她的记忆中。为了诗瑞学冰球，一家人付出的实在太多了。

宋丹丹和丈夫黄建辉一样，都是江西临川人，虽是同乡，但不是青梅竹马。他们2000年在北京相识，2003年从相识走向相爱，继而走进婚姻的殿堂。他们两人的爱情故事，虽然不是轰轰烈烈、荡气回肠，但也如同家乡的河流一样婉转、绰约，流淌着动人的旋律。两个从山清水秀的南方小城，来到北方京城漂泊打拼的异乡人，一起走过了十多年风风雨雨，生活中的默契和彼此的坚守，已经将他们牢牢地拴在了一起，分也分不开了。2008年，诗瑞的降临，更是让他们的家庭开出了美丽的花朵，在一个个亮起灯光的格子间里，他家的窗口，永远散发着迷人的芬芳。

诗瑞的五官随母亲，清秀、精致；脸庞随父亲，线条刚毅、俊朗。这个可爱的精灵，像黏合剂一样，把一家三口紧紧地联系在一起，缺了谁，都不再完整。他的到来，更是开启了这个普通又温馨的家庭新的篇章。

对于丈夫给诗瑞做出加入冰球队的决定，宋丹丹起初是全力支持的，运动是孩子成长不可或缺的重要元素，强身健体对孩子也很重要。但她完全没有想到，随着冰球训练的不断强化，一些弊端也逐渐体现出来。首先是无法保证孩子充分的睡眠，十岁的孩子，按道理应该每天保证十个小时的睡眠，可冰球训练占用了太多的业余时间，根本不能保证诗瑞每天的充足睡眠。最重要的一点，也是宋丹丹最担心的一点，就是高强度对抗的冰球运动，太容易给孩子造成伤害了。有几次，在观看诗瑞进行比赛和对抗训练时，身材瘦小的诗瑞被对手撞得飞了起来，重重地摔在冰场上。这种对抗在冰球运动中是常见现象，但儿子摔在冰场上的“咚咚”声，就如同大锤砸在宋丹丹的心上，那种疼痛和担忧，只有做父母的人才能深刻体会。

诗瑞对于冰球的热爱与坚定，是出乎所有人意料的。身材瘦小的他，在强调身体对抗的冰球运动中是一个异类。众所周知，冰球运动不是中国的传统体育强项，传入国内只有六十年的时间，普及更是近几年才刚刚开始。

冰球，亦称“冰上曲棍球”，是以冰刀和冰球杆为工具，在冰上进行的一种相互对抗的集体性比赛项目。它是世界上最令人兴奋的集体运动之一，当然，更是速度最快的一种。它在欧洲、美国和加拿大十分盛行，这项疯狂的运动集技术、平衡能力和体力于一身，是一种高速而充满冲撞的项目。

身高只有 1.41 米，体重 31 公斤①的诗瑞，在同年龄段的冰球运动队员中，无疑是瘦弱的。但就是在这样的身体条件下，诗瑞却成为同年龄段冰球运动员中的佼佼者，是一名攻无不克、进球如麻的优秀前锋。用教练的话说，诗瑞能够在身体条件不占优势的情况下，成为球队的进攻核心和得分能手，是他自身努力，以及对比赛专注的必然结果。刻苦加练，是诗瑞每次冰球训练的必然内容，从穿上冰鞋，站在冰场上的那一刻起，诗瑞就像进入了战场的士兵一样严阵以待，精神高度集中，对技术动作的运用和要领的把握，总是一丝不苟。教练和队友们总是众口一词地说，诗瑞的努力和付出是最多的。

如果不是诗瑞对冰球的热爱，不是他的坚定和执着；如果不是诗瑞在冰球运动方面取得了突出的成绩，成为同龄中的佼佼者，甚至在国家冰球少年队同年龄段的选拔上名列前茅，宋丹丹绝对坚持不到现在。

太阳出来了，红彤彤的阳光铺满大地，宋丹丹觉得身上被照得暖洋洋的。冰球馆到了，她赶忙叫醒睡梦中的诗瑞，又一节冰球训练课就要开始了。

三

春姑娘远远地跑来了，西山隐隐飞上了粉嫩的腮红，柳树发出鹅黄的枝条，随着微微的春风轻轻摇摆，摇醉了解冻的河水，摇醉了行人的心。

明明可以靠颜值吃饭，干吗还要去拼才华呢！其实，教练和队友们并不知道，在冰场上付出别人十倍努力的诗瑞，其实有着罕见的钢琴天赋。

灵巧的手指在黑与白交错的琴键上轻盈地飞舞，叮叮淙淙的悠扬琴声在房间里缓缓游荡，初春的阳光从落地窗的斜上方涌进来，穿过一人多高的大

① 1 公斤 = 1 000 克。

叶天鹅绒，波光粼粼地洒进琴房，和着精灵般跳跃的音符，流淌着动人的旋律。当陈卫兵弹完巴赫的e小调第六帕蒂塔组曲的最后一个音符，将手指缓缓离开琴键的时候，他在心里由衷地想，这大概就是世界上最美妙的声音了。

他将钢琴琴盖轻轻合上，温柔而仔细地按摩着因长时间弹琴而酸胀的手指。真是可惜了，尽管他把钢琴演奏视为自己的生命，但因为先天的原因，自己足够修长的手指仍旧没有达到成为大师级钢琴演奏家的水准。如今，作为一名出色的私人钢琴教师，陈卫兵把自己对钢琴演奏的热爱，都全身心地赋予了他的学生们。为了更好地帮助那些有天赋的小钢琴爱好者，他甚至去德国专门进修了专业的钢琴演奏教育课程。在他所在的钢琴教育培训机构，他是热门的私人钢琴教师。他的耐心、爱心和较高的专业水平，引得那些望子成龙、望女成凤的家长们慕名而来，希望由他来担任自己孩子的私人教师。在他的印象中，基本上都是家长们热情积极地请他去教授私课，把他的时间安排得满满的。

唯独有一个例外，那是一个叫黄诗瑞的小男孩，当时他刚刚五岁。当陈卫兵第一次见到小诗瑞时，他欣喜若狂，终于发现具有钢琴演奏天赋的苗子了！黄诗瑞的手指修长，指长度高于掌长度，而且骨节平顺，最关键的是，中指和食指几乎齐长。这是难得的弹钢琴的材料啊！这样的天赋，不弹钢琴太可惜了，简直是暴殄天物啊！

果然，诗瑞没有让他失望。无论对音乐的感觉，还是枯燥无味的基本功练习，诗瑞都展现出非同一般的天赋与专注。每当坐在诗瑞身旁指导他练琴时，陈卫兵都觉得是一种享受，似乎诗瑞的小手已经挥舞到金碧辉煌的维也纳金色大厅，一种自豪感油然而生。

就在陈卫兵幻想着将小诗瑞培养成大师级的钢琴演奏家，弥补自己的遗憾时，两年后的一天，诗瑞的父母遗憾地告诉他，诗瑞不能再学习钢琴了！

陈卫兵怀疑自己听错了，嘴张了半天说不出一个字。诗瑞的父母抱歉地告诉他，因为诗瑞要参加学校的冰球训练，所以没有时间学习钢琴了。

“什么？冰球？你们让瘦小的诗瑞去参加冰球训练！你们知道诗瑞的钢琴

天赋有多难得吗？你们知道诗瑞的未来是属于钢琴演奏家的吗？糊涂，愚蠢！”陈卫兵有些失去理智地对诗瑞父母吼道。

诗瑞的父母再三道歉，说这是诗瑞自己的决定。

逐渐冷静下来的陈卫兵开始思考，是不是因为自己平时对诗瑞要求太严格，诗瑞吃不消；或者是因为前段时间他所在的教育机构提高了学费，诗瑞家里有困难，觉得学费太贵了，找个借口来搪塞自己？嗯，很有可能，否则哪会有放任自己孩子这么好的天赋不去发展的父母呢？他控制了一下情绪，清了清嗓子，一字一句地对诗瑞父母说：“这样吧，以后我对诗瑞的要求会尽量轻松些，学习节奏再舒缓些。关于涨学费的事，我个人可以跟校方协调，特事特办，还是按原价收取诗瑞的学费。”说罢，期待地望着诗瑞父母。用陈卫兵自己的话说，当时是可怜巴巴的、恳求的目光。

“确实不是这些原因，真是诗瑞自己的决定。我们也不希望这样，但还是得尊重孩子自己的意见。”诗瑞的父母也很真诚。

后来陈卫兵见到了诗瑞，并从他的口中得到了肯定的回答，孩子自己更愿意将精力放在冰球训练上，而非其他原因。陈卫兵只好作罢，唏嘘着自己错过了一个拥有极好钢琴演奏天赋的苗子。

错过了培养诗瑞这个苗子的遗憾，让陈卫兵难过了好久，但他也愿意尊重孩子自己的意见，每个人都有选择自己道路的权利，只要肯用心，哪条路都可以走出辉煌。他揉着自己酸胀的手指，望着窗外湛蓝的天空。春天来了，万物复苏，这是生机勃发的季节，陈卫兵发自内心地祝福小诗瑞，希望他能在冰球这条路上走得更远、更精彩。

他没注意到，琴房外的花园里，向阳的一隅，一株闪着光晕的新苗奋力拱出了泥土，那抹嫩嫩的、颤巍巍的、青青的绿色，在阳光下倔强而坚毅地向上、向上……

四

这个春天对于冰球教练傅雷来说，收获颇丰。他所在的冰球俱乐部在近期打出了非常好的成绩，尤其是少年组08年龄段的成绩尤为突出。在这些小队员之中，黄诗瑞给他留下的印象最深刻。相比那些从三岁就开始练习冰球的小队员们，黄诗瑞起步较晚，七岁才开始接触冰球，真正开始有球训练时，他已经八岁多了。而且诗瑞的身体条件不好，在冰球这项强调身体对抗的高强度运动项目中，他非但不占优势，相反还吃了大亏。2016 年刚刚接收这名小队员时，傅雷是有顾虑的，担心诗瑞的身体条件会影响团队的成绩。然而，这个身体瘦小的孩子却让他大跌眼镜，短短一年时间，诗瑞就成为该年龄组中不可多得的进球机器，摧城拔寨的得分能手。

黄诗瑞突出的成绩与傅雷的专业教导是分不开的。作为原国家冰球队成员，傅雷的技术水平、职业精神、趣味性十足的教学风格深受小学员们的喜爱。他是诗瑞的第一任冰球专业教练，而且一直到现在，两年多了，仍是他的私人教练。在这两年多的时间里，小诗瑞从傅雷这里学到了扎实的基本功、实用的技巧和丰富的对抗经验。而黄诗瑞对待冰球训练坚定、专注、刻苦、拼搏的意志品质，也深深感染了傅雷。

小诗瑞有右手持杆的习惯，这在职业运动员中比较少见。一般来讲，教练员会强迫球员改掉这个习惯，换成通常的左手持杆。但傅雷没有这样做，他在耐心观察了一段时间后，认为诗瑞的身体条件、敏感性和爆发力，确实适合右手持杆，于是就单独为诗瑞设计并讲解右手持杆的动作要领和注意事项。同时，他也发现，诗瑞的球风比较独，他总是自己带球，连过对方数人，最后完成射门。这一方面说明诗瑞的进攻意识强，技术过硬，有强烈的进攻欲望，但同时也说明他缺乏团队意识，更容易吸引对方集中火力对他进行防守，导致球队的进攻终结。因此，傅雷耐心地开导诗瑞，循循善诱，告诉他团队合作的重要性。

两个人因为冰球而结缘，彼此信任，相互学习，既是师生，也是忘年交。

诗瑞的小队友们，这样形容他：黄诗瑞在球场上眼里只有球，所以他能不断地取得进球。在训练场上他是唯一没有迟到、早退，还要求加练的学员，我们都不如他。而且，他还是文化课学习成绩最好的，每个学期都能在全年级排进前列。他就是我们的榜样！

在傅雷和小队友的眼中，诗瑞瘦弱的身体里似乎流淌着滚烫的火，那是对目标追求坚忍不拔的火，是对训练和比赛专注热情的火，是对生活真挚纯洁的火……

这燃烧的火把春天都给点燃了，仿佛炎热的夏季已经到来。

五

七月流火，蝉声阵阵，凉爽的空调虽然隔绝了炎热的夏季，但鲁爱茹校长的心里还是火一样燃烧着。办公桌上摆放着一封学生的信，它是二年级3班的学生黄诗瑞写给习近平主席的。信中这样写道——

敬爱的习爷爷，您好：

我是北京市第二十中学附属实验学校二年级（3）班的学生黄诗瑞，前两天我在新闻上看到您在捷克访问时，接见了我国冰球运动员，对中国冰球寄予厚望。我们老师还告诉过我北京举办冬奥会将带动中国3亿多人参与冰雪运动。我心里十分激动，因为虽然我才读二年级，但已经是一名冰球小将了。作为我们学校北极星冰球队的一员，昨天我还代表我们学校参加了由我校主办的第一届海淀区中小学冰球联赛。首次参赛就遭遇的是比我们早练两年多冰球的另一支球队，我们不惧困难，积极拼抢，虽然输了这场球，但我们顽强的拼搏精神，受到了全场观众和老师们的肯定。

我和我北极星冰球队的同学们从一年级开始练习冰球，课余时间，每周大概要练习四五次。在冬天，训练时间很早，有时6点就要起床，高强度训练让我们感觉很苦很累，但我们冰球队的小伙伴没有一个退缩的，我们每天训练特别快乐，因为我们都有一个梦想：代表中国参加2022年在北京举办的冬季奥运会，我和我的小伙伴们都非常自豪有机会能在我们国家参加这样的运动会。现在我们学校有很多的同学都喜欢上了冰上运动，爸爸、妈妈、老师们都特别支持，我们知道是因为习爷爷给我们提供了这样的机会，我想对习爷爷说："谢谢您。"

习爷爷，我听我的老师们说，我们中国人有一个共同的中国梦——实现中华民族的伟大复兴，我们还小，不大懂什么是中国梦，但我想如果我和我的小伙伴能够把冰球打好，参与冬奥会，应该也算是实现我们的梦想了。我们的小梦想就能够成为中国的大梦想，我们在学校努力学习，争取成为同学们的榜样，成为中国的“小脊梁”。

最后，我和我北极星冰球队的小伙伴们想热情地邀请习爷爷，在您有空的时候，能来观看我们的比赛，我想让您知道我们是多么热爱冰雪运动。如果您不能来观看比赛，我把一些照片寄给您看看，希望您能知道，我们是多么努力。我们比赛还有一个纪念球，如果能送给您就更好了。

此致

敬礼！

北京市第二十中学附属实验学校二年级（3）班　黄诗瑞

鲁爱茹不知如何形容自己此时的心情，久久难以平复。激动是肯定的，更多的还是欣慰与满足。欣慰学校的“脊梁”教育终于绽放出娇艳的花朵，满足孩子们有这样充满希望、充满梦想的雄心壮志。

对鲁爱茹来说，黄诗瑞这个名字太熟悉了。从一入学开始，他就是个引人注目的小家伙。记得入学的第一天，淘气的黄诗瑞就“拆”了教室的门。

像所有的城市儿童一样，诗瑞在上小学之前，完全是在父母的呵护下愉快地成长起来的。那些无忧无虑的日子，随着升入小学戛然而止。聪明、顽皮的他，接受了人生中的第一次考验。在入学的第一天，为了向那些素未谋面的新伙伴们展示自己的“奇特”能力，他别出心裁地想出一个令人印象深刻的入场式。只见他一个短距离冲刺，然后高高跃起，像他在动物世界里看到的猿猴一样，扒住教室的门，准备滑门而入。绚丽的开场，却没有动人的结局，不堪重负的门被这个鬼马精灵的小家伙从门框里挣脱掉，一起重重砸在地上。虽然人没有受伤，但在老师们的心中，教室门惊魂事件注定会留下深刻的印象。这个孩子不好管啊，老师们难免会有担心。

果不其然，刚入学没多久，诗瑞的问题就来了。只要坐在课桌前，他就总是感觉自己有小便，而且憋不住，上课时要频繁地向老师举手示意，一趟一趟地往洗手间跑。这样一来，既影响了他自己听课，也影响了班集体的课堂秩序和老师的讲课节奏。老师们知道他不是恶意捣乱，却无法改变这样的客观状态，大多哭笑不得、无可奈何。小诗瑞自己也很苦恼，想要控制自己的小便频率，可谁知，越想控制，越控制不住，甚至频率越发频繁。老师、家长、诗瑞自己，都是一筹莫展。

鲁爱茹知道这件事后，决定见见这个孩子，了解一下情况。在她的办公室里，两人聊了很久。通过这次谈话，鲁爱茹确认，诗瑞这个孩子生理上没有任何问题，之所以憋不住小便，其实是心理问题。她就耐心地给诗瑞讲解，人身上有个器官叫膀胱，它的作用就是储存人们积存的尿液，并不像诗瑞认为的那样，只要喝下去一杯水，就要马上把它排掉。

原来水喝下去，并不是马上就要排掉啊！水在经过身体各个器官的过滤后，多余的液体会积存在膀胱里，只有当膀胱存液量达到一定程度，人体器官才会发出信号，需要排空。小诗瑞恍然大悟，困扰他的憋尿问题终于迎刃而解。而随后，甩掉包袱的诗瑞，展现出了积极、认真的学习态度和良好的学习天赋，让全校师生们对他刮目相看。入学以来，诗瑞的学习成绩始终排在全年级的前列，从未跌出前十的排名，成为一名品学兼优的好学生。

诗瑞的爸爸黄建辉为此非常感谢鲁爱茹校长，认为她是一名成熟、称职、知识结构多元化的教育者，为诗瑞选择了这样一所学校而感到幸运和光荣。

北京市第二十中学附属实验学校，于 2014 年 9 月 1 日正式成立，隶属北京市第二十中学教育集团，是一所现代化的九年一贯制学校。作为这所学校的组建者、筹备者和首任校长，鲁爱茹的责任和压力可想而知。不知有多少个日日夜夜，鲁爱茹与她的团队一起，宵衣旰食、殚精竭虑，最终制定出：传承第二十中学的文化符号，把建设优质、和谐、创新的海淀北部教育新地标作为办学目标，把“培育中国脊梁”作为育人目标，通过具有特色的“脊梁”课程一体化设计，彰显学校魅力的办学方针。2015 年 4 月，学校决定组建北极星冰球队，把冰球运动作为学校的特色教育之一，希望孩子们能够通过冰球这项运动，丰富业余生活、调动学习积极性，培养德智体美劳综合发展的、适应新时代的新少年。

当初选择冰球这一运动作为学校的特色教育之一，鲁校长还是颇费了些心思的。最终促使她下决心选定冰球——这一国人相对生僻的体育运动，主要是根据两方面的考量：一是对于发展中的中国教育来说，开阔视野、融入世界是不可阻挡的时代潮流。冰球作为一种典型的西方体育运动，在世界体育项目，尤其是冬季体育运动中占有一定的地位，具有相当数量的爱好者。虽然在国内影响较小，但随着 2022 年冬季奥运会在我国举办，这一传统的冰上运动项目近几年呈现出快速发展的态势。二是作为对抗激烈的体育项目之一，冰球运动的高强度对抗，可以很大程度地考验孩子们的应变与承受能力，相应可以提高孩子们在未来生活道路上的各种抗压能力，从小树立自立自强的生活态度，敢于面对各种时代的挑战，坚定面对生活的勇气，与学校的“脊梁”教育不谋而合。

经过三年的发展，如今的北极星冰球队已成为海淀区，乃至北京市的冰球强队（中小学各年龄段）。当年那个调皮乱入、心理紧张的小诗瑞，也已经成为球队的主要得分手、综合评定成绩可入选国家少年冰球队的优秀选手了。令人欣喜和振奋的是，不仅诗瑞，其他北极星冰球队的小球员们，都是体魄出众、球技出色、品学兼优的“三好”学生。这对社会上很多对体育特长生文化课成绩差的偏见，是一个有力的回击。德智体美劳，在这些孩子的身上，得到了集中的体现，这说明第二十中学实验学校的教育理念与课程目标设置是科学的、可行的、正确的，是可以向全国中小学教育机构提供宝贵借鉴的。

更让鲁爱茹校长惊喜的是，就在诗瑞那封写给“敬爱的习爷爷”的信发出一年之后，2017 年 2 月 24 日上午，习近平主席竟然真的在五棵松体育馆，亲切接见并慰问了北极星冰球队的小队员们。那天的五棵松体育馆内，小队员们群情振奋，热血沸腾。鲁校长也流下了激动的泪水，她愈发相信，在未来的教育发展中，学校将成为海淀东北部的一所“起点高、标准高、质量高”的教育新地标，“脊梁”教育也将成为北京最具特色的教育风景。

仲夏之夜，校园里静悄悄的，鲁校长最后一个离开这座美丽的校园。她不经意间抬起头，深邃而辽阔的夜空中，繁星漫天，熠熠生辉，那一颗颗闪亮的星星，不正像孩子们灿烂的笑脸吗！这一刻，鲁爱茹心里充满了幸福与满足。

六

深秋的夜晚，秋虫在不知疲倦地鸣唱，柿子树弯下枝头，小灯笼一样沉甸甸的柿子也在轻声地合唱。一轮明月，清亮透彻，凝视人间，那千家万户窗口洇出的温暖灯光，如同一条璀璨的星河。这条星河的头顶，是浩瀚无垠的夜空。夜空上也闪烁着一条星河。两条星河将天与地温柔地抱在怀里，将人间轻轻地拥抱。哪里是天上，哪里是人间?!

黄诗瑞坐在窗边的书桌前，专心致志地写着自己的宣讲稿。作为北京市冬奥宣讲团的代表之一，十岁的诗瑞将与各行各业具有突出表现的叔叔阿姨们一起，走进机关、社区、学校、企业，走进千家万户，在北京将成为双奥之城的时刻，用他们自己的故事，宣传冰雪运动，助力冬奥，为新时代、新北京、新奥运吹响嘹亮的号角。

小诗瑞在宣讲稿中提到——

在老师和同学们的眼里，我是一个阳光、健康、自信，成绩优异、各方面全面发展的同学，但我刚入学时可不是这样。刚步入一年级时，我是老师眼里的“淘气包”。幸运的是，老师们都很有耐心，经常和我父母沟通交流，肯定我的每一次进步。让我特别感动的是，鲁校长那么忙，也关注我的成长。我记得非常清楚，听说我上课总上厕所，鲁校长特意找到了我，给我讲解人体的器官结构，还对我说，你刚上小学，面对陌生的环境，难免紧张，你试试集中精力听讲。非常神奇的是，在那之后，我居然慢慢改掉了上课要上厕所的习惯。就这样，在鲁校长和老师们的关心下，我慢慢地在成长，在变化。尤其是加入了学校的冰球社团，对我的改变是巨大的。

到今天，我练冰球已有三年，别看我瘦小，但身体特别健康。而且因为打冰球，我还知道了什么叫团队配合。更重要的是，冰球让我明白：无论做什么事情，只要找准目标，坚持、努力就一定有回报。现在，我已经是我们学校冰球队的主力前锋。上个月，经过选拔，我成了中国冰协青少年人才备选队员。

而且就是因为打冰球，我居然见到了我们的国家主席习爷爷。

一天早上，我们正在五棵松体育馆比赛，突然听到有同学喊：“快看，那不是习爷爷吗?”听到这喊声，我们打得更来劲了！

比赛结束后，习爷爷向我们走来，我们兴奋地朝习爷爷滑去，大声喊着：“习爷爷好！习爷爷好！”我滑在了最前面，第一个握到了习爷爷的手。爷爷的手真大呀！把我的小手紧紧地包住了，那么有力，那么温厚。以前，我都是在电视上看习爷爷，现在习爷爷就在我面前！我太激动了，我觉得自己真是太幸运了！

就因为对冰球的挚爱，我现在光荣地成为一名北京市冬奥宣讲团宣讲员。

既然国家、社会、学校、家庭给我提供了广阔的成长空间，那我就要带着梦想，带着希望驶向美好的未来！

小诗瑞可能自己都不知道，他的成功并非简单的勤奋，更不是天赋的聪明，而是他的专注与坚持。正是这种专注与坚持，决定了他做每件事都具备成功的可能；相反，心有旁骛和半途而废的人，注定一事无成。

诗瑞放下手中的笔，美美地伸了个懒腰，时候不早了，明天又是周末，还要五点半出发，去冰球场训练。进入梦乡之前，他眼前有一幅画面：脚下蹬着冰鞋，在冰场上挥杆飞舞，冰球像流星一般撞进网窝……于是，他情不自禁地会心一笑。

窗外夜深人静，星辉如洗，灿烂如诗。

好老师的样子

川　妮

刘荣铁

接到这次报告文学写作任务的时候，我正在莫斯科，跟随“家国情怀”公益教育行活动团队进行随团报道。每天参观学习结束回到酒店，我必须撰写当天的随团日记，微信公众号“第二战场”的小编在国内等着我的文章，有时候回宾馆已经晚上八九点了，我要写到夜里一两点才能交稿。每天超强度的工作量，让我暂时无暇他顾。拿到名单和联系方式，跟刘荣铁老师相互加了微信，说好开学后再约采访的时间，我就把这件事搁下了。

关于刘荣铁老师，只有两个简单的信息进入了我的头脑，八一学校和化学老师。我跟八一学校特别有缘，几年前曾写过八一学校的特级教师张亚红。前年，八一学校建校七十周年，出版了沈军校长主编的《我们从这里出发》一书，书里写了十几个八一学校的著名校友，我负责撰写小学五二级的毕业生任克明先生，他是核潜艇专家。写张亚红老师那次，除了采访张亚红老师，我还走进八一学校的教室旁听了一堂张亚红老师的艺术课。为了写好任克明先生，我翻阅了大量的资料，对八一学校的历史做足了功课。这所位于苏州街的学校，应该是我了解最多的一所学校了。

参观莫斯科大学那天，莫斯科下起了阵雨，阵雨过后，空气非常清新。莫斯科大学放假了，我们无缘进入学校，学校门口的景观喷泉正在施工，喷泉两边是两条通往大门的笔直小路，小路边立着两排人物雕像。我们的团队停留在大学门口的人物雕塑下面，小班长带领队员们学习跟莫斯科大学相关的历史。1957 年 11 月 17 日，毛泽东主席在莫斯科大学对苏联留学生发表了著名的演讲，毛泽东主席演讲的金句“世界是我们的，也是你们的，但归根结底是你们的，你们青年人朝气蓬勃，好像早晨八九点钟的太阳”曾经鼓舞激励了几代人的成长。六十年之后，为纪念毛泽东主席的演讲，莫斯科大学的留学生给习近平主席写了一封信，很快就得到了习近平主席的回信……领袖跟大学生互动的佳话，折射出很强的时代信息，是了解历史的一个特殊路径。

队员们认真听小班长讲解的时候，我的目光被那两排雕像吸引了，我很好奇这些雕像都是什么人。不懂俄语，只好叫过导游，导游是在莫斯科另外一所大学读博士的中国留学生。他看了看我前面的雕像，辨认了基座上的俄文内容，然后告诉我，这是门捷列夫的塑像。他说，门捷列夫知道吧？我当然知道，尽管我早已经忘记了曾经背得滚瓜烂熟的化学元素周期表，但我一直牢牢地记住了门捷列夫，连他当过敖德萨中学老师的经历我也记得。实际上，我不仅记得门捷列夫，我还记得拉瓦锡，这个上了断头台的法国贵族，他的命运真是令人唏嘘。

我承认，我对理科学问的兴趣，远远不如我对人物命运的兴趣。虽然那些在中学学习的数学、物理、化学知识被我遗忘干净了，但是那些数学家、物理学家、化学家的故事却长久地吸引着我，科学家的传记一直是我阅读书单的组成部分。

在导游的陪同下我一一看过那些雕塑。这些雕塑作品的人物是莫斯科大学最早的创始人教育家罗蒙诺索夫、哲学家赫尔岑、神经学家巴甫洛夫等对俄罗斯和全世界做出巨大贡献的俄罗斯伟大人物。在俄罗斯伟大人物的注视下走过这条长长的道路，进入莫斯科大学的正门，是否是进入莫斯科大学的一个仪式，我不得而知。

看完所有的雕像，我仍然回到门捷列夫的雕像下面休息。在这个难得的闲暇时刻，我脑袋里闪过了刘荣铁老师的名字。大概因为在门捷列夫和刘荣铁老师之间，有化学这样一个关联词。

这个八一学校的化学老师到底是个怎样的老师呢？我打开手机百度了一下刘荣铁。在八一学校的名师风采栏目下面，我看到了一张刘荣铁老师的照片：典型的北方人，大五官，显得粗糙厚重，光看五官，是硬汉形象，很像20世纪80年代的著名演员杨在葆。嘴角眉梢呈现微微上扬的姿态，据说这种姿态是内心昂扬的外在表现，有一点睥睨天下的感觉，仔细看，目光里有柔软的善意和笑意，笑意弥漫在脸上，冲淡了五官带来的刚硬感，使整张脸看上去刚柔相济。

除了照片，我还查到了这样一些信息：刘荣铁，化学特级教师。1998年被评为全国教育系统劳动模范并授予“全国模范教师”称号；2002年获中学特级教师称号；2003年获全国五一劳动奖章。参与编写《中学化学教学设计的理论与实践》一书，同时还主编了《“伴你学”新课程——化学》等书。有《中学化学教学中培养学生学习能力的研究》等多篇论文在有关刊物上发表。主持完成了“中学化学教学中研究性学习模式及实施策略研究”“问思式教学模式的建立与应用”等省市课题。

从这些干巴巴的文字当中，不能获得刘荣铁老师丰富的现实经历，更无从体察他的心路历程。凭借这些信息，我只能得出一个判断：刘荣铁是一个荣誉一身的老师。换作其他我不熟悉的领域，要采访一个荣誉一身的人，我心里的认同度起码达到百分之九十了，接下来，采访和写作都会非常顺利。写好一个人，认同是非常重要的。我对刘荣铁老师却没有这样的认同度，因为他所处的领域正好是我熟悉和关注了多年的教育领域。

我的小说《班主任好累》被《北京文学　中篇小说选刊》选载的时候，我应编辑的要求写了一个创作谈。在创作谈里，我谈到了对教育的关注。我说：“自从孩子上了一年级，跟学校有关的一切，都是我关注的焦点，学校和教育成了我最大的现实。教育跟我们每一个家庭的关系太密切了，这是一个痛点最为密集的现实领域……正是这种持续的关注，促使我写下了《班主任好累》。我用这篇小说，表达了我对教育现状的思考和忧虑。这个小说，因为切中了很多人的痛感，引起了关注，有陌生的读者到微博上给我留言，诉说他们作为老师或者家长的经历。在小说里，我秉承了一个小说家的理性，放弃了家长的立场，把思考的立足点放到了班主任的身上，对教育的现状给予了更多的理解和包容。”

而在现实中，我是一个学生家长，孩子从小学一年级上到初中三年级的这些年，我跟很多老师打过交道，名校的、普校的，有名的、没名的，资深的、刚入职的，有的成了朋友，有的渐行渐远。我也跟很多家长成了朋友，有关孩子的成长、老师的不易和家长的焦虑，我听到了太多酸甜苦辣的故事。离开学校几十年之后，我以一个家长的身份再次回到了当下教育的现场，深切感受到了学校和教育的诸多问题。家长和老师本来是教育孩子的两个主体，在一致的目标下，是天然的同盟。但是，理想很丰满，现实很骨感。稀缺的教育资源和达不到家长要求的教育现实不可能让每个人都满意，教育公平的理想也不可能短期内实现，而孩子的成长有极强的时效性，错过了就无法补救，爱子心切、望子成龙的家长们普遍焦虑紧张，身负重任超负荷工作，身心俱疲的老师们很多时候不被理解……说起教育，每个人似乎都有一肚子苦水。

立场不同，对教育问题的认识角度也会不同。作为家长，我深刻认识到教育最大的问题，就是老师的问题。不管学校的硬件设施差异有多大，也不管有关快乐教育还是严格教育、素质教育还是应试教育的理念之争有多混乱，对孩子的影响其实不大，对孩子影响最大的是学校的老师，老师才是所有学校教育的关键环节。一个好老师足以改变一个孩子，一个不那么好的老师，可能就毁掉了一个孩子。

站在一个家长的立场，我对什么样的老师才是好老师有关乎自己切身的利益考量，基于这样的考量，家长对好老师的评判标准无疑是最为严苛的，而且，很可能跟教育部门的评判不那么一致。

刘荣铁老师那些耀眼的荣誉和一个家长心目中的好老师形象之间，可以填上一个什么样的数学符号：大于、等于，还是小于？

这个问题从心里冒出来，我惊讶地抬起了头，看着莫斯科的天空。面对一个老师，我无法摆脱自己作为一个家长的立场。这个家长的立场，把我带到了质疑的方向。还没有采访刘荣铁老师，我已经发现了要写他的困难。

雨后的天空，翻滚着大团大团的乌云，更大的雨就要下来了。我迷茫地收回目光，看了看莫斯科大学宏伟的主楼。建筑是活着的历史，这所建筑是莫斯科市 7 个典型的斯大林式建筑中规模最大的建筑，32 层的主楼包括 55 米的尖顶在内，总高 240 米，正面宽 450 米，顶端是五角星徽标，两侧为 18 层的副楼，各装有直径 9 米的大钟。创办于 1755 年的莫斯科大学，见证了两百多年以来的俄罗斯历史，但不管战争还是和平，不管政权如何更迭，莫斯科大学一直是俄罗斯教育的地标。教育，从来都是关乎民族发展存亡的大计。

离开莫斯科大学，我们又奔向了中国共产党六大会址纪念馆。满负荷的行程，中断了我有关刘荣铁老师和教育问题的思考。

等我回到北京，安顿好孩子开学的事情，终于跟刘荣铁老师约好了采访的时间。到了邻近采访的前一天晚上，刘荣铁老师发来微信，早晨要到区组织部开会，约好的八点半采访改到了中午十二点半。刘荣铁老师已经不在苏州街的八一学校了，他现在工作的地方在八一学校附属玉泉中学，而且，他已经升任了八一学校的副校长、八一学校附属玉泉中学的党总支书记。

我把本来要晚上准备的采访思路和提纲推到了第二天上午。这是一个自我斗争的过程，经历了一番否定和肯定的激烈内心战，我最后说服了自己，这一次，我必须秉持一个家长的立场，从质疑开始，用严苛的标准去衡量，只有这样，我才可能保证写作的真诚。如果刘荣铁老师经受住了站在家长立场的质疑和严苛标准的检验，他确实就是当之无愧的好老师。如果没有，我也要写出我的失望，作为一份贡献给教育的现实文本。

我到早了，站在学校门口等了十分钟。天很蓝，刚结束中非论坛，被称为中非蓝的蓝天仍在继续。八一学校附属玉泉中学的地理位置非常好，在颐和园和香山之间。站在学校门口，随便往哪个方向看过去，都是满眼绿树。校园里整洁，干净，绿化很好。这些年，随着国家的发展，教育上的投入增加不少，学校的硬件设施确实上了台阶。学校门口的外墙上横刻着“日臻如玉，日新如泉”八个字，竖刻着“雕琢上善人品，润泽上善人生”十二个字。一面校园门口的墙，营造出浓郁的文化气氛。比起某些学校单纯蛊惑成功的高考宣言，“上善人品和上善人生”的教育理念，要丰厚平和很多，不失为一种值得期待的教育理想。

我一眼认出了刘荣铁老师，他几乎就是照片上的样子，大五官，稍显黑色的皮肤，如果没有笑意，看上去面容很刚硬，但是，从眼睛往整张脸弥漫的笑意，让刘荣铁老师的面容显得敦厚、平静、和善。我本来一直担心我准备的问题过于尖锐了，会不会惹火了他。六月份曾经采访过一个20世纪八九十年代非常著名的企业家，名誉头衔一大堆，经常被国家领导人接见，我的第一个问题就让他拍案而起。刘荣铁老师脸上的笑容，让我放下了悬着的心。

第一印象过关。一个好老师，不一定颜值爆表，但一定要有平静和善的表情。老师脸上的淡定，其实是内心力量的表现。

跟着刘荣铁老师来到他那间有风景的办公室里，边喝茶边看似随意地漫谈开来：个人经历、哪里读的大学、在哪里教过书、有些什么难忘的故事、家庭情况、太太干什么，孩子干什么。在这些常规问题中，我抛出了我最关心的问题。“您觉得教育的本质是什么?”“您觉得当下教育最大的问题是什么?”“您觉得什么样的老师才算好老师?”“按照您的好老师标准，咱们目前学校的好老师有多高的比例?”“您觉得普通学校和名校最大的差异是什么?”“名校收编普校之后，普校的进步力度达没达到预期?”“谈谈您对教育公平的看法?”“站在老师的立场，您觉得家长们对学校和老师的要求过分吗? 家长和学校产生矛盾的时候，您是如何处理的?”“都说现在的学生不好对付了，自我意识太强了，您如何看待学生的这种变化?”“在物质主义和成功主义盛行的时代背景下，教育面临哪些选择的困境?”……

刘荣铁老师背对窗户坐着，笑意始终从眼睛往脸上弥漫。对我的每一个问题，他都很认真地想一想，有些问题，他想了之后告诉我，他的资料里有，回头发给我，就不浪费时间了。对那些尖锐的跟教育现状直接相关的问题，刘荣铁老师思考之后，非常坦诚地谈了自己的看法，没有官话套话，都是朴实的大白话。采访进行得很顺利。有些无解的问题，刘荣铁老师也不回避，他袒露困惑和无奈，真诚地跟我探讨教育的焦点、难点。

他说，当家长们站在自己的立场表达对教育的不满时，他非常理解家长的焦虑，因为他也是家长。孩子，是家庭之重，更是教育之重。孩子是社会的未来，培养一个精英固然重要，但是老师的目光不能只盯着那些将来能够成为精英的孩子，还要更多关注那些学习不好、能力有局限的孩子，老师在学校多转换一个落后的学生，让他们成为自食其力有尊严的人，就是为家庭和社会挽住了一份希望。他说，他希望有更多的人关注教育而不是仅仅关注自己的利益。要看到这些年，教育一直在进步，教育的点滴进步背后，是一线教师和所有教育工作者的巨大付出。一直以来，教师都是一个收入不高、责任重大的群体。我们老师面对的是孩子，不是衣服鞋袜，我们的产品是关乎我们未来发展和前景的人，我们不敢掉以轻心。我们老师都是超负荷工作的，根本不可能按照正常时间上下班，也没有完整的周末和假期，我们的老师累啊……

刘荣铁老师声音浑厚，语速不快，他努力把普通话说得标准一些，但还是带了很浓的山东口音。说到老师们的辛苦和不易，他的情绪稍微有点激动。当他说到自己2007年参与课程改革，没日没夜地工作，累到最崩溃的状态，恨不得从窗户跳出去的时候，他的声音低了下来。

也许，对一个陌生人说起这些，令刘荣铁老师不安？我告诉他这段可以不写。他笑了笑，没说什么。当我动笔的时候，我却把这一段写了出来，我想告诉刘荣铁老师，正是他这样的坦诚，一点一点瓦解了我质疑的立场，让我不知不觉地对他有了认同感。

采访进行了两个多小时，我所有关注的问题，都跟刘荣铁老师进行了坦率真诚的探讨。

回家之后，我收到了刘荣铁老师发到我邮箱里的四个压缩文件，我一一打开，二十多份文档，差不多有十几万字，还有PPT文档和表格文档。我花了几天时间，将这些记录下刘荣铁老师工作的资料慢慢阅读完了。

1962年出生的淄博人刘荣铁，1979年考入山东师范大学，1983年毕业，当年就担任了高中二年级3个班的化学课；后来，又当过17年的班主任。2005年调入八一学校之后，担任校长助理，全程参与了八一学校2007年的课程改革。2015年，在推进优质校覆盖普通学校的进程中，他来到了八一学校附属玉泉中学。

刚刚毕业就担任高二的化学老师，刘荣铁没有惧怕压力。为了尽快成为一个合格的好老师，他对教材熟悉到可以背诵的程度。他把工资都用来买书了，阅读、做笔记、探索教学规律。教学的第一年，他所有的课都是先备课，再听教学组长讲课，再修改备课材料，然后才给学生讲课。

功夫不负有心人，刘荣铁老师的教学水平与日俱进，1985 年他教的两个毕业班高考，化学成绩在淄博市名列前茅。在第一个教师节大会上，刘荣铁老师被区政府表彰为“教学能手”。

刘荣铁老师就这样开启了他的荣誉之旅。

接下来，刘荣铁老师当了 17 年班主任，这 17 年，他遇到过各种各样的学生，遇到过各种各样的困难和考验，他始终坚定做老师的信念，“做师者的责任，绝不仅仅在灌输一些知识，而在把自己的整个人格和盘托出，做人家的榜样。”他相信“爱心能够融化一切坚冰。”遇到差班，他就跟学生一起值班打扫卫生，轮到他值日，他总是一丝不苟，把黑板、讲台、地板擦得干干净净，把桌椅摆放得整整齐齐。每周的值日评比，刘荣铁老师得分最高，名字赫然地写在“值日光荣榜”上。上体育课，他排在队伍后面，按体育教师的指令，每个动作都做得认认真真。上自习课，他就坐在教室最后面，一丝不苟地备课批改作业。他的名字上了“遵守纪律光荣榜”“认真学习光荣榜”……学生们不好意思了，从值班表上擦掉了他的名字。他把一颗火热的心捧出来，没有融不化的冰块。在刘荣铁老师担任班主任期间，他坚持家访，对每一个孩子的家庭情况了如指掌，对患皮肤病遭人厌弃的学生，他呵护备至，请到家里吃饭，帮学生敷药。对父亲生病住院的学生，他亲自到病房探视，他虽然不能帮助孩子留住父亲的生命，但他用 26 次家访帮助孩子从失去父亲的悲痛中站了起来。

刘荣铁老师在山东省的演讲《我的学生，我的人间四月天》中说：“这些事，使我悟到了教育的真谛，那就是爱！有了爱，便有了教育；只有爱学生，才称得上一个名副其实的好教师！正如一位教育专家所言，爱是一把万能钥匙，它能开启任何学生的心灵之门，使你真正融入学生的情感里。当你与你的学生做到了心心相印、息息相通时，你的教育也就成功了一大半。”

当我反复阅读这些材料的时候，脑海里出现了刘荣铁老师当班主任家访的样子：骑着自行车穿行在淄博街头，对着门牌号确认学生的家，停好自行车，搓搓冻得僵硬的手和脸或者擦擦流汗的脖子，脸上挂着微笑，敲响了学生家的门。

在刘荣铁老师的学生眼里，他是一个温暖的好老师。这个温暖的好老师身后，站着默默理解和支持他的家人。当他把患皮肤病的学生领回家的时候，他的妻子和孩子给了他最有力的支持和配合，还有他的母亲，除了嘱咐他好好教书，对孩子们仔细点，从来没有更多的要求，母亲即使患病住院也不愿意耽误他。身边亲人的理解和爱，一直是刘荣铁老师工作的动力。

在家乡获得了无数荣誉的刘荣铁老师，选择了一个全新的起点，开启了挑战自我模式。2005 年，刘荣铁老师离开了家乡，调入了北京八一学校，那一年，刘荣铁老师 43 岁，从教 22 年。这是一个老师最好的年华，年富力强，经验丰富。刘荣铁老师到了八一学校，除了继续担任高中化学老师，还担任了校长助理。

刘荣铁老师赶上了北京的高中课程改革，这场以新课程、新理念、新高考为特点的课程改革，自 2004 年开始在山东、广东、海南与宁夏四个省或自治区试点，然后逐渐推向了全国。北京的新课程改革从 2006 年开始准备，2007 年正式启动，至今还在不断完善。

这场课程改革，设定了很高的目标：为了培养学生适应时代发展，成为具有为民族振兴和社会进步做贡献的志向和愿望的人，成为能为自己的行为负责，具有社会责任感的人；成为具有终身学习的愿望和能力的人，成为掌握适应时代发展需要的基础知识和基本技能的人，成为具有初步的科学人文素养、环境知识、创新精神、实践能力的人；成为具有健康的体魄、顽强的意志、健康的生活方式和审美情趣的人，成为具有独立生活能力、职业意识、创业精神、人生规划能力的人；成为具有正确认识自己、尊重他人、学会交流与合作、具有团队精神、理解文化的多样性、初步具有面向世界的开放意识的人。

这不仅是一场教材改革，还是一场教育模式的改革，这是一场基础教育的深刻变革，从课程目标、课程结构、课程内容、课程评价以及课程管理方面都要全方位变革。

对这次课改工作，上级部门高度重视，区政府是课改工作的组织者，校长是第一负责人。刘荣铁老师主抓学校的课程改革，并担纲了八一学校新课程改革的文件起草工作，围绕“彰显学校的文化特色，关注学生的兴趣爱好，挖掘周边的社会资源”这个方向，从制度设置、课程设置、目标设定、管理模式、评判标准、验收标准、老师培训，带领老师开发课程……一点一点搭建起学校课程体系的骨骼，再一点一点为课程内容注入血液。

在刘荣铁老师发给我的材料中，我读到了一份《北京市八一中学高中课改三年大事记（2007—2010）》。在这里，我抄录其中的一段：2007 年 2 月，北京市高中课改启动后，学校制定了课改配套方案项目表。2007 年 2 月—6 月 30 日，每个方案由专人负责，完成配套方案的起草工作。

具体配套方案如下：

（1）《八一中学普通高中新课程实施方案》；（2）《八一中学高中新课程排课方案》；（3）《学生手册》；（4）《八一中学高中新课程学生选课指导手册》；（5）《八一中学课程学分认定方案》；（6）《八一中学高中新课程校本研修实施方案》；（7）《八一中学高中新课程研究性学习课程实施方案》；（8）《八一中学高中学生综合素质评价方案》；（9）《八一中学高中社会实践课程实施方案》；（10）《八一中学新课程社会实践及社区服务实施方案》；（11）《八一中学高中新课程校本课程开发与管理方案》；（12）《八一中学学生成长导师制实施方案》……

在刘荣铁老师起草和完成的课改文件中，这些文件只是很小的一部分，在整个课改工作中，这些文件是更小的一部分……

2007 年正式启动课程改革以来，八一学校已经成功开发了“再生能源的开发及生物多样性的利用”“北京皇家园林”“来自孔子的智慧”“红楼梦十八讲”“创意舞蹈”“太平鼓”“二十四式简化太极拳”等校本课程共计 110 门，其中“站在巨人的肩膀上——沿着化学家的脚印探索化学发展史”等 38 门被评为学校校本课程研发奖，7 门课程的教材被评为优秀校本教材。

刘荣铁老师发给我的资料里，有一份八一学校高一年级第一阶段校本课的课程设置文件。课程包括“来自孔子的智慧——〈论语〉解读”“美丽汉字”“体育英语”“JA 经济学”“当代国际关系”“地理与生活”“数学思想方法”“走进心理学”“武术”……一共有 23 门课程，涵盖了语言文字、数学、化学、体育、金融、心理学、历史、电子、电工、空气检测等领域，还有很多跨学科的领域。

这是一场前无古人的探索，论证、推敲、完善、修改，推翻重来……每一个成型的文件，都要经过不下十遍的修改，最后成型的文件也许只有几千字，但是，为了这几千字能够落地，刘荣铁老师和他的同事们要写上几万字甚至更多。每一门课程，从搭建骨骼框架，到注入丰富的内容，再到落实老师，培训老师，让这门课程成为服务学生，使学生受益，受学生欢迎的课程，中间有多少事无巨细的工作要做？又要经历怎样的磨合和磨炼？

十多年课改，刘荣铁老师投入了一场跟自己的能力、体力、智力、毅力、承受力、创新力的较量和博弈。这是一个痛苦的过程，最痛苦的时候已经临界崩溃边缘。刘荣铁老师挺住了，在这个淬火的过程中，刘荣铁老师又一次经历了锻打和塑造。

在这场教改路上，所有老师都经历了一个淬火般的锻造。痛苦的过程，结出了丰硕的果实，回首走过的教改之路，刘荣铁老师倍感欣慰。丰富多彩的校本课程为学生的成长提供了多元发展的通路，让学生能够结合自身的兴趣爱好选择适合自己的课程，真正践行了“以学生为本”的学生观。当然，教改受益的，不光是学生，还有老师。在教改中，老师的角色由过去的“教书者”慢慢变成了“研究者”，各教研组成了一个学习型的组织，老师们在这个过程中，能力和眼界都获得了极大的提升。老师的提升又会让学生更加受益，这是一个良性的互相促进的过程。

2015 年，刘荣铁老师来到八一学校附属玉泉中学担任了书记，这一年，刘荣铁老师 53 岁，从事教育工作 32 年。名满教育系统的刘荣铁老师，又迎来了教育生涯的一个新起点。一直在重点校、示范校工作的刘荣铁老师，第一次到了一所普通中学，他面对的学生和教育环境，都跟以往不一样了。如何立足普通学校的现实，如何在普通学校践行教育理想，对刘荣铁老师何尝不是新的挑战？

为了寻找一条适合学校、适合学生素质发展的特色之路，刘荣铁老师苦思冥想。2017 年年初，刘荣铁老师在参观学习北京城市总体规划的会议上，看到了一段关于“三山五园”的内容。八一学校附属玉泉中学就在“三山五园”的环抱中。刘荣铁老师曾无数次站在学校的操场上，环顾四周：东南面的万寿山，西南面的玉泉山，稍远处的香山，都给过他美的享受。在办公室里工作累了，推开窗户就能感受到颐和园和圆明园的特殊气息。学校有多么得天独厚的地理位置和文化资源啊，这些资源，是一座富矿。

刘荣铁老师心里的灵感被点亮了，他马上就行动起来。为了搞清楚“三山五园”到底涵盖哪些教育资源，刘荣铁老师业余时间就骑着小黄车，围着玉泉山周边转圈，万安公墓中的李大钊烈士陵园、植物园内的曹雪芹故居、有名的京西稻……太丰富了。刘荣铁老师心里激动了，灵感的火花飞舞起来，把他的心照得雪亮：如果能把孩子们带到这些地方，利用现成的资源，进行现场教学，孩子们的收获肯定不一样。在这个孩子们迷恋虚拟游戏的时代，让孩子们置身现场，感受现实和历史的气息，显得多么重要啊。

整个夏天，刘荣铁老师马不停蹄地走访调研、求教专家，组织校内教师座谈论证，建立了一个以“三山五园”为内容的校本课程体系。

我反复观看了刘荣铁老师发给我的《三山五园课程体系》，课程体系里面，化学组的课程叫作“三山五园中的水”，PPT 做得非常精美。这个课程，包括项目描述、项目目标、主题、基本问题、资源特点、活动设计、评价等内容。抄一段项目描述的文字：“通过采集三山五园中的不同水样，探索水的酸碱性，水的净化，水中某些离子的检测，了解相关化学知识，调研污水处理厂和市场上的净化器，制作出一个净水装置。”

上一堂这样丰富有趣的化学课程，学到的不光是化学知识，还能培养孩子们对自然的爱，对水污染的关注，对水资源的珍惜。

“三山五园历史组的课程”设置也非常有趣，题目是“从皇家园林的耕植图看中国古代的农耕文明”，目标描述分为大目标：历史学科核心素养，唯物史观，时空观念，史料实证，历史解释，家国情怀。小目标：通过实地考察、文本阅读、上网搜索，整理资料探索中国古代农耕文明的发展史和皇家园林体现的政治理念。

看了这样用心的课程设置，我真的很感动，我知道在这样完美的课程设置背后，老师们付出的是什么。多少次实地考察，多少次论证，多少次研讨……无数个多少次，都是老师们付出的时间代价。教师节那天，《新京报》上有一个我国教师现状的调查报告显示：中小学老师普遍超负荷运转，每周工作时长达 52. 5 小时，远远超过劳动法规规定的每周 40 小时。跟这样的劳动强度相比，老师的年平均收入是 74 498 元，老师的收入跟金融、计算机行业相比，差距超过 60%。

老师这个行业，付出和收入比确实不高。但是，支撑一个人把一份工作做下去的，除了收入，还有热爱。刘荣铁老师谈起教师节收到学生明信片、短信、微信，以及过年有学生到家里拜年的时候，脸上洋溢的那份自豪，很让我羡慕。刘荣铁老师特别说到，优秀的学生取得成就他高兴，不那么优秀的学生通过努力过上了好日子，他更高兴。

“三山五园课程体系”的开发和实践，为八一学校附属玉泉中学创建了自己的特色之路。这个课程实践下去，会有更多的孩子受益，老师们也会在这个课程实践中，成为复合型、研究型的老师。

2017 年 11 月，在北京市中小学综合实践活动展示交流会上，八一学校附属玉泉中学展示的关于火烧圆明园的精品课，让很多人耳目一新。视频图像呈现出的圆明园盛世美景和火烧圆明园的惨烈场景，具有震撼的视觉效果，孩子们朗读的雨果诗歌“请您用大理石，汉白玉，青铜和瓷器建造一个梦……这儿盖神殿，那儿建后宫，放上神像，放上异兽，饰以琉璃，饰以黄金……”有一种悲愤的听觉冲击力。

看到每一个孩子脸上坚毅的表情，看到孩子们在会场上展示的自信和才华，刘荣铁老师心潮起伏，他更加坚定了做好“三山五园”课程的决心。这不仅是设计了一门校本课程，重要的是通过这个课程，引导孩子从中去发现、去实践、去思考，在他们享受课程的过程中，能够激发出对自己的信心和学习下去的动力。

2016 年 9 月习近平总书记回母校八一学校看望师生的时候，刘荣铁老师就在现场，他一直记着习近平主席的那句话：一个人遇到好老师是人生的幸运，一个学校拥有好老师是学校的光荣。

著名哲学家雅斯贝尔斯在他的《什么是教育》中说：“教育的本质意味着：一棵树摇动一棵树，一朵云推动一朵云，一个灵魂唤醒一个灵魂。”

刘荣铁老师用自己的行动，用三十五年的教育实践，践行着教育的最高理想。写到这儿，我突然想，如果我是学生，坐在他的课堂上，他充满笑意的眼神会拉住我走神的思维。如果我是他们学校里一个淘气学生的家长，我也可能会被他脸上的平静和善意俘获，坐下来跟他说道说道教育孩子的苦恼……

这篇文章的写作，在我的写作历史上，无疑是最独特的，从质疑开始，写到结束的时候，变成了致敬。

采访手记：等我回到北京，安顿好孩子开学的事情，终于跟刘荣铁老师约好了采访的时间。我把本来要晚上准备的采访思路和提纲推到了第二天上午。这是一个自我斗争的过程，经历了一番否定和肯定的激烈内心战，我最后说服了自己，这一次，我必须秉持一个家长的立场，从质疑开始，用严苛的标准去衡量，只有这样，我才可能保证写作的真诚。如果刘荣铁老师经受住了站在家长立场的质疑和严苛标准的检验，他确实就是当之无愧的好老师。如果没有，我也要写出我的失望，作为一份贡献给教育的现实文本。这篇文章的写作，在我的写作历史上，无疑是最独特的，从质疑开始，写到结束的时候，变成了致敬。

童话里的奋进

——记龙在天袖珍人皮影剧团团长陶鹏

李明新

陶鹏

不是每个人都能走进他们的内心，我也一样。只是陶鹏团长敞开了心窗让我看，让我自己去思考、去理解他和他的伙伴们。

写陶鹏团长，是我自己从一堆材料里挑出来，主动要求写的，因为“龙在天”的名字，因为我跟他们是“老朋友”。很多人从电视里知道“龙在天袖珍人皮影剧团”。和其他人不一样，我是真跟他们打交道相识的。

他们的存在就是一个童话、不老的童话、美好的童话。

飞龙在天

说起这个袖珍人皮影艺术团，还得从他们的创始人林中华夫妇说起。

林中华，内蒙古赤峰市人，东北林业大学毕业，留校做了两年教师后，2000 年年底，像很多追求梦想的年轻人一样，他来到北京寻找他的梦想。他先是在《人民日报（海外版）》做记者，后来到国土资源部做杂志的编辑。就在《人民日报（海外版）》做记者的时候，他采访了一个袖珍人，叫吴小莉。

吴小莉出名很早，20世纪90年代就在深圳唱歌。到北京后，她在北大附近租了间廉价的房子，做电话热线服务。她用甜美的歌喉在电话里为在生活中遇到困难的人，甚至在生死边缘的人排忧解难，进行心理辅导。她由于做出了与身体状况不对等的社会贡献而得到了社会的关注，吸引了林记者的目光。林中华采访了吴小莉，所以小莉一时成为人们关注的对象。

由此，林中华与袖珍人结下了缘分。吴小莉后来托林中华给同样是袖珍的同伴找过工作。那个时候，林中华已经与妻子王熙结了婚。王熙是山东日照人，祖上是皮影艺人，曾在北京做过一段皮影戏的事情。王家到王熙这里已经是第五代传人了。他们的缘分也是以皮影结缘，林中华六岁就喜欢皮影戏，父母给的零花钱，幼小的他却着魔似的买票钻进皮影剧场，一听就是半天。

皮影戏属于傀儡戏的一种，也是中国古老的剧种。皮影戏演出用的“影人”是用驴皮（或牛皮、羊皮）经过硝制刮平，根据剧中的角色和衬景的设计，进行雕簇、敷色、熨平、装订，在艺人的操纵下，靠灯光的透射，将影人映现到屏幕上（俗称亮子）。随着乐器伴奏和唱腔配合，便成为“一口叙还千古事，双手对舞百万兵”，意趣盎然的活动艺术形象了。因此，雕簇皮影在古代便是专门的技艺，经过千百年，一直相延到今日。

皮影戏题材广泛，历史演义、民间传说、神话故事、武侠公案以及反映现代新生活的新题材都被纳入其中，所宣扬的诚信、孝道、爱国、善行、仁义等进步思想和传统美德以及优美的曲调唱腔、独特的表演形式使其具有很高的文学、历史、艺术价值。2011年被列入第二批国家级非物质文化遗产扩展项目名录。

皮影戏起源早，地域流传广阔，不同区域在长期演化的过程中，形成了不同流派和风格，常见的有四川皮影、湖北皮影、湖南皮影、北京皮影、唐山皮影、山东皮影、山西皮影、陕西皮影，以及川北皮影、陇东皮影等风格各具特色的地方皮影。各地皮影的音乐唱腔风格与韵律都吸收了各自地方戏曲、曲艺、民歌小调、音乐体系的精华，从而形成了溢彩纷呈的众多流派。林中华从小听的皮影戏属于巴林皮影，是以东北皮影音乐唱腔为基础，兼容多种皮影派系和其他曲艺形式而形成的具有独特板腔体系的综合艺术。主要分布在内蒙古赤峰市巴林左旗。

正是对皮影的热爱，让这对夫妇相遇走到了一起；正是皮影戏里宣传的价值观，让他们夫妇有着助人为乐的古道热肠。

2006 年年底，夫妻二人成立了皮影剧团，团里有 12 个老艺人。这 12 个人有来自内蒙古的、河北的，还有北京本地的，团址在前门大街。

但是，皮影太古老了，老艺人演老题材再加上用方言演唱，尽管前门一带人流量大，潜在的观众也会比较多，又有着古都文化的深厚积淀，但是毕竟离时代太远了。这些艺术的经典，就像“标本”一样，保持得越纯正，离现代社会越远。在快节奏的当下，哪里还会有人拿出时间静静地欣赏听不懂、看不明白的东西。加之剧团的人多数都是家在外地，赶上农忙时节，还要请假回家收庄稼，很难保障演出。

这让夫妻二人的弘扬皮影艺术的梦想受到了挫折。而正是此时，吴小莉托林总给她的袖珍人朋友找工作。林总心里一动：可不可以让这些孩子学学皮影呢？既解决袖珍人的就业问题，又能让他们学到一门技艺。于是他就从吴小莉的两个袖珍人朋友开始，让老艺人教授皮影技艺。这一试，还真行，孩子们只是个头矮，其心智不仅高，而且可能比正常身高的人更为灵巧。

于是，2008 年 4 月袖珍人皮影剧团成立了，当时只有四个二十三四岁的演员。经过三个多月的训练，这四个人已经学得有模有样了。于是 8 月份，对社会发布袖珍人皮影剧团正式成立了。

2011 年秋天，我在曹雪芹纪念馆工作，正在策划第一届曹雪芹文化艺术节。应我们的要求，他们在赶排《曹雪芹西山传说》故事的皮影戏，拟在曹雪芹艺术节中演出。记得第一次是我到他们位于圆明园的基地，看他们的排练。舞台上一个孩子用童音报幕，之后前台的灯灭了，屏幕上出现了影人。观众在音乐的铺垫下，跟着一个个生动的影人进入了特定的故事氛围。那次我没有到幕后，只在台下认真观看，被故事感动着，也为已经列入北京市非遗保护名录的《曹雪芹西山传说》有了新的传播方式而欣慰。

那是我第一次接触这些孩子。说实话，心里有些诧异。他们身材不高，平均一米二六，有着一张张热情的面庞。你会不自觉地把他们当作自己的孩子，会心生疼爱，我感觉到自己心里的爱意在涌动。但是你千万不要真的拿他们当孩子，因为他们的思想很成熟，聪慧伶俐，热情友好，那时他们的平均年龄二十四五岁。其实那次，我就见到了陶鹏，他是那群孩子里的一员、给我留下深刻印象的一员。我虽然没有记住他的名字，但再次见到他时，我马上就认出他来了。

那年秋天他们在曹雪芹纪念馆演出了新编的皮影戏《曹雪芹西山传说》中的几个故事，受到了参观者，特别是小朋友们的欢迎。一个月的接触，让我对这些袖珍人演员更加深了了解，我感觉他们也是喜欢我的。

现在，七年过去了，我们像老朋友一样面对面坐着，陶鹏向我敞开心扉。

七年时空

坐在我对面的陶鹏和我隔着七年的时空。

七年，他没变化。声音还是那个童音，面庞还是那个面庞，个头似乎高了一点，但我明显感觉到他的成熟。

陶鹏是2009年3月加入皮影剧院的，是第二批入团的演员，当时剧团已经有了十几位袖珍人演员了。

那么这些来自全国各地的袖珍人，是如何找到这个团体的呢？他们每个人千山万水从家里走到“龙在天”，都有一个故事，有些心酸的故事。

陶鹏来自山东。7岁前，他和别的孩子一样，聪明活泼。7岁后，就像中了魔咒，他的身体突然停止了生长。而发现这个变化却不是一天两天，而是个逐渐的过程。也许男孩子晚长吧，和女孩子相比，一般男孩子发育得会晚些，加之他四肢匀称，头脑聪慧，家里人和他自己都没有理会。

小学二三年级，当伙伴们像在生长的树苗一样噌噌爬高的时候，陶鹏的身体却停滞了。特别是后来比陶鹏小5岁的弟弟，个头也在飞快地成长着，陶鹏父母开始着急了，于是带着陶鹏跑遍了山东、重庆、北京、上海的大医院，医院查不出别的毛病，就是脑垂体的生长激素不足。一直到20岁，父母和陶鹏自己才放弃了继续治疗。

在治疗的过程中，陶鹏的学业一直没有耽误，他喜欢英语、历史和地理，高中这几门的成绩都很优秀。高中毕业，他考上了济南一所大学，学习电脑平面设计，并以优秀的成绩毕业。

陶鹏一直思考自己的发展方向，大学毕业后，他从事平面设计工作，从工作的稳定和收入而言，陶鹏做到经济上的独立没有任何问题，但是他的内心总有一些躁动，他经常在独处时问自己：“老天爷让我的身体停止了生长，到底给我的使命是什么？”有一天，他从网上知道了“龙在天袖珍人皮影剧团”，看到了和他一样的孩子们像明星一样在表演皮影，他那颗心突然觉得找到了一个安放的地方。“龙在天”的名字也让他着迷，这名出自《周易》第一卦乾卦：飞龙在天，利见大人。龙得到天时、地利，才能飞上天空，才有利于会见德才兼备的人，或有地位的贤人。陶鹏知道自己发展的时机来了，万事俱备，只欠那帮他成就大业的东风——贤人，此时的首要任务是去求见贤人。

经过认真的思考，陶鹏跟父母谈了自己的想法。在他的强烈要求下，疼爱他的父母同意了，并由父亲陪伴他来到北京，找到位于圆明园东南角的龙在天皮影剧团。

陶鹏虽然是第二批进团的袖珍人演员，他进团时，团里已经有了十几名袖珍演员，但是他是学历最高的。林中华、王熙夫妇很看重他，他所学的平面设计专业，是剧团里今后的发展所需要的，这是贮备技术力量啊。真得佩服林中华夫妇的眼光，从后来陶鹏的进步、发展看，他的专业、他的才干，在龙在天得到了充分的发挥。

对于陶鹏来说，从山东把自己移植到了北京，远离父母和从小熟悉的环境需要比常人更多的勇气。在龙在天，他看到很多和他一样的同伴，他突然有一种安全感，那是一种大家在一起“抱团取暖”的踏实。

知子莫如父，陶爸爸对这个儿子虽然有些偏疼，但是认可。他知道陶鹏有志向，知道他性格稳重。别离的时候爸爸什么都没说，只说了句：“好好干吧！”看着爸爸远去的背影，陶鹏涌上无尽的话语哽咽在心头。父母带着他风雨无阻在一个个医院穿梭的镜头在眼前晃动着；父母经常拉着他站在桌前比个子，“这孩子长高没”的话在耳边响动着，他暗自下决心，要好好干，干出个样来，回报父母，也报答林总夫妇。

陶鹏在龙在天从业快十年了，从第一次见到他七年过去了，现在陶鹏是龙在天皮影艺术公司副总经理，从2010年下半年开始，就担任了皮影艺术团团长。他是除林总、王总外的第三位公司领导。他负责协助王熙团长日常的工作，负责演出的外联工作，负责日常的排练，还负责剧团宣传统筹工作。

他成熟了，自信了，也遇到了相爱的人，成了家。在他人生的三十多年的经历中，他是成功者；在袖珍人的群体里，他更是个佼佼者。

他坐在那里，真诚坦率地跟我交流，他用童音说着他的经历，让我有些恍惚，仿佛是在一个童话里。

学艺做人

陶鹏学的第一出戏是《鹤与兔》，他和另一个演员负责鹤的腿部，一只手要操纵两根杆。别小看这个鹤腿，要演得活灵活现，像真的鹤在走，是那种带着犹疑的优雅，还要注意跟操纵鹤身、头的演员配合。这对于从未接触过皮影的新人来说，真的是有难度。别人起码要用三个多月的时间，陶鹏只用了一个多月的时间，就学会了戏里必须用到的基本功。下同样的功夫，陶鹏比别人更多了一层心灵的收获——领悟。他用领悟带动手指的操作，那角色是活的。

不过皮影真的好难学！一只手的五个手指配合，不是操纵一根杆，一般要操纵两根，特殊的要操纵三根。复杂的剧，两只手要能同时操纵七八根杆。每一根杆，都是影人灵活的关节，人物是否真实，全靠演员的操作。别以为会操纵影人就行了，还有很多基本功等着陶鹏去学习。

传统皮影戏的基本功里，首先要会看戏本。皮影戏文学卷本的编撰形成了一整套规律。影词，由剧中人物的上场诗和下场对儿、白话和唱词三部分构成。与兄弟剧本文学脚本相比，影卷中没有导演用语和人物的内心独白，无论剧中人物何种感情，都需要演员以声传情表现出来。因此，皮影戏是含情带景、情景并茂、以声带画、声画交融的综合艺术。

在过去，皮影戏对演员有很高的要求，首先要识字，还要身、脑、嗓、眼、手协同动作，更要有一盘棋的合作意识。一个老剧本放在表演台前，不管你是站在第几层表演，所有演员按剧本行事，那眼睛一定得练得尖尖的，所有人对剧本、唱腔节奏把握到不差分毫，才能成功地把一套大戏表演下来。

我国的民间戏曲从行当上说都有生、旦、净、丑之分。皮影戏也是大同小异。皮影戏的“生”，可分为文生、武生，从年纪上又有小生、老生之别。不同的是，皮影戏的老生单树一个行当，称为“髯”，髯，根据不同的年龄数，又分为“三尖”“五绺”“白髯”等。

京评戏中的“旦”，皮影戏统称为“小儿”。“小儿”根据生活中的不同特征，又分为文旦、武旦，从年龄上又分为老旦、小旦，文旦又分为青衣、花旦、闺门旦、彩旦等。

兄弟剧种中“净”，皮影戏称为“大”，大行中没有胡子的称为“愣净”也有人叫“毛净”，影人形象扫帚眉、大眼珠、黑满髯的年老者称为“老座子”，一看这形象，就知道必是大奸。

观众看到的是影人的功夫，但是真功夫却在演员身上。可以说，影人必须和操纵者心神合一，才能完美呈现和塑造一个形象。

灵气和刻苦的结合，有了陶鹏成功的第一步。记得第一次表演，观众是几个外国人。演出结束，听到台下的掌声，陶鹏感觉自己很有成就：学了门本事和技能，实现了自己的价值，在戏里有了角色，生活中的角色就真实了、踏实了。而且，表演给外国人，让他们看到我们中国特色文化的艺术，那自豪感不是他个人的，不是袖珍人皮影剧团的，而是中国的！

陶鹏认真学的第一个戏，是皮影舞台剧《红孩儿》。陶鹏饰演剧中的猪八戒。那是 2009 年，在林总和艺术团团长王熙的带领下，他们对皮影戏进行了创新的探索，推出了“皮影舞台剧”。传统的皮影戏演出，是人在屏幕后面操纵影人，观众通过屏幕欣赏影人营造的故事空间，皮影戏演员与观众不见面。但是这种传统的表演形式一是屏幕小，二是只限于二维的欣赏，观众就像在欣赏会发声、会动的照片一样。《红孩儿》把皮影和舞台做了穿越，把幕后和台前结合起来，影人就活了，似乎影人是从历史、故事里穿越到现在人的面前，这个时候，观众欣赏的是三维空间。

陶鹏是第一拨吃螃蟹的人，他饰演的猪八戒，既在幕布后，也穿越到了台前。这出戏陶鹏演得很累，也很兴奋，他看到了皮影戏在当今的发展。

在艺术上，陶鹏很敬佩诸位帮助过他们的皮影名师，他跟老师们学到了很多东西，比如在师傅张向东老师那里，他学到了皮影的操纵、对皮影人物性格的揣摩和刻画。张老师的表演细致入微，非常生动。陶鹏几乎是用敬仰的心情看着这些老师的，老艺人身上那种把皮影艺术作为生命寄托和全身心投入，让他暗自下决心也要为皮影艺术的传承做出自己的努力。

陶鹏的嗓子宽，老生、小生均能驾驭。他会唱北京皮影法海（花脸）、说、念白。在精忠报国戏里演岳飞，那是个“三尖髯”的武生。为此他查阅了资料，了解了岳飞生活的年代和生平事迹。他喜欢岳飞这个角色，有情怀、有性格、宁死不屈。在妈祖戏里陶鹏饰文晏，那也是个正面的英雄人物。

善于学习的陶鹏成长是多方面的，他从戏本里汲取精神的养分。每排练一出戏，都要有历史的、文学的、艺术的全面提高，把历史背景搞清楚，吃透人物的内心世界，才能让自己的心神与角色、影人三者合一，塑造出令人难忘的艺术形象。这些人物的饰演，让陶鹏的精神世界饱满了起来，他在戏里和生活里穿梭，感觉自己很充实。用他自己的感受说：排一出戏，就是一次学习、一次提升。

十年来，陶鹏参与的现代皮影剧目有：《抗日小英雄》《精忠报国》《历史的丰碑》《金色的鱼钩》《圆明园传奇》《少年孙中山》《垃圾总动员》《动物保护栏不可攀》《一带一路》，还有京剧皮影戏、荧光皮影戏等。

人生如戏，戏里人生，陶鹏是个成功者。

领导就是主心骨

在一个适应的环境里生长，成才就会很快。

龙在天袖珍人皮影剧团下设五个营，每营设一个营长，还有一个儿童皮影艺术团。2009年入团的陶鹏，2010年下半年就开始担任大团的团长。剧团所有的创作、演出、外联、日常管理都由他负责。说实话担子不轻。在巨大的压力下，陶鹏的潜能像原子弹的铀一样，体积小，能量大，他越战越勇，工作起来竟游刃有余，直至 2018 年，被提升为副总经理，成为王熙团长的好助手。

在领导的岗位上，考虑问题要全面，处理问题要得体，特别是在袖珍人皮影剧团，林总和王总是开拓市场、把握艺术水准、掌握大方向的，团里业务和生活的管理，确实需要有一个让袖珍人演员们信得过的人来做，陶鹏就是这个桥梁和纽带。

这个团体聚集起来不容易，兄弟姐妹们都是从网络上了解到，并走过千山万水、从祖国的四面八方聚集到这里学艺的。就拿陶鹏的爱人李佳桧来说吧，她独自从贵州的大山里走出来，用了 7 天的时间才摸到了剧团驻地。他们每一个人都聪慧敏感，他们都是袖珍人里的精英。

要把这个队伍带好，需要付出心血。陶鹏首先要尊重每一位和他一样的演员，还要协调好彼此之间的关系，让大家在艺术上精进。用自己的行动抚慰同伴们的心灵。

陶鹏和伙伴们知道，龙在天，是他们命运的交叉点。皮影戏的传承与创新发展，是他们的使命与命运。

皮影戏传承的确面临着巨大的问题：老的皮影戏，内容均取材于仁义礼智信的老题材，因为从它诞生，就承担着教育、用戏来育化乡里的功能，是一门严肃艺术。从来不允许有黄色的、不健康的东西，都是教人向善，用现在的话说，就是都是正能量的东西。因而皮影一直是演正剧。也因此，皮影戏演员历来受到老百姓的尊重，被称为先生的。

因为表演者用方言演唱，具有了很大的地域局限性。加之内容古老，社会发展了，皮影戏依旧按照传统的方式传承着，慢慢地就被时代甩下了。它就像一个标本，悲哀地站在那里，虽然完整，甚至完美，但是老了，僵了，没有人欣赏了，很是悲哀。从原汁原味的传承来说，不要改变，让你百年、几千年以后的人还能看到它现在的样子。

另外一条路就是要改良它，让现代的人能接受他。如果人们连看都不看，又怎么能够喜欢，又谈何传承？几百几千年后，人们恐怕都不知道“皮影”一词了。

在林总和王总的支持下，陶鹏和他那些聪慧的伙伴们，最新公开演出的

《哪吒与海》，就是个创新剧。

值得赞叹的是，这部剧的执行导演、音乐设计、多媒体制作、舞台美术、服装造型、宣传统筹、视频创意、灯光音响、舞台特效、场记，都是由袖珍剧团的演员们自己完成的。就拿美玲、贾盼等几个姑娘自己设计的服装来说，人物的身份、性格，决定了服装的样式和色彩。姑娘们太棒了，统筹所有工作，每一个人物站在舞台上，都是那么得体。作为团长的陶鹏，要做的就是让大家快乐有序地把每一项工作做好，彼此协调配合好。

领导，是大家伙的主心骨，伙伴们尊重他是领导；伙伴们更把他当作知心人，大家对他布置的工作配合度很高。其实伙伴们已经配合得十分娴熟，就像榫卯结构，丝丝入扣。演出的时候，林总和王团长在台下接待媒体和朋友，陶鹏督促后勤保障工作，根本用不着他们再到后台督战。整个舞台，就像一列火车要跑完一段路程，大家各司其职，流畅欢快地就完成了。

陶团长很忙，2018 年 5—7 月，几乎每天有外边的演出，有时还要一天转两个场。他们的演出很多，参加怀柔星火工程的演出、六一的演出，到学校、到社区，参加电视台的活动和各种公益活动，等等。演出时他们同时介绍和宣传皮影知识，不忘自己身上承担的传承使命。

这支队伍已经历练出来了，陶鹏是他们的团长，是他们的主心骨。

钢铁是炼出来的

曾经，陶鹏带队独立作战，那个经历就是由“铁”变成“钢”的过程。

2013 年 4 月到 2016 年 6 月，公司与杭州中国美术学院签订了演出合同。按照合同规定，龙在天演出队在美院的剧场每天上午演出两场，下午演出三场皮影戏。公司出于对陶鹏的信任，决定由陶鹏带队，带领 6 位袖珍人演员，常驻杭州三年履行合同，保证公开的演出。于是陶鹏就带着这个小分队，在西子湖畔战斗了三年。

陶鹏接受任务的时候有很大压力，压力来自独立核算、来自要在人生地不熟的环境里把规定的事情做好，还要开拓市场。伙伴们看着他，陶鹏暗自下决心，要带好这个团队，对得起大家伙儿。

剧场是中国美院提供的，但是房租、吃住行等日常开支，都要自己挣出来。所以在完成规定任务之外，他带着队员到社区、学校、大街上主动推销自己。

这个过程有些尴尬，陶鹏自己，包括几位队员，在北京乃至全国，都是有了一定“名望”的，他们在林总和王团长的带领下，多次上电视台作节目，走在街上经常被人们认出来，他们被人们尊重和喜爱，但是初到杭州，也许是南北方文化的差异，他们用笑脸向人们送出宣传单的时候，杭州人不接受，这让满怀信心的队员们很是诧异。

陶鹏自己心里的压力更大了，但他不仅要消化掉自己的压力，作为领队他还要鼓励同伴，给同伴打气。他说我们要争这口气：老天爷不公，让我们的身体不能如常人高大，但是我们有志向，我们不缺智慧，我们能为社会做贡献，我们能用自己的努力创造财富，养活自己。

接着，他带着队员们认真分析了原因。每一座城市，都有着自己的性格。杭州是一座从古至今歌舞升平、气候宜人、繁华富庶的江南城市，它极少受到天灾、战乱的侵扰，因而氤氲着悠然安详的城市性格。而皮影戏作为活跃在北方的民间戏种，虽然南宋时也曾经有过，而且现在不远处的海宁也有皮影剧团，但是这门古老的艺术现在在杭州似乎是“外来物种”，人们已经十分生疏了。要让人们接受它，还是要从“本土化”做起。

为了满足和适应杭州人的欣赏水平和内容，陶鹏自己创作具有杭州文化特点的剧本：《岳飞》《钱王祠》《梁祝》《化蝶》《于谦》，等等。这些新剧，需要制作新的影人，这又得增加投入。下定决心后，陶鹏和伙伴们买驴皮，自己动手制作皮影。陶鹏告诉我，一部戏的成本主要是皮影制作、演员服装、特效、外请老师、后期制作。驴皮一平方尺 30 元，整张卖，不能用的地方就是损耗。

思路是对的，决心也很大，可喜的是，在他的带领下，经过不懈的努力，杭州人民被他们的真诚打动，接纳了他们。这样陶鹏的小分队不仅圆满完成了三年的演出任务，还和当地的学校、社区交上了朋友。每到六一儿童节，学校都找上门来，请他们去演出。直到现在，他们回京已经两年多了，还与杭州的朋友有着密切的联系。

挣不挣钱放到一边，他们赢得了人们的尊重，他们获得了成功，而陶鹏经过这样三年的锻炼，变得成熟、坚强；变得考虑问题全面，处理问题得体且游刃有余了。他就像一块铁矿石，被练成钢了。

在陶鹏的成长中，还经历了一件为国争光的事，那就是他们龙在天校足球队，曾经代表中国参加过一次世界特殊足球赛。

陶鹏从小爱踢足球，平时没事时，几个小伙伴经常以足球为娱乐方式。2010 年在南非举办的世界杯足球赛，陶鹏和他的伙伴们认真收看，之后就和六七个伙伴踢了起来。他们踢得像模像样，很是开心。每次有新的伙伴加入剧团，他们都会热切地问："会踢足球吗?"后来热爱足球的队伍增加到十一二个人。看到他们如此投入地踢球，林总想，干脆成立个足球队吧！于是，2011 年，龙在天袖珍人足球队正式组建起来。林总为他们配置了统一的服装，聘请了教练，每天下班后训练。

2014 年，在市残联的支持下，他们参加了在瑞士和列支敦士登联合举办的"世界特殊足球赛"，共参赛 12 个队，龙在天袖珍人足球队，取得了第五名的好成绩。

那次共去了 8 名队员，陶鹏是队长，他踢中后卫。小组六支球队，在小组赛上龙在天只输了一场。要知道他们的胜利赢得多不容易，参赛的其他国家队员，虽然都是由残疾人组成，但是像聋哑人虽然也是残疾队员，但他们身高马大，那一脚球能从足球场这头踢到那头，而袖珍人队员，身材小巧，从体力上拼，真不是个儿！陶鹏他们就把身高矮的弱势，变成灵活多变的强项，赢得了多场比赛。但是也的确受伤了，陶鹏说有时外国球员一个球打在屁股上，好多天缓不过来。一场 40 分钟，全场跑下来从体力上说都是考验，更别说抢球赢球了——但他们赢了！

不是所有的童话都是美好的，安徒生"卖火柴的小女孩"就在寒夜里、在温暖的光中冻死了。但陶鹏和龙在天的伙伴们是幸运的，他们在龙在天学到了技艺，有了生存的本事。他们靠自己的努力，赢得了社会的尊重和支持，他们是人生的赢家。谈到这一点，不得不说我们的社会为各种努力奋斗的人搭建了舞台，不得不说龙在天袖珍人艺术团发起人林总和王团长的辛苦努力和付出，当然，最应该鼓励和支持的，是我们这些袖珍人朋友砥砺前行的奋斗精神。

2012 年 12 月 1 日，袖珍人皮影剧团 7 对新人喜结连理，林总、王团长和社会爱心人士为他们举办了盛大的婚礼。结婚六年了，陶鹏和李佳桧的爱心小屋里很温馨，墙上挂着结婚照，向所有的年轻人一样，时尚、温暖。

陶鹏团长很忙，龙在天袖珍人皮影艺术团，平均一年要排六七个新戏，2018 年上半年就有《少年小平》《哪吒与海》两部大戏，小戏有六七个。陶鹏副总很忙，他尽心地工作，因为他还记得父亲的背影，记得他对公司和家人的承诺。

采访手记：采访袖珍人朋友，不要显出特别的态度，平平常常、自然亲切就是最好的尊重。不要去挖掘什么感人之处，因为那样你是在揭朋友的伤口。我对陶团长的采访是坐下来，老朋友式的。我面对的是位成功人士，只是他的成功付出的更多，其中最大的成功，就是他战胜了自己。没有什么不可能，陶鹏用他的努力赢得了人们的尊重。

童话的美好，在于童话中主人公自己的奋起，也在于他所处的环境和土壤的适宜。希望读到这篇文章的朋友能够用你的平常心来理解和关注他们。

不辜负你信任的目光

——记北京市海淀区人民法院信访办主任王志勇

孔立文

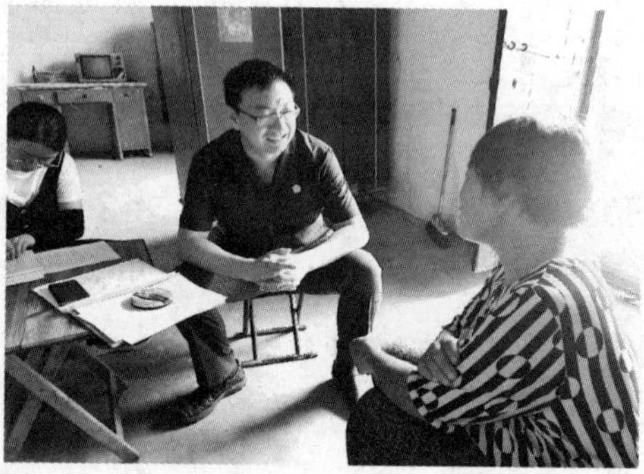

王志勇

"树，只有更深地植根于现实的土壤，才能更近地触摸理想的天空。"这是王志勇自己创作的人生箴言，同时也是他多年从事涉诉信访工作的深切感悟。

近年来，王志勇扎根海淀法院信访基层岗位，坚守法治信仰，以"信"立身，以"访"济民，积极探索经验方法，化解大量疑难积案。2017 年 9 月，他作为全国法院系统唯一代表荣获全国社会治安综合治理先进工作者荣誉，受到了习近平总书记等党和国家领导人的亲切接见。

敢于担当创新信访机制

在王志勇的办公室，挂着一幅书法，上面有两个字——"馨芳"。

“馨芳”是信访的谐音，王志勇说，涉诉信访工作关系到诉讼群众的最切身权益，直接影响到人民群众对于公平正义的感受，对人民法院的感受，甚至是对党的感受，所以，作为信访干部，就是要做馨芳的使者，充分尊重事实和法律，真正化解社会矛盾，解决群众的实际困难，让诉讼群众有实实在在的法律上的获得感，从心底感受到社会的公平正义。

海淀法院法治文化期刊《海潮》，有一期王志勇先进事迹的个人专版。其中海淀法院焦慧强院长这样评价王志勇：“在他的字典里，‘信访法官’不是冰冷的字眼，而是热情和悲悯的代名词。”北京市高级人民法院申诉审查庭庭长杭涛说：“王志勇同志的先进事迹，充分展现了新时期人民法官的时代风采和为民情怀。”跟他一起共事的同事说，对于名利，王志勇看得很淡，可对于责任与担当，他视若生命。

王志勇是“80后”，本硕均毕业于中国人民公安大学，2006年进入海淀区人民法院。他从法官助理做起，先后从事刑事审判和执行工作四年。2010年3月，王志勇来到信访办。当时，很多一线法官不想干信访工作，有人听说要调到信访部门甚至不惜离职，说自己不愿做怨气四溢信访户的“出气筒”。一开始，王志勇心里也有过抵触，但他心态调整得很快。他觉得自己年轻，到别人避之唯恐不及的岗位工作，对自己是个锻炼，也是领导的信任，而且作为一名党员，无论做什么工作，都要全身心投入。

苔花如米小，也学牡丹开。王志勇决心从零做起，在白纸上描绘最美的图画。当时海淀法院信访办只有三个人，没有完备的工作章程和工作模式。跟全国所有信访部门一样，那时海淀信访办还实行“转办制”，只负责接访，不负责具体办理，处理方式要靠转办督办。由于只能当二传手，受夹生气不说，还造成积案成堆。

王志勇干工作向来有热情。没有接访任务，他就跟着老信访办主任做分拣，登记梳理陈年旧案，然后再把案子转交给具体承办的庭室。然而，收效甚微，几乎没有任何成效。两个月过去了，转交出去的案子没有一件收到回音，根本就催不上来。各责任庭室眼前工作还忙得不可开交，哪有精力和时间去重新审核已经结清的案子？何况就是有时间，也没人愿意办理这些多少年前的老案子。

2010年5月，全国开展“清理信访积案”活动，要求把过去积累的陈年老案必须百分之百地化解掉。这是司法界的一件大事。130余件信访积案，如果还是按照以前转办制的工作路子，那绝对不可能按期全部化解。

完不成的工作和催不回来的案件，终于让王志勇坐不住了。他主动向领导提出了由信访办法官直接接手案件化解的想法，领导肯定了他这一工作思路。信任的目光给了他无尽的力量。

王志勇主动认领下五十件积案。王志勇接手的案件，大多走完了法定的审判程序，但信访人认准自己的“理”，纠缠不休。通过逐一调件，分析研判，再跟当事人直接接触，有针对性地实施突破，很快就把手上的积案全部化解掉了。

王志勇一下子就找到了自己的成就感。他说，当你把一个经过十几年未解决的案子化解掉时，那种满足感是其他事情不能达到的。这份从职业上获得的满足感也让他在信访工作上越战越勇。凭着自己的法学功底和一腔热情，大概四个月的时间，王志勇就处理了八九十个案件，差不多他一个人就办妥了一半多的案子。

当年，王志勇承办的积案全部化解，海淀法院的信访积案化解也成绩斐然，这个战绩引起了北京市高等法院的关注。海淀法院这种由信访办直接办理信访案件的经验得到充分肯定。就这样，“专办制”的做法被海淀法院固定下来，并逐渐成为一种新的信访案件办理模式。

可以说，这一与众不同的“专办”制度，正是王志勇在工作实践中摸索创立的。在这种“专办”模式下，信访办的工作不再只是转办和督促，而是具体承办，全方位实质性化解。这样既规避了原责任庭室效率不高、不愿自我揭短、难以取得信访人信任等弊端，又能有效整合利用全院的信访化解资源，将“分散”办案变为“集约”办案，高质高效地集中攻破硬骨头案件。

在工作中王志勇发现，其实绝大多数送到信访办的案子，在法律层面上一般是不存在问题的。可能在常人的理解中，信访办是让老百姓沉冤昭雪的地方，但其实他们在甄别复查案件无误以后，做得更多的是在做调解和说服的工作。信访人的上访原因有很多，但无论是让信访人接受判决，还是让涉案双方达成和解，最终信访办的目标之一就是让信访人息诉罢访，心悦诚服地放弃自己的错误想法以及不切实际的自我主张。

经过几年的实践探索，王志勇将现代的法学理论与党的群众路线相结合，创造性地总结出了“一二三多”信访工作机制，为信访化解工作积累了经验。“一”指的是一项制度，即涉诉信访案件专办制度，案件的复查、化解、救助、终结由信访办承办，不再转回原办案庭室。“二”指的是两种理念：一是尊重事实和法律；二是不忘初心，将心比心。“三”指的是三项原则，即深入走访原则、帮扶救助原则、处置非访原则。“多”指的是多种化解方法，如：釜底抽薪、借鸡下蛋、偷梁换柱、敲山震虎等。其中这多种化解方法还被中央政法委主办的《长安》杂志誉为“降访十八掌”。

如今，王志勇的“一二三多”信访工作机制已被全国多地政法系统学习借鉴，其先进事迹被《人民日报》《法制日报》《人民法院报》等多家媒体予以专题报道。由于成绩突出，王志勇三次荣立个人三等功，荣获全国社会治安综合治理先进工作者、全国法院先进个人、最高法院涉诉信访工作先进个人、北京市模范法官、北京市信访工作先进个人、北京市法院系统优秀共产党员、北京市法院系统党建工作先进个人、海淀青年五四奖章、平安海淀杰出贡献奖等多项荣誉。

乡土调查寻找信任基石

作为一名信访法官，王志勇对“信”和“访”两个字有着特别的理解。他说信访法官的“信”即信仰、信念、信义、信任和信心。这是一名合格信访法官必备的素质；“访”则是走访、查访，深入现场、深入背景、深入基层、深入群众，真正走到人民群众中间。

王志勇认为，办理信访案件一定要深入“田间地头”“坊间炕头”，不能仅仅坐在办公室里办件。只有真正深入基层、深入群众，才能了解案件的第一手材料和背景情况，才能体味信访人的生活甘苦和心路历程，打通交流和理解的渠道，才能拉近和人民群众的感情，才能找到化解硬骨头案件的新方法和新途径。

几年来，王志勇不仅深入京城的城区郊区和胡同小巷，足迹更遍及祖国二十多个省市自治区。白山黑水、高原盆地、平原丘陵、海滨边陲，都留下他辛苦跋涉的足迹。走访的地方除了城市中的贫民区，更多的则是偏僻贫困的偏远农村。

陈道东（化名）是王志勇刚到信访办不久就见过的信访人。他算得上是老上访户，曾经在海淀法院门口喊口号、拦班车、堵截院长，跑过中院、高院、市政府和最高院，还曾把一位女法官反锁在接待室里撒酒疯。

陈道东老家山东临沭。2004 年，他在家乡组织了六十多个农民工，在北京市马连道、小汤山两处工地施工。他算得上是分包零碎工程的小包工头，管理上是大呼隆式的，与手下农民工没有合同。

据陈道东讲，工程结束后，北京这边的建筑劳务公司，拖欠他们六十多个农民工的劳务费和路费，加起来有四十多万元。民工们回家后，他先行垫付了那些人的工资，自己一个人来北京打官司讨薪。这一要就是五六年，最终还是没有任何结果。

后来，他把那家建筑劳务公司告到海淀法院。但海淀法院认为，劳务公司所欠薪资，应由被拖欠的农民工个人提出主张，由于陈道东未能提供证据证明其是受其他民工的委托追索薪资，也未提供证据证明已将上述费用垫付给农民工，故以诉讼主体不适格为由，裁定不予受理。他的上诉和申诉同样被驳回。

陈道东对此不死心，三天两头往法院跑，不断地要求立案，不给立案就信访。陈道东只有小学文化，不会说普通话，一喝酒就闹事，一说话就脸红脖子粗，动不动还暴跳如雷。

信访办这边给他提过不少建议，比如让那些农民工自己来起诉，或是取得他们的授权委托书再来代为起诉，但陈道东就是听不进去。他就认准一个死理，欠他的钱必须给，不然就到处闹，让谁都不得安宁。

时间到了 2013 年年底，距离陈道东带人来北京打工的时间将近十年了，但他讨薪的劲头儿却从未减弱。而接待过他的人差不多都对他失去了耐心，觉得他就是个酒鬼加骗子，分明是在打着农民工的幌子骗钱，否则那些农民工为什么一个都不肯出现呢？

王志勇再一次接待了他。看着一脸愤怒、一身酒气的陈道东，王志勇判断这背后或许另有隐情。纵然是谎言，也该彻底戳穿了。不然浪费司法资源不说，事情永远也没个了结。

王志勇说，我和你一起去找那些工人。

陈道东呆住了，诺诺地说，这些人不住在一起，而且这么多年过去了，我也不知道所有人的地址。

王志勇态度很坚定地说，我们不怕麻烦，找到一个算一个，这也是证明你所说情况的唯一办法。不过，咱们丑话说在前头，如果这些人不存在，那么也请你不要再信访了。

陈道东回答得很干脆："好，我保证，是男人说话算数。"

由于时间久远，陈道东拿来一大堆林林总总、破破烂烂的身份材料，经过户籍系统核实，最终整理确认了44个身份信息，其中有两人已经去世。

2014年春节前夕，王志勇与两名同事冒雨来到沂蒙山区调查走访。在这之前，陈道东已先行回到他临沭的家中。

王志勇一行首先走访了临沂市罗庄区的一户民工。在当地法院人员的指引下，他们终于找到了农民工陈某的家。不巧的是此人已于昨日出车到外地去了，所以只见到了那个人的妻子。王志勇说明来意后，陈妻表示她丈夫2004年前后的确跟陈道东在北京干过活，也从他那里领到过三四千元工钱，但具体干活的工地和工钱的具体数额记不清了。当问到是否要到北京打官司时，陈妻则态度坚决地表示，他们已经拿到了工钱，不会再跑去北京打什么官司。

次日一早，王志勇一行驱车来到临沭县，来到陈道东的家。陈道东见到王志勇真的来了，显得异常惊讶，同时也十分欣喜。于是，由陈道东带路，王志勇一行开始挨家挨户走访。

村里路窄，开不了车，只能步行。天空中飘着清冷的冬雨，乡村土路泥泞难走。一行人的头发和外衣都湿透了，鞋子上也沾满了泥水，手都冻得通红。

随着走访的深入，一个个零散破碎的片段渐渐拼出了一个模糊轮廓。

陈道东没有说谎。当年，他确实是带领几十个兄弟北上务工，并垫付了他们的劳务费。

那些受访的农民都很淳朴，有的人还记得工地的名称，有些人见到陈道东带着法院的人来时很惊奇，有些人还要仔细看一下才认出是陈道东。

王志勇的举动引来很多人的诧异和不解，受访的村民更觉得不可思议。三位北京法官千里迢迢下乡找人，竟然是为了核实十几年前的陈年旧账，图个啥呢？然而，正是这种挨家挨户的走访核查，证实了陈道东没有说谎，而是一个讲诚信的人。

当天晚上回到村委会，陈道东拉着王志勇的手说，“王法官，其实你之前说来我老家调查，我就以为你是在哄我，根本没想到你们大老远的真的能来，这已经让我感激不尽了，你们不愧是首都的法官。今天你们冒着雨陪我走了这十几户，不要说吃饭，连口水都没有喝，实在太辛苦了，更关键的是为我正了名。我给乡亲们垫了工钱却没有拿到工地的钱，并不是谁都相信。你们这一来，让他们知道了我并没有说假话。特别是刚才有一个村子是我媳妇娘家的村子，你们这一去让我又能抬起头做人了。快过年了，按照我们山东的规矩，我应该给你们行个大礼。”说着就给王志勇跪下磕头。王志勇赶紧把他扶了起来。

陈道东接着说，“王法官，你们为我的努力我都看到了，你是个值得信任的人。其实现在要不要到钱都已经不重要了，关键是你们能信任我，我陈道东没说假话，我陈道东是个实在的人！你们不用再去调查了，这个事我不起诉也不上访了！”

自此，这个历经十年的案子，这个换过多名承办人经过多次审理的案子，这个被上级多次挂账让好多领导头痛不已的案子，这个曾经闹访极其厉害甚至威胁法官、冲击中南海的案子，就以这样的方式化解了。

王志勇一行并没有就此打住，而是翻过沂蒙山来到位于蒙阴县的劳务公司，并到其北京分公司做工作，几经周折，最终为老陈拿到了一些象征性的“补偿款”。

只有小学文化的陈道东用歪歪扭扭的字迹给法院写了一封感谢信。信中写道：“你们海淀法院有这样三位法官是你们的骄傲，是祖国人民的自豪。我想通过这件事情的经历，我陈道东一定要重新认识我自己。最后我想说一声谢谢你们，好人一生平安。”

时任海淀法院副院长宋鱼水同志在这封信上批示，此案是一起法官主动调查并取得圆满效果的信访案例，该起案例对探索中国特色社会主义办案体系具有重要研究价值和实践指导。同时，这起息诉罢访案例也让王志勇的感悟很深，他说，除了程序上、逻辑上的公正，司法裁判还应包括有机的、人性的公正，要考虑情感等非理性因素。因为这种公正超越了定纷止争的范畴，起到了度人向善、催人奋进的作用。

王志勇说，“化解这起案件，与其说是一个寻找‘真相’的过程，不如说是一个寻找‘信任’的过程。在这个过程中，我们找到了对于陈道东的信任，帮助陈道东找回了乡亲们的信任，同时更找回了陈道东和群众对于我们人民法官和人民法院的信任！”

造血救助点亮希望之光

在王志勇的眼中，法院的涉诉信访工作具有司法性和群众性双重属性，涉诉信访制度是考量社会矛盾的“晴雨表”，吸附社会矛盾的“吸铁石”，缓和社会矛盾的“减压阀”，化解社会矛盾的“灭火器”，还是修补、填充现有社会矛盾解决机制缺陷和空白的“弥合剂”。这是王志勇多年的实践总结，也是他不断践行的职责使命。

目前，除了涉诉信访，海淀法院信访办还同时负责国家司法救助业务。在实践中，王志勇发现，一些信访当事人因为案件陷入生活困境，只有帮助他们解决生活困难，才能使其彻底走出信访泥潭。在司法救助上，王志勇的理念是要让司法救助成为点亮困难信访人新生活的火种，而绝不是简单化的给钱了事。

在北京一家电信技术公司打工的张龙（化名），为了给母亲和妻子治病，多次用信用卡透支消费或取现，累计达七万余元，经银行多次催收仍不能按时归还。银行报案后，张龙被警方抓获。在审理过程中，张龙家人及其所在公司代其退赔了欠款。张龙因信用卡诈骗罪，被法院判处有期徒刑三年，缓刑三年，罚金为人民币三万元。根据法律规定，定罪量刑均不存在任何问题。

但张龙和他的父亲张老汉对这个判决不满意，虽然撤回了上诉，却自此开始了四处信访。北京高院、最高法院、全国人大以及中央政法委，都留下他们的足迹。

王志勇复查了案卷之后，初步认定张氏父子信访的原因是对法律的认知有偏差。他首先联系到了仍在原公司上班的张龙。

从信用卡诈骗罪的法条到司法解释，从犯罪构成到实际案例，王志勇给他上了一个多小时的普法课。经过讲解答疑，张龙被说服了。可对于他的父亲，他说他管不了。

而张龙的父亲为了替张龙还钱，已经把家里的耕地转让给别人了，此刻正一门心思来北京，准备要打一场信访持久战呢。

为了核实张老汉的家庭状况，及时做好化解稳控工作，将其安置在当地，减少首都的信访压力，王志勇决定不等张老汉来京，就直接到老汉家里做工作。

坐了一夜火车，再乘几个小时汽车，王志勇一行来到张老汉所在的黑龙江省某县的一个小村庄。

十二月的黑龙江冰冷刺骨。在村口见到张老汉，王志勇仿佛被什么东西触动了一下。瘦骨嶙峋的张老汉穿了件黑色人造革大衣，头戴一顶栽绒帽，满脸的皱纹像沟壑一样，写满了岁月的沧桑。王志勇想到了罗中立的油画《父亲》，也想到了自己的父亲，想到了天下人的父亲。

张老汉的家是土坯房。土墙龟裂，满地铺着秸秆麦草，糊着塑料布的玻璃残窗被风吹得呼啦啦乱响。炕上的被褥破烂不堪，屋子里没有一件像样的家具。

坐在冰冷的炕沿上，王志勇和张老汉说起张龙的事。张老汉不懂法，又认死理，怎么解释都想不通。

王志勇开始跟他拉家常。张老汉家里的情况跟在张龙那里了解的一样。老伴去世，土地转让，没有收入，且有债务缠身。老人麻木的表情，浑浊的眼神，令人心酸，也让人心悸。

王志勇说他感受到了贫穷背后那种深深的绝望。没有资本，没有技术，债台高筑，生活没有希望，信访成了老汉唯一想做的事。

面对老人的信访，置之不理不可能，单纯的辨法析理又显得苍白无力，强制截访更会激化矛盾。所以，只有从根本上改变老人的生存境遇，使其重新燃起生活的希望，才能彻底让其息诉罢访。在此种情况下，信访救助就显然非常必要。根据之前的预判，临行前王志勇已经向院里申请了两万元救助金。

可这笔救助金怎么给，才能发挥其最大效能呢？王志勇不由得陷入沉思。如果单纯地给钱了事，那这笔钱花完之后呢？老人的生活会不会再一次陷入绝望，还有没有可能再次到北京信访，甚至变本加厉？王志勇想到了精准扶贫。他觉得只有这种治贫方式，才能改变老人的生活现状。

王志勇想到在来张老汉家的路上，曾看到过一家小尾寒羊养殖场。于是他跟老人商量，说想用这笔有限的救助资金为他买些羊来养，这不需要多少资金，也不需要多少技术和体力，却可以使他有一个稳定的收入，更有一个希望和寄托。

听到这个想法，张老汉眼睛亮了起来，当场表示一定能把这群羊养好。剪羊毛、挤羊奶、买羊羔，老汉兴奋地算计着这些羊未来可以带给他的收入。

就这样，两万元救助款变成了十三只羊羔，外加一车草料。张老汉也心悦诚服地签署了息诉罢访的保证。

半年之后，因为另外一起案件，王志勇去齐齐哈尔出差，顺便回访了张老汉。这时的张老汉完全像换了一个人，皱纹堆垒的脸上洋溢着笑容，说话声音也变得敞亮了。土坯房也比之前整洁了，柜子上摆放着小孙子的照片。陪老人打开院子里的羊圈，一群活泼的小生灵奔腾而出，农家小院充满了勃勃生机。

“原本已经有十九只了，前些日子死了一只！”张老汉似乎有点惋惜，但仍然一脸兴奋。他滔滔不绝地说：“我儿子把银行的钱也还清了。现在日子好过了，真的是要感谢党、感谢法院，让我们一家人又有了希望，开始了新的生活。”

王志勇说，在工作中，他接触到的大多数信访人生活都比较困难，有些甚至是赤贫的状态。导致他们生活困境的原因往往是多方面的，但其中确也有一部分是因案致贫、因贫致访、因访愈贫。对于这类困难群众，一般的社会帮扶救助制度往往难以涵盖，司法帮扶救助此刻能起到不可替代的作用。

在办理救助案件时，王志勇曾多次采用循序救助的方式，通过与当地政府和银行部门合作，将“死”的一次性的救助款变成“活”的分期给付的理财基金，使部分失去劳动能力的信访人可以得到长效救助。王志勇说，只有让这类群众真正地、永久地摆脱生活困境，让有限的救助资金成为点亮信访人新生活的火种，才能打破“贫”与“访”的死结，让他们彻底走出信访泥潭，有效确保社会的和谐稳定。

化解张老汉这起信访案子，其间还有两个小插曲不得不说。王志勇第一次去张老汉家乡时，本想求助当地镇政府共同走访，没想到王志勇致电当地某领导，其听到是关于涉诉信访问题时，便毫不犹豫地挂断了电话。

半年后王志勇再次回访张老汉家时，再次想请当地镇政府这一领导同往，可对方的答复是：“我们现在正在开会学习群众路线教育，所以没时间同往。”

对此王志勇深有感触地说，在人民群众需要我们的时候，如果我们能够深入群众家中为他们真正解决一件实事，应该比坐在办公室里学习群众路线更实在，因为这本身就是最好的群众路线教育实践活动。

将心比心融化情感坚冰

涉诉信访工作琐碎繁杂，面对的大多都是怨气颇深的当事人，化解这些难啃的硬骨头案件，不仅需运用司法、法律手段，还应综合运用情感关爱、心理疏导、帮扶救助等多种方法；不仅要重视案件处理的法律效果，还要重视其社会效应和政治效应。

王志勇说，对于从事涉诉信访工作的法官，不仅要懂“法”，还要懂“社会”，懂“人情世故”，不仅要秉承“公平正义”之心，还要学会“感同身受”“将心比心”。要永远保持一颗普通人的良心，以一个普通人的身份站在信访人的立场上考虑问题，这既是我们正确评判原审案件的砝码，也是我们化解申诉信访案件的钥匙。

在海淀开公司的小娜，是个敢闯敢干的女人。靠着多年打拼，她在北京成就了一份事业。可是，他的父亲老秦却每年都到法院起诉她，要求提高赡养费，还三番五次到她公司闹事，小娜不堪其扰，让公司保安将老秦送进了精神病医院。

老秦被诊断患有偏执型精神障碍。住院治疗半年后，他再次把小娜告上法庭。这次除了要求法院支持他增加赡养费标准，还要求提供女儿家住址。法院支持老秦提高赡养费的请求，但驳回了其要求知悉女儿住址的诉求。在上诉和申诉均被驳回后，老秦踏上信访之路。他的信访案件连续数年被中央政法委列为挂账督办案件。

王志勇接手这个案子后，第一时间联系了小娜。经过当面沟通，王志勇劝她与父亲见面，但她的回应不容置疑，“赡养费我给，见面绝对不可能!”

原来，小娜是因为自己的母亲而不肯原谅父亲。老秦早年与妻子离婚，女儿小娜判给妻子，儿子小珂判给老秦。但实际上小娜和小珂甚至老秦自己的母亲都一直跟着前妻一同生活。小娜在北京立足后，挑起家庭重担，不仅赡养妈妈和奶奶，还供弟弟上了大学，但父女之间的感情越来越恶化。

信访材料里没有老秦的电话，小娜也没有，王志勇决定去他的住址实地走访。

初到燕郊，当地派出所告诉王志勇，老秦性格怪僻，是远近闻名的老信访，与邻居打架，同路人斗殴，动不动就打官司告状，而且家里没电话，身上没手机，行踪漂泊不定，很少与周围人来往。王志勇好不容易找到老秦家的宅院，果然大门紧锁。

没能见到老秦，王志勇决定从老秦儿子小珂那里寻找突破口。小珂大学毕业，已经参加工作。

王志勇开车接上小珂，再次赶到老秦家。小珂没有父亲家钥匙，也没有联系方式。一行人敲了许久，大门依然紧闭。小珂说：“可能又去哪里告状了，不知什么时候能回来。”

两次走访都没见到人，但老秦上访的脚步并未停止。王志勇又接到了多家上级单位关于老秦所涉案件的转办通知。

王志勇和潘法官第三次来到老秦家。

敲门，没有应答。再敲门，听到的只有大铁门的余音。

等了几个小时，依然不见人回来。王志勇决定绕到老秦家的后门碰碰运气。

这是典型的北方农村连排瓦房。老秦家的房子在后排中间位置，要想走到后院得绕一大圈。房子后面是排水沟和小树林，布满杂草和荆棘。当王志勇和潘法官深一脚浅一脚来到老秦家房子后面，见到的却是高高的铁丝网。没有办法，两个人只好又绕了回来。

王志勇抱着最后一线希望，攀上了老秦家的院墙。

“老秦……老秦……”王志勇对着院子大喊。

奇迹终于发生了。院子里居然有了动静。一个老人打开屋门走了出来。

老秦看上去六十多岁，中等身材，穿了一件皱巴巴的西装。他家的院子不小，还种了几棵柿子树。房子年代久远，门和玻璃残破不全。屋子墙面开裂，墙皮脱落。灶台上堆放着没洗的碗筷，苍蝇来回飞舞。西屋炕上铺着又脏又破的被褥，炕角上放着一台老式电视机，地上堆着一堆脏衣服。

由于家里只有一个板凳，王志勇和潘法官每人找了块砖头，坐下来跟老秦了解情况。

孤僻的老秦瞬间打开了话匣子，说着说着还痛哭起来，涕泪纵横，哽咽不止。

原来，随着年纪越来越大，长期独居的老秦内心开始渴望亲情，渴望与家人正常交往。他说虽然自己与前妻感情不和，但对一双儿女也是力尽父亲之责。老秦的老家在四川，离婚之后，为了让儿女有更好的发展，他把自己及儿女的户口都迁到了燕郊。后来女儿创业小成，儿子也上了大学，可他自己却没有稳定收入，只能靠打零工维持生计。最让他伤心的是，女儿因受前妻的影响，与自己关系一直不好，既不来看他，也不让他去找她。没有办法，他才一次次将女儿告上法庭。可判完之后，女儿除了定期给他赡养费之外，还是不来看他。

“一家人就应该常走动。”老秦反复念叨着这句话。

听到这句话，王志勇感到无比的心酸。将心比心，他想到了自己的父母，想到了自己每次敲响家门时父母那急切的脚步声，想到了每次离家时父母在阳台上望着他远去依依不舍的眼神，想到了父母日渐斑白的鬓角和蹒跚的背影。

“一家人就应该常走动。”老秦是希望儿女能真正像一家人那样，常回家看看自己。可是，二十几年的情感隔膜，居然让这样一个卑微的愿望，变成了一个父亲的夙愿或奢求。他多次将女儿告上法庭，不过是他彰显自己存在、寻求关注、保持与外界沟通交往的手段或方式。

王志勇一下子豁然开朗。

他认为解决这一案件的关键，根本不是什么赡养费或是探望义务的问题。融化情感坚冰，重续父女亲情，让老秦感受到关爱与温暖，这才是化解这一信访案件的关键。

症结找到了，问题就好解决了。就这样，王志勇和潘法官坐在砖头上，与老秦聊了一个下午。临走时，王志勇向老秦保证，说不久之后他一定再过来，到时候一定会带着他的女儿和儿子一起过来。

老秦高兴得不知所措，特意从院子里捡起一个棍子，非要爬上墙头给王志勇他们打几个柿子带走，怎么拦也拦不住。王志勇收下了，他不忍心伤了一位年迈父亲的心。

从老秦家回来，王志勇把小娜和小珂约到法院，向他们讲述了这次走访的经历，并把在老秦家拍摄的视频播放给他们看。

王志勇把老秦打的柿子递给小娜，说这是他父亲特意带给她的。

小娜接过柿子，眼圈顿时红了，眼泪在眼眶里打转。

王志勇说："我向你们父亲打了包票，说下次一定带你们姐弟俩一块儿回去。希望你们不要让我食言，为了你们的父亲，也为了你们自己。"

"好，我去!"小珂说。

"好！我们去!"小娜说。

于是，王志勇第四次来到老秦家。这回同行的还有小娜和小珂。看到孩子们来了，老秦一改往日的怨气，脸上露出了久违的笑容。

临走前，王志勇提议为一家人拍一张全家福，老秦一听立马转身回屋，一会儿工夫就换上了一件干净的衣服，镜头定格记录下了他们幸福和谐的笑容。

此后，著名的信访钉子户老秦再没到任何地方信访过。

后来小娜在海南给老秦买了新房子，由于家庭和睦，她自己的公司也成功上市。

对于这个案例，王志勇说，当我站在墙头上看到老秦的那一刻起，我就没把他当作一名缠访多年的信访人，而是当作一位盼儿回家的普普通通的父亲。老秦案件的症结点，并不在“法”，而在于“情”。如果抓不住这点，即使再审理一百次，解决的也只是表面矛盾，只能是“扬汤止沸”，而不是“釜底抽薪”。所以，解开信访人的“情”结，也是信访法官的必修课。

在信访办这么多年，王志勇办理各类涉诉信访案件六百余件，可以说，每一件都有故事，都有感动，也有感喟。

比如，他翻山越岭深入海拔三千多米的大凉山腹地，走访在北京被人诱骗参与贩毒的彝族少年家庭。当他看到少年的母亲将印有儿子照片的户籍复印件一直贴在脸上，他被深深地感动了。他把上面的照片小心翼翼撕下来留给了她。少年十个月的刑期届满后，王志勇又亲自送少年返乡。为了防止少年再次误入歧途，他征询少年的意愿后，提前为其联系了当地一所厨师技校，用司法救助金为少年交纳学费和生活费，办理了入学手续，并将剩余救助款委托当时司法所代发，使迷途的少年走出迷茫，感受到了阳光。王志勇要离开了，少年的母亲用手摸着他的头说，以后，我又多了一个儿子。周边的彝族群众也纷纷向王志勇竖起大拇指，发自内心地说，一家人，一家人，共产党真好，北京的法官真好。

比如，他数次奔赴大连市和北票市，通过将救助金交给当地政府托管定期发放的方式，长期跟踪帮扶一位因患脑瘫在北京某医院治疗时留下后遗症的女孩，成功化解了涉及多个地市的信访积案。女孩母亲曾在大连喝药自杀，也曾在北京高院滞留不归。王志勇反复耐心做了大量工作，终于使其息诉罢访。因为手术产生的并发症，女孩的智力只相当于七八岁儿童的水平，但她把王志勇当作亲哥哥，时常给他打电话，还给他寄来自己的画作。女孩的母亲说，我们相信王法官，王法官就是我家女儿的精神支柱。

比如，他连续几年的“五一节”，牺牲与家人团聚时间，陪同一对失独信访老人为他们去世的女儿祭扫。这是他和这对老人的约定和承诺，如今在这对老人的心中，他就是他们的儿子、他们的至亲。他还为老人请来心理咨询师，希望能为他们早日打开心结，安度晚年。他说，作为信访法官，要时时刻刻不忘初心，真正把群众当亲人，把群众的事当作自己的事，如此，“尽忠”就是“尽孝”。

比如，面对全身和地面洒满汽油的信访人，面对因校园暴力导致精神障碍的男孩身后隐藏着的两把菜刀，他审时度势，沉着应对，最终成功化解危机。在丰台法院“重大敏感案件的排查与处置”讲座现场，台下一位年轻法官问主讲人王志勇：“从事接访过程这么年，你害怕过吗？”

王志勇真诚地说：“当然有过害怕的情况，有的当时不觉得，过后还是有些后怕，但是这个怕，从来没有阻止我后面继续的走访调查。首先我不是带着对立去的，我们是诚心诚意去解决问题的，我相信只要你真心对他，他也会给你真心的回报。”

王志勇说：“我非常欣赏我的一位领导讲过的一句话——共产党员从来不怕群众。在多年的工作实践中，我愈发领悟到这句话的深刻内涵。我们就是从人民群众中来的，我们本来就是人民群众中的一分子，我们为什么要怕我们自己呢？除非你做了亏心事，除非你是在骗人家、忽悠人家，除非你是不想真正帮别人解决问题，否则的话，我们没有理由怕群众。当然，我们一方面要带着对群众的感情和爱，一方面也要做好相应的自我防范，用好执法记录仪，防止授人以柄。只要我们把工作做到家，我们问心无愧，我们就没有什么可怕的。”

近年来，王志勇多次受邀到北京、河北、福建、四川、安徽、山西等全国多地政法系统，以及北京大学、清华大学、中国人民大学、中国政法大学、中国人民公安大学、中国青年政治学院、国家法官学院等高等院校授课。凭借他深厚的理论功底和丰富的实践素材，以及他睿智幽默、妙语连珠的口才和充满正能量和感染力的喷薄激情，每堂课结束，他都会赢得一大批粉丝。可以说，王志勇和他的信访工作经验，已经开始开花结果，馨芳满园。

榜样的力量是无穷的。海淀区人民法院创作了一首歌曲——《海法榜样》。这首歌就是由王志勇演唱的，而且也是为他以及同他一样的榜样制作的。那么，本文就用这首歌的歌词作为结尾——

你平凡得像一滴水
你踏实得像一座山
你温暖了冰冷的目光，折射出阳光的七彩斑斓
你是盛开在海法的雪莲
高洁地绽放，神圣庄严
坚毅又柔情，平和又伟岸
春风化雨，海纳百川
与信念相伴

是你，笔耕不辍为民生所盼
是你，奔波万里为民心所安
是你，舍小家为兼济天下
两袖清风，撑起正义蓝天

榜样，你是我坚定的力量
并肩，挥洒血汗圆法治梦想
榜样，你是我执着的方向
捍卫正道，共筑法治脊梁

采访手记：王志勇的故事，写不完，因为太多。文章写了一万多字，感觉才刚起笔。

除了面对面采访，我还前往丰台法院，听了一堂王志勇的法治讲座。说心里话，跟台下的法官一样，我被深深地感动了，因为真实，也因为真情。可以这么说，王志勇这个典型，不是树起来的，而是真真正正立起来的。在我眼里，他是一个有信仰、有情怀、有担当、有操守的人。

榜样的力量是巨大的。采访王志勇的过程，深切地影响了我，让我对国家的法治前景充满信心。因为，有像王志勇一样的共产党人，他们年轻有为，朝气蓬勃，他们，正不忘初心，砥砺前行。

公厕管理员许全华

乔　健

许全华

随着人类文明的快速发展，“厕所革命”一词，近年来频频出现在网络、电视以及各类传统媒体上。所谓厕所革命，是指对发展中国家的厕所进行改造的一项措施，最早是由联合国儿童基金会提出。联合国千年发展目标 2012 年报告指出：“发展中地区，将近一半人口（25 亿人）仍无法获得改善的卫生设施。”到 2015 年，全球（基础卫生设施）也将只能有 67% 的覆盖率，远低于实现千年发展目标所需的 75% 的覆盖率。

凭借这股东风，近年来，北京市也在快步推进这一“革命”，并以节能、环保、资源循环为理念，力求解决厕所脏臭、污水横流、粪尿处理不彻底等问题，不断提升公厕服务品质。据相关媒体报道，2016 年北京市共完成公厕提升 804 座，2017 年完成公厕改造 1 145 座。

说起厕所革命，公厕管理员许全华便一脸的兴奋。他说海淀区在这方面走在了前头——

“海淀区有中关村呀，依托科技优势，打造出了智能、科技、生态、舒适的新型公厕。人往机器面前一站，三秒钟，机器就往外吐纸，特方便。洗手台的镜子中间，还有两块多媒体面镜，能显示天气、播公益宣传片。还有，温度、湿度、空气质量都能显示。

“还有，就是盖公厕用的都是环保板材，不变形、没味、防水防火；采用自吸式全自动水气混合工艺和微水冲技术，能节水 50%；每个坑位后方都装有空气置换系统，公厕还安装了防臭地漏。”

“这样的公厕，目前海淀区只有两座，一座在中关村，一座在万寿庄。

“但也就三五年吧，整个海淀，也许整个北京就都会用上这样的公厕。”

坐在我面前的许全华快人快语，他说他从事这一职业已经有二十多年了。如今已经年近半百的他，虽然仍整天忙忙碌碌，但闲下来的时候，偶尔也会想想自己的事儿，回忆回忆自己这些年所走过的路——

“这辈子怎么就跟公厕打上交道了呢?”他常常这样问自己。但了解他的人都知道，他这也只是随便说说而已，并不想真的去寻什么。他觉得真要是那样，就是一种矫情，一种毫不务实的胡思乱想。从安徽农村走出来的他，想得更多的是如何把今天过好。

“把今天过好，就是我的追求。”许全华从不掩饰他的这一观点。

许全华所说的把今天过好，其实就是“把今天的事情做好干好”，这也多少反映了这个朴实的安徽农民对于生活的理解。他说，他的把今天的事情做好，就像农民种地不误农时，你只有把握好了当下——该播种时去播种，该浇水时去浇水——到了秋后才能有个好收成。否则，一切都没戏。

正是由于有这样一种“活在当下”思想的支配，许全华每天都过得充实而且快乐。

一

许全华的老家在安徽六安农村。六安地处江淮丘陵地带，特殊的地理环境以及温热潮湿的气候，还有肥沃的土壤和丰厚的植被，使得那里自古就适合茶树的栽培和生长——那里是全国著名的茶叶之乡，大名鼎鼎的六安瓜片，即产于此地。除此，六安还有着极好的人文环境，远的不说，光从中国革命史上就能找到许多响当当的名字——

许继慎（中国工农红军早期杰出将领，曾任中国工农红军第一军军长）；洪学智（两膺上将，曾任中国人民志愿军副司令员）；以及汪荣华（参加过长征，两次翻越雪山，三次走过草地，也是开国元帅刘伯承的夫人）的故事，在六安城乡几乎家喻户晓，人人耳熟能详。

物华天宝，人杰地灵。许全华就是在这样一种环境里成长起来的。

当然，还有贫穷。

贫穷，那时候是许全华生活中的主旋律。

许全华 1970 年出生在六安县①横塘岗乡一个叫金公庙的小村子里，村子里的人大都不识字，只有在村里小学校教书的父亲算是个文化人。中国的农民对于文化有一种天然的敬畏之心，许全华至今记得，村里的那些大叔老伯们对于父亲总是恭恭敬敬，言必称是，背地里都说父亲是秀才，是天上的文曲星下凡。

父亲对村里人也总是彬彬有礼，温文尔雅，只是对许全华格外严厉，常常要“敲打敲打”他。父亲常对人说，玉不琢，不成器。

许全华的母亲和父亲正好相反，是个大字不识的农家妇女，日出而作，日落而息，整天家里家外忙个不停。然而，尽管这样操劳，在那个年代，一家人的日子仍然过得紧紧巴巴的。许全华上有一哥俩姐，全家六口人，这在当时的农村，家口并不算多，加上父亲能挣工资（虽然只有区区十几元钱），吃商品粮，他家的日子应该过得富富裕裕的。但事实上并非如此，在许全华的记忆里，他家的日子并不好过：母亲常常因为家里断粮而不得不到邻居家去借米。许全华记得，每次借米回来，母亲都会让父亲在月份牌上记上一笔，等生产队分米的时候好如数还给人家。

俗话说，穷人的孩子早当家。许全华从小就知道家里的日子难过，知道只有劳动才能有饭吃的道理。他刚能拿动锄头就跟着母亲下到生产队里的大田里去干活。大人锄草，他也锄草；大人间苗，他也间苗。小小的年纪，几年之内竟学会了不少的农活儿。村里人都夸他懂事、能干，是个好后生。

---

① 六安县：今六安市。

七岁那年，许全华上了小学。那时候的农村，讲究积农家肥："庄稼一枝花，全靠肥当家"。每天早晨，村里的人都能在通往学校的那条路上看见他书包外面挎个粪箕，一边往学校走，一边拾粪，无冬历夏，几乎天天如此。他家院子里有一个积肥的粪堆，那是母亲专门为他准备的，一个学期下来，那粪堆堆得像座小山那么高。每到这时，母亲就让哥哥把粪推到生产队去，那堆粪能换回好几百个工分，折成钱，能抵他不少学费呢。

许全华拾粪，一直坚持到小学毕业。考上初中之后，学校离家远了，他不可能再背个粪箕去上学，为了给家里减轻经济负担，他常常利用双休日和寒暑假去地里干活，挣工分，一早一晚地去拾粪。妈妈看他功课紧，人也累瘦了，心疼，不让他去，他就偷偷地去。

就这样，他一直坚持到了考上高中。

许全华考上的高中是闻名全省乃至全国的六安市毛坦厂中学。这所与河北衡水中学几乎齐名的中学成立于1939年。那一年，在日军即将入侵合肥之前，安徽省政府做出了一个重要决定，将省城部分学校迁到位于大别山深处的毛坦厂镇，成立安徽省第三临时中学，史称"三临中"。抗战胜利后，一批有识之士又将荥阳、广城、山王等五所中学合并迁入毛坦厂镇，定名为六南私立中学。中华人民共和国成立后，又经几次更名和变迁，最后学校被命名为六安市毛坦厂中学……

许全华就是在这样一所学校读的高中。他至今仍记得当年考高中时的那种艰难：300多人参加考试，六间教室里黑压压坐满了人，但最终学校只录取了12个人。

许全华就是这12个人当中的一个。

按理，考上这样的名校，横亘在他面前的已经是一条光明大道了。只要他一如既往，按部就班，考上大学定将是十拿九稳。

但那段时间，许全华却鬼使神差，由由然，飘飘然……由于住校，远离了父母，也远离了父亲的"敲打"，他耳边听到的不再是监督的声音，而是铺天盖地的赞扬，他甚至对那句"考上毛坦厂高中，就等于考上了清华北大"

的赞美之词，也深信不疑……回忆起那时的自己，如今的许全华淡淡地只用了三个字加以形容：贪玩了。是啊，他的确是贪玩了，从上高中的第一天起，他就贪玩了，什么新鲜玩什么，什么好玩玩什么，除了在学校玩，有时还和那些没有考上高中的同学一起玩，且一玩就是一整天……明日复明日，明日何其多——父亲说过的话他全都忘在了脑后。

无情的报复很快就降临到了许全华的头上——

1990 年，他高中毕业，考大学时，意外落榜了。

他当然不服气：我堂堂一个毛坦厂高中出来的学生考不上大学?

他选择了复读。

由于没有到学校听课（他自己在家复习），第二年他仍然没有考上。

于是，他退缩了。

二

转眼到了 1994 年。

这一年的春节之前，江淮地区下了一场罕见的鹅毛大雪，那雪漫天飞舞，无拘无束，像是要搅乱苍穹，大闹天宫。许全华躲在自己的小屋里趴在窗边默默地往外看，整个村子，整片大地，都被白雪覆盖着，浑天一色，惟余莽莽。那一刻，他的心像雪一样没有一丝温热。大学没有考上，虽然父母没说过一句埋怨的话，但他自己真真切切有一种“无颜见爹娘”的愧疚……

马上就要过春节了。春节，对于农民来说，就是报道春天的节日，它蕴含着生活在这片土地上的农民们对于大地寄予的无限希望。

但许全华的希望在哪儿呢?

除夕晚上，一家人吃完年夜饭照例围在电视机前收看一年一度的“春晚”，他本来不想看，也没心思看，是哥哥非拉着他过来看不可。他勉强坐在了那里……

那天晚上，歌手蔡国庆和林萍合唱了一首歌——《无悔的选择》：

眼泪悄悄地滑落
思念缭乱在诱惑
曾经恩爱的画面
久久依在折磨我
冷风瑟瑟地吹拂
黑夜心痛在蹉跎
穿越时空的承诺
是我爱你无悔的选择

这本来是一首爱情歌曲，但许全华却从中听出了另一番含义——那些温婉凄楚的歌词和同样温婉凄楚的曲调，像是屋外鞭子一样的冷风，瑟瑟地朝他抽来。

真疼。

那一夜，他失眠了——那是他长这么大的第一次失眠。

那天夜里他都想了些什么，如今的许全华已无从想起，但有一点他还记得，那就是第二天早晨一起来，他按照老家的习俗，先给父母拜了年，然后向他们宣布了自己的一个重要决定：我要出去打工，自己养活自己。

话音刚一落地，整个屋子就安静了下来。

知子莫如母。停了好一会儿，母亲才赔着小心问了句他要去哪儿，没等他回答母亲便低下头一边抹着泪，一边颤巍巍地走到灶台前为他和全家人准备早饭……

几天之后，许全华背着行李踏上了北上的火车。许全华要去的地方是北京，他的两个外甥（大姐的孩子）在北京正做着铝合金生意，急需帮手，前些天还捎过信来，说人手不够，想让他过去帮忙。当时，许全华还有些犹豫，不知道自己应不应该过去帮这个忙。尽管年龄上他和两个外甥相仿，但毕竟自己是他们的长辈，万一弄不好，他不知道怎么收场，怎么和姐姐以及父母交代。但现在他顾不了那么多了，大学没有考上，他不能总在家里待着吃闲饭。

两个外甥从小就喜欢小舅，那时候小舅是他们头儿，他们是小舅的小尾巴，小舅走到哪儿，他们就跟到哪儿。连大姐都叫他们是小舅的跟屁虫。“跟屁虫”在外头玩儿让人欺负了，也都是回来找小舅替他们撑腰。所以这一回，他们也想帮帮小舅，尽管他们心里明白，所谓请小舅过来帮忙只是一个借口，小舅对铝合金一窍不通。

但他们哪里知道，小舅是个极好面子的人，他并不想吃这口“嗟来之食”，他想要的是通过自己的劳动，挣一份儿堂堂正正的工资。

所以，几天之后，当许全华发现外甥的生意其实并不缺人手，而他也帮不了什么忙时，他便毅然决然地离开了北京，怎么劝都不行。

不过许全华离开后并没有回六安老家，而是南下去了苏州。许全华的小姐夫那时在苏州包揽了一家电子厂的建筑工地，是个挺有实权的包工头儿。去之前，许全华给姐夫打过电话，问工地上缺不缺人。姐夫说，最缺的就是搬砖和泥的小工，这活儿比较累，挣得要比大工少，你想好了，愿意呢，马上过来，不愿意，也别勉强。

许全华咬了咬牙，答应了。

就这么，许全华在电子厂工地当起了搬砖和泥的小工。许全华后来常跟人说，那段经历对于他后来的生活至关重要，一方面锻炼了他吃苦耐劳的品质，让他懂得了干得多不一定挣得多的道理，同时也让他遇到了他生命中的那个“贵人”，悟出了一个让他受益一生的道理：人要活在当下。

事情是这样，许全华到工地当了小工之后，虽然在干活儿上并不输给别的小工，但他不如别人开心，每天干活的时候，别人都嘻嘻哈哈有说有笑，而他总是一声不吭，有时甚至一天都不说一句话。他的这一反常表现，被老板的女婿——阿强——看在了眼里。阿强出身贫寒，是个苦孩子。他看到许全华整天闷闷不乐，就主动接近许全华，没事的时候常和他说说话，聊聊天。渐渐地他们相熟了，彼此成了无话不说的朋友。后来阿强听说了许全华的境遇，虽然也表示过同情，但他并不赞赏许全华的这种生活态度。有一天，两个人聊天，他给许全华讲了一个故事，故事源自宋代的一本书——《传灯录》，书里说，有一个叫会元的和尚，有一天和徒弟赶路。他们走到一条既无船也没桥的河边时，看见一个也要过河的女子等在那里，会元就毫不犹豫地把女子背过了河。回到寺庙小和尚忍不住问会元，说出家人禁近女色，师傅为何还要背那女子？会元听了，说道：我早就放下了那女子，你怎么还背着？

这个故事让许全华一连琢磨了好几天，最后他终于听懂了阿强的真正用意。于是，从那天起，他开始了自己新的人生，用他的话说，就是终于将那让他痛苦的一页翻了过去……

三

电子厂工程竣工后，应阿强之邀，许全华留在厂里，当了一名车间工人。这是一家专业生产二极管的企业，生产出来的产品全部销往日本。

许全华所在车间的工作是往二极管里灌荧光粉，这种工作说起来简单，但做起来并不容易，弄不好，整个二极管就会报废。许全华干得极为认真，每天早晨，他只要一到岗，就会全神贯注地投入工作中，唯恐出现任何一点纰漏。这样，很快他便成了全车间零废品员工。老板见他干得好，又有文化，不久，便将其提升为车间主管。

许全华在车间主管这个位置上一共干了两年。他后来说，如果不是因为企业破产他不会离开。

1996年，已经26岁的许全华第二次来到了北京。来之前他听人说，在北京倘要租个像点样子的住处起码要花半个多月的工资。许全华自然不愿意花这个钱，他给自己定的求职原则是“干什么无所谓，只要能够解决住处就行”。为此，那些天他几乎跑遍了整个北京城，最后在五道口电影院对面的一座收费厕所安顿了下来。厕所属于海淀环卫局管辖，白天有两个正式工在那里收费，许全华负责打扫卫生。下午四点半之后，正式工下班了，厕所归他——连打扫带收费——只要每月交给海淀环卫600元钱，剩下的就都是他的了。

许全华觉得这是个“肥差”。但当年，却谁都不愿意干这份儿工作，都觉得脏、累，而且有失体面。

许全华干了。从小背着粪箕上学的他，并不觉得这有什么不体面，“不偷不抢，凭自己诚实的劳动挣钱吃饭，最干净也最体面”。小时候，当教师的父亲常常用这句话教育哥哥姐姐和他。

这么多年过去了，许全华从不后悔他当初的这一选择，那时候，一个工厂的工人，或一名普通职员，一个月的工资不过几百元，最多的也难过千元，而许全华一个月下来竟然有3 000多元的收入。许全华后来曾这样跟人形容这一工作给他带来的实惠：晚上，五道口电影院只要一散场，来上厕所的人就排成了长龙，人挨人，人挤人，三角一位，一晚上起码净挣40元！

那是许全华第一次挣那么多的钱，这使他多少有些兴奋，他觉得这样下去离他的梦想会越来越近。他的梦想是什么？这个普通的农家子弟的梦想，其实就是想和城里人一样，在北京有两间属于自己的房子，然后娶妻生子，然后……真巧，就是在那个时候，他认识了同样在北京打工的一位山东姑娘。姑娘来自山东聊城，朴实而且能干，她先是在一家书店里打工，后来听说卖服装挣得多，就跑到人大对面的一家服装店给人卖服装。姑娘的梦想与许全华不谋而合，也想像城里人一样，有一份足够养活自己的工作，然后成家立业……

女人的心总是纤细的，到北京不久，她就发现，她打工的这家服装店，每天光流水就高达六七千元。她于是私下里算了一笔账，即使把利润降至百分之十（其实远不止这些），一天还有六七百元的收益呢，这样，一个月下来就是两万元。刨去房租，挣一万多元应该不成问题。

账算清楚了之后，她辞去了那家服装店的工作，自己开店当起了老板。但自己开店并不是一件容易的事，光进货一项就很有讲究，比如从什么地方进，进什么样的，进多少合适，等等，都要心中有数，差一点都不行。再有，就是经营场所的选择，选好了，不愁卖不出去，但选不好，什么货都有可能砸在手里。好在姑娘是个聪明人，她先是在双安商场旁边的科技会展中心租了个柜台，她的想法是，在这儿先试着干干，好，就扩大经营，不好，马上就撤，这样也不至于赔个血本无归。她的这个“进可攻，退可守”的“战略”很快就见到了成效。由于选项正确，那段时间，她的服装柜台整天都被人围得满满的，生意十分红火。

转眼到了1998年。

许全华和姑娘从相识到相恋已经整整两个年头了。按照许全华六安老家

“男女相亲，俩月成婚”的旧俗，他们早就应该步入婚姻的殿堂了。然而，这两个人似乎并没有结婚的打算。他们觉得好像一切还都没有准备好。

“你们还要准备个啥？家里早就都给你们准备好了。”远在老家的母亲，终于忍不住了，打电话过来催他们快点结婚。许全华知道母亲的心思，不过在这件事上，他不想强加于女方，而只是把母亲的意思如实转达了过去，至于女方想什么时候结，在哪儿结，则由她自己定。让许全华没想到的是，姑娘听了他的转述之后，当即就做了决定：下个月咱就结婚。第二天，许全华把这一消息告诉了远在千里之外的母亲。母亲听了之后，在电话那头高兴得半天说不出话来。

不过经过再三权衡，最终许全华却把婚礼地点选在了北京——这是他和姑娘两个人的想法。两个人都是刚到北京不久，好不容易才安顿下来，无论是工作还是生活，都正处在爬坡阶段，正是要劲儿的时候，在这个时候选择回老家结婚，且一走就是十天半个月，他们觉得不合适。他们商量好了，先在北京举办个简单的婚礼——到附近的餐馆订两桌饭，把单位的领导和同事请来，大家聚在一起热闹热闹，这婚就算结了。等过两年，一切都稳定了，再回老家补办个像模像样的婚礼，满足老人的心愿。

许全华把他们的想法告诉了母亲，通情达理的母亲在电话那头嗫嚅了半天，才挤出一句话：俺是怕委屈了人家姑娘……

四

光阴荏苒，日月如梭。

婚后的日子过得真快，转眼就到了2001年。这年八月，许全华的儿子出生了。这个小生命的出生给许全华刚刚组建的小家平添了不少的乐趣，但同时也给初为人父的他出了个不大不小的难题：妻子要去经营她的服装店，许全华自己要去上班，老人又都不在身边（就是能来也没有地方住），谁来照看孩子呢？送回老家，他们心有些不舍，同时，也不想再劳累已经年迈的父母。没办法，权衡再三，最后他只好牺牲自己，把干得好好的工作辞了，在家当起了全职奶爸。

许全华辞去工作就意味着要从单位住房里搬出来，可搬出来上哪去住呢?条件好的，太贵，租不起；太差了，又怕媳妇儿跟孩子受委屈。那些日子，许全华着实为这件事着了不少的急。好在天无绝人之路，最后，在一个朋友的帮助下，他在五道口铁路边以每月500元的租金租了一间不大的平房，好歹算是把家又安顿了下来。

许全华后来回忆起这段经历时颇具感慨，他说，他永远也忘不了一个男人在家带孩子的那种滋味：整天待在家里，面对一个嗷嗷待哺的孩子——一会儿哭、一会儿叫、一会儿拉、一会儿闹。还要负责买菜做饭、归置屋子以及所有的家务……

就这样，许全华坚持了两年。

2003年的一天，许全华正在家里看孩子，单位领导来找他，说舞蹈学院旁边新建了一个厕所，你去那儿干吧，有地儿住，还能照看孩子，两不误。

第二天，许全华搬了过去。

不久北京发生了“非典”。由于疫情的突如其来，一时间，整个北京城人心惶惶，街上几乎见不着人，连平时拥挤不堪的公共汽车都没有几名乘客，但许全华没跑，不是他不想跑，而是他觉得那样做太不厚道：领导在我最困难的时候，伸手帮了我，我不能在单位需要我的时候临阵脱逃啊，那成什么了？那种事我干不来。

许全华的想法得到了妻子的支持：对，咱不能干那种不仁不义的事。

但其实，那段日子，许全华一家也过得十分艰难，妻子租赁的柜台几天几天地无人光顾，衣服没人买，就意味着没有利润，没有利润，就是没有收入，而昂贵的柜台租金却又丝毫未减，这让他们这对几无积蓄的新婚夫妇几乎喘不过气来。

“非典”过后，租赁合同到期，他们说什么也不敢再续租了，而是跑到北洼路租了个很小的门脸儿小本经营。

许全华说，他妻子在那个小店一直干到了今天。

经过十多年的打拼，到2010年，许全华的工作终于有了提升——开始担任公厕管理员。由于工作的变动，他们一家也从厕所边上的小屋，搬进了单位分配给他的一间正规住房。房间不大，不到15平方米，但许全华已经很知足了。

许全华一共管理着20多座公厕，这一工作既简单又烦琐，首先他必须每天一早就骑上他的那辆电动自行车，从单位（海淀环卫四队）——西三环北路31号——出发，一个公厕一个公厕地检查，看看保洁员在不在岗，看看卫生状况怎么样，设备有没有损坏，损坏了有没有及时更换，等等；中午返回单位吃饭，吃完饭，下午接着查，无一疏漏。等把二十二座公厕全部查完，基本上也就到了该下班的时间了，但这时他并不能马上回家，而是要骑车赶回单位，把白天填写的检查表逐一检查审核，看看有没有遗漏或者出错的地方，在确保准确无误之后，才可以交到队里。他手头有一叠“海淀环卫四队公共卫生间检查表”——那是他每天必填的表格——上面列出的检查项目共有四大类三十二个小项。比如“岗位及服务规范”类，就分为是否穿戴工服、佩戴胸卡、在不在岗、是否从事与工作无关的事等共计八项；而“卫生间服务设施”类下面的小项则更多，有十二项。

许全华对自己的这一工作十分认真，甚至有时还有点较真。有这样一件事，让他至今记忆犹新：有一天，他到西八里庄的一个公厕去检查，到那儿一看，没人（保洁员没在岗），他等了一会儿，还不见人来，心想都下午两点了，这人能上哪儿去呢？他到处去找，结果发现，人家老先生正在家里睡觉呢。这位保洁员许全华逮着他已经不止一次了，前几次都念其是初犯，不忍心处罚，但这一次，许全华不想再迁就了，当即开出了400元的罚单。许全华后来曾对人讲起过这次处罚，说都是打工的，都不容易，400元，对于他们是个不小的数目，我也是打工的，最了解他们的生活，这笔钱，也许是他们半个月的生活费，也许是寄给家乡父母的养老钱，或者孩子的学杂费……谁不心疼？但是，不处罚行吗？咱就是有一千个理由也不能上班睡大觉，对吧？既然咱干了这份工作，咱就得对得起它！

这次处罚，从后来的效果看，还真起到了预期的效果。从那以后，那位保洁员再也没有脱过岗，而且他所负责的那个公厕总是打扫得干干净净的，真正做到了随脏随保，搁板、门头等不易察觉的地方也都做到了一尘不染。

五

熟悉许全华的人都知道，除去本职工作，他还在业余时间找了一份兼职。已经是“奔五”的人了，每天晚上却还要到住家附近的顺丰快递中转场帮着分拣和装车，从晚上 8 点，一直干到晚上 12 点。

这个活儿，他已经干了很长时间了，干一个小时给 22 元，不多，但他很知足：

“晚上吃了饭没啥事，闲着也是闲着，出去干点活儿，出身汗，舒服。”

话虽如此，但他心里清楚，他这是在给儿子攒学费。

许全华的儿子今年已经 17 岁了，一直在老家上学，成绩不错，许全华不想让儿子重复自己走过的那段弯路，早早给儿子打过预防针，儿子明年参加高考，他想让儿子考个省内的大学，离家近一点，这样，等儿子大学毕业之后，在那边找个工作，他和妻子也回安徽，守着儿子，全家人生活在一起。

他觉得那样很幸福……

采访札记：采访许全华的前一天晚上，我加了他的微信。我把采访意图发给他，他回信说，他只是一名普通的外地来京务工人员，没有什么可写的。我说，普通人才是支撑这个社会的主要力量，接着，我按照自己的想法一路说了下去。

他半天没有回复，我猜想，他一定是在看我发过去的就普通人对于社会的重要性的那些文字。最后，他答应了我采访的请求。

第二天下午，我按照他说的地址，乘地铁到了车道沟站，我在 A 口给他打电话，他说你站着别动，我去接你，说着就撂了电话。几分钟后，我看见一个中年人骑着一辆破旧的电动自行车风风火火赶了来，我料定是他，就走了过去，到了跟前一问，果然是他。他带上我到了他们单位。我俩在一座简易楼二楼的大屋子里面对面坐了下来。

我俩足足聊了有两个多小时。快要结束的时候，我提出想要看看他说的智能公厕，以增加一点感性认识。他停了一下，说路远一点儿，我骑车带着你，行吗？我说行。于是，又像来时一样，坐在了他那辆电动车的后座上。我俩在中关村如河水般湍流不息的马路上一路穿行。很快就到了那里。几个公厕保洁员正等在那里，见我们到了就都迎了上来，跟许全华打着招呼。看得出来，他们很熟，关系也很近。

许全华领着我参观了一圈儿，给我的感觉他不像是在介绍一座公厕，而是像在炫耀他自己的一件什么东西。在那一刻，我忽然有了一丝感触：他并不属于这座城市，他只是这座城市的一名外来务工者，也许几年之后，他就会返回家乡。

长天有知继先贤

——记航天二代罗维玮

胡玉枝

罗维玮

细读了罗维玮的资料后，有点蒙，其简单地不知从何了解，也打破了起初对航天、对宇宙那些浪漫的想象和想法。于是满网络的搜索有关信息，开始以为是个男孩，以为是罗阳的后代，可是一查罗阳是个女儿，叫罗靓。又在航天集团官网上，每个网页地搜索，还是不得而知。直到采访前两天，与罗维玮微信联系上，才知道她是探月功臣罗崇泰的女儿。再搜罗崇泰，心中升起无限崇敬，继而也增加了想见罗维玮的迫切心情。

于是，我们在 Costa Coffee 见了面。一个高挑纤细的女孩，过耳的短发、大大的眼睛，透着温婉和时尚，眼底还有一抹淡淡的忧伤。一个画面感的女孩，一下触痛心底的柔软，心疼起这个和我家小孩一样大的女孩来，想她是怎样承受了那些伤痛。

追寻父亲的足迹

这个典型的“90后”女孩，1米7的个子，104斤①的体重，毕业于四川音乐学院编导系。如果不是爸爸因公殉职，她应该已经出国留学，从事自己喜欢的专业了。可这一切，因为爸爸的离去而戛然而止。

这个曾生活在一个幸福家庭的女孩，爸爸罗崇泰，研究员、博士生导师、中国航天科技集团公司五院五一〇所党委书记兼副所长、五一〇嫦娥卫星型号指挥和技术总负责人，等等，后面还有一长串的头衔，而最概括的称号，就是探月功臣。妈妈是兰州大学第一医院非常出色的主治医师，妈妈不仅工作出色，长得还漂亮。人们都说，爸爸妈妈是郎才女貌。其实只有妈妈知道，是爸爸的高情商先博得了姥姥姥爷的欢心，最后才赢得妈妈的芳心。

说起过去，说起爸爸妈妈，说起家，罗维玮娓娓道来。打开的心扉，像一条清澈的小溪，涓涓而来，让你看到这个女孩的成长，像一条小鱼从小溪里游了过来。

她说爸爸罗崇泰，是从甘肃靖远县的一个小村子，以优异的成绩考到靖远一中，又以优异的成绩考到西北师范大学物理与电子工程学院。本科毕业时，他的一位高中老师，鼓励他一定要考研究生，研究生毕业后被分配到航天五院五一〇所，之后又考上航天五院的博士生，博士毕业后一直工作在航天科研第一线，成为研究员、博士生导师、中国空间技术研究院学术带头人。她说爸爸一气呵成读完博士，一路下来，没有任何背景，全靠自己一步步的拼搏努力，取得这样的成就，是非常不容易的。语气中没有那种炫耀的骄傲和自豪，可淡淡的话语间，还是能感受到她内心的崇拜和敬爱。

的确，那个时候读到博士，是非常出色的，有远见的。

现在说起父母，内心是充满自豪和崇拜的。可在小的时候，罗维玮感受更多的是缺少陪伴的孤独。她记得，很小的时候，爸爸就经常出差，妈妈在

① 1斤=500克。

医院没时没点，甚至要上夜班，爸妈都没有时间管她，她五岁就上学了。刚开始，放学后，她就在爸爸的办公室写作业，当时爸爸已是某试验室主任。写完作业，她就各办公室串，一会儿动动这个，一会儿碰碰那个，一会儿和爸爸的学生玩，特别快乐。后来，爸爸老出差，没办法，她就住到了姥姥家。可姥姥是一所小学的校长，虽然特别疼爱她，但对她管教特别严。她每天放学回来，赶紧把作业写完，尤其数学，如果完不成，或者有错题，姥姥就会严厉地批评她，并让她改错，所以那时她很怵姥姥。

那时她并不知道也不懂得，爸爸的工作有多么重要多么神圣，只知道总是见不到爸爸，平时在家里吃一顿饭都很难。常常是没等到爸爸回家，她已经睡着了，第二天醒来时，爸爸又上班去了。她记得，五年级的时候，有一天爸爸难得在家，看她在写作业，就问她："你们四年级的功课多不多呀，跟得上吗?"听爸爸说她还四年级呢，她就生气地说："爸爸，我都五年级了!您每天不停地忙，一点都不关心我!"爸爸看着生气的她，赶紧说："哦，哦，闺女都上五年级了，是爸爸不好，爸爸以后一定注意……"从爸爸自责的语气和歉疚的眼神里，她感受到了爸爸对她的关爱和无奈。

同学们都很羡慕她有一个科学家爸爸，觉得她爸爸很了不起，都想看看她爸爸长得什么样，但他们不知道，爸爸忙得连她自己都很难见到。忙碌的爸爸，从没有给她开过一次家长会，她多么希望爸爸能给她开一次家长会呀，她多么希望爸爸也能像其他同学的爸爸一样，周末和妈妈一起陪她出去玩儿呀。可是从来没有过，她总想问问爸爸为什么这么忙?

初中的时候，罗维玮从姥姥家回到了自己家住。虽然一家人住在了一起，但还是经常她一个人在家，爸爸每天都加班，很晚才回来，妈妈去北京进修。那时她总是忘带家门钥匙，放学回来进不了家，就在楼道里背英语。楼道里的灯，是感应灯，过一会就要跺一下脚才亮，跺的次数多了，就把爸爸的同事、街坊阿姨叔叔给跺了出来，他们叫她去家里等，每次她都婉言谢绝。独立的她，不想过多麻烦人家。

后来，她开始叛逆了。眼前这个温柔善感的女孩，很难想象曾经叛逆过。她说那时她戴着眼镜，戴着牙套，头发剪得短短的，像个假小子。处处都跟家里对着干，不听他们的话，但是她的学习成绩一直很稳定，名列前茅，这种情况一直到她上了高中。

罗维玮一直很奇怪，爸爸妈妈从来没担心过她，别人家的女孩子，家长都担心得不行。其实，爸爸妈妈看着独立的她，一切都能自己安排好，主要是学习不用操心，成绩一直比较稳定，所以就不会过于担心，他们也没有更多的时间和精力担心她。

上了高中之后，罗维玮开始住校，与家里的联系越来越少。高二的时候，也就是2008年，在新闻联播里，她看到爸爸在人民大会堂举行的神舟七号庆功大会上，受到国家领导人习近平接见的身影，她看到了爸爸脸上幸福的微笑。至今那幅大照片还摆在家中的客厅里。那一刻，她从爸爸的笑容里，读懂了爸爸。

到了高三准备高考，本来爸爸希望她能去国外读书，开阔眼界，磨砺自己，但她一直喜欢电影，想试着考考与电影电视相关的专业。后来，她只在兰州上了七天的培训班，就考出了甘肃省第七名的好成绩，别人都是提前一年就开始备考系统训练了。

她当时特别想去外地上学，离开这里，虽然自己有更高的志愿，但是七天的培训，还是准备得太不充足了。整个过程都是她自己张罗的，化妆、服装道具、学校，等等。那年，第一场考试是在大年初三，五点钟就起来化妆，从来没经过训练的她，一个隐形眼镜就戴了四十多分钟。天特别冷，又不能穿太多衣服。当时也没抱多大希望，爸妈也是说喜欢就去试一试，人生不留遗憾。结果考上了，爸爸就说那先学你喜欢的，出国的事情以后再说。

上了大学才知道，人家都是很早就到北京去培训，要是她能早知道这样的话，她一定能考上更理想的大学。但那时从来没有接触过艺术的父母，也只能凭她自己所了解的信息去做相应准备。因此，在考学上，她是有遗憾的。

上了大学，她与家里的联系比较多了，爸爸有时会给她发短信，她记得有一次爸爸发短信说：这几年一直很亏欠你，因为我们都非常忙，对你关心和照顾都比较少。当她看到这条短信时，眼泪一下流了出来，之前所有的委屈抱怨和不满意，即刻就烟消云散了，她知道爸爸一直在记挂着她。

至今她还保留着那个手机，保留着爸爸的所有短信，好像爸爸还会像从前一样，给她发短信，关心她，了解她。因为爸爸当面说不出来的关心和鼓励，都是从这个手机里流过来，一滴一滴的。

但是，这父爱的温情，来得太短暂，让她遗憾。那是大二那年的五一前两天，她和朋友去重庆玩，4 月 29 日晚上，爸爸还来短信跟她说，你去重庆好好玩吧，回来我给你报销路费。当时她还喜滋滋的，回复了爸爸的短信。

可是 30 号去玩的当天，她就有种说不出来的不舒服和莫名的慌乱，晚上回到宾馆，这种感觉更明显了，她以为是累了，就赶紧躺下了。第二天五点多钟，她被舅舅的电话惊醒，舅舅电话里问她住重庆哪个宾馆了，还说爸爸的一个同事去重庆出差，要去看看她。语气慌乱，无论次。当时她还想，我在这玩得好好的，看我干吗呀，没事吧。这么一想，那种莫名的感觉一下契合起来，她就给妈妈打电话，没人接。她就给姥姥打电话，她想姥姥不会骗她的，姥姥说，你舅舅说话就那样，你别着急，没事，你放心吧，我给他打电话。后来姥爷给她回的电话，告诉她，爸爸昨天晚上出车祸了，现在正在抢救。当时她就哭了，大脑一片空白，这种事情怎么会发生在我的身上呢。不相信，还是不相信。

其实，30 日晚上，妈妈在家也经历了惶惶不安和生离死别。爸爸的飞机，是晚上七点到兰州，可都十点多了，爸爸还没到家，妈妈就开始给他打电话，总是打不通。妈妈心里就有一种不祥的预感，快十一点时，她再也坐不住了，她想下楼去看看。在电梯里碰见爸爸的一个女同事，正要找妈妈去医院，妈妈一听去医院全身抖得不停，那种不详一下将自己揪得紧紧的。医院那边的医生护士，为了让妈妈有个缓冲，将当场就已去世的爸爸，安放在了急诊室的抢救台上。妈妈见到抢救台上，已经全身泛紫的爸爸，一下就昏了过去。身为从医二十多年的妈妈，还是被爱人的突然离去，击垮了。本来是期待的相聚，谁承想瞬间成了阴阳两隔。至今，妈妈都不敢回想当时的那一瞬。

后来爸爸的同事到宾馆接上罗维玮，去机场的一路上也不敢和她多说什么。一下飞机，就有许多叔叔阿姨接她，其中一个阿姨一直拉着她的手，但她还是不愿意往别处想。因为姥爷的淡定，让她一直觉得爸爸最多是在医院抢救。

直到车子开到楼下，她进了楼道，见到一个黑棺材，此时的她，大脑已经一片空白。出了电梯，她家的门开着，里边坐满了穿黑衣服的人，爸爸的遗像就摆在桌子上。那个最害怕、最不想相信的结果，一下把她击倒了。她踉跄地哭着问："我妈呢?"等她在卧室见到妈妈时，妈妈一下子无助地抱住了她，哭着说："玮玮我们以后怎么办呀?"她强忍着悲痛，咬破嘴唇，不让泪水流出来，但眼泪还是一滴一滴地砸在了妈妈的背上，她轻轻抚摸着妈妈的背说："没事，有我呢!"

其实那一刻，她的内心除了滴血的悲痛和伤心，就是巨大的恐慌和无助，她真的不知道，没有了爸爸，她们以后的日子怎么过，她能做什么，她只是一个学生。

她不知道自己是怎么从那一刻熬过来的，她不能想象，她怎么承受得了爸爸的离去。爸爸走了很长时间，她都觉得爸爸还在，她常常听见爸爸开门回来的声音，爸爸常常来到梦里，告诉她，爸爸没有走，就在她身边看着她和妈妈呢，只是换了一种存在形式。

经历了与爸爸的生离死别，她深刻体会到，平淡如水的生活是最幸福的。都说人生最大的幸运是虚惊一场，可是这种幸运没有降临到她身上，她只有面对承受。

爸爸去世已经七年了，可至今仍不敢告诉年迈的奶奶。每次奶奶问起，她总是告诉奶奶，爸爸接受了一项艰巨的保密任务，为国家做贡献呢，不能接电话；或者说他又出国了，过一段时间回来看您；或者说我爸刚才来电话了，您睡着了没叫您。其实每次这样骗奶奶的时候，心里是非常难过的。也不知道，这个谎言要骗奶奶多久。或许奶奶心里早就知道了，只是不想让大家担心。爸爸的孝顺是出了名的，不论多忙，只要有空就会回家看望奶奶，给奶奶洗脚揉背的，从来没顶撞过奶奶。村子里的人都很羡慕奶奶。

偏离的梦想

大学毕业时，妈妈问她还要不要出国留学，如果她想去就去，妈妈支持她。可是她从爸爸离开她们那一刻，她就放弃了出国，因为她放不下妈妈，她要为妈妈撑起一片天。

说到出国，她又想起爸爸曾经对她的承诺，爸爸问她大学毕业以后做什么，她说开一家影视公司。爸爸鼓励她说：“好，那你要好好加油，努力去实现，爸爸支持你。”可如今，没有了爸爸的支持，她又该何去何从呢？

还是妈妈提醒了她，到爸爸工作过的地方去，看看爸爸是怎样工作的，以解开从小就凝在心里的疑问：爸爸为什么忙？

于是，她满怀激情地来到了航天五院，如愿以偿，她成了一名航天人。在这里，她了解到了爸爸以前的工作状态和成就，更了解了航天人的奉献与拼搏。

一直以来，罗维玮只知道爸爸的航天工作很忙，忙得顾不上回家，顾不上照顾她，但具体做什么工作，她是不清楚的。

现在她知道了，爸爸先后担任兰州空间技术物理研究所（即五一〇所）研究室副主任、主任、副所长、党委书记兼副所长，参加和负责了预先研究、型号项目和“863”高技术等近30项课题，发表论文60余篇，获7项国家级和部级科技进步奖。在低能离子束技术、离子束辅助沉积薄膜技术、多层光学薄膜设计、激光微加工技术等方面取得了具有创新性和实际应用价值的科研成果。

他先后与项目组成员一起，利用离子束溅射技术、离子束辅助蒸发沉积光学薄膜技术成功攻克了类金刚石碳膜、氮化铝透红外硬质薄膜、硫化锌红外增透膜关键技术。攻克了某红外相机的红外光学镜头镀膜关键技术，从理论上首先进行了深入研究，经过大量计算和模拟，提出了一种局部优化方法，将膜层由100多层减少到48层，大幅度提高了滤光片的可靠性，并研制成功了性能优异的滤光片，经受住了比美国军标还苛刻的环境试验，达到国际先进水平，为红外相机解决了技术难题。

针对空间光学遥感技术的需要和我国大功率卫星对能源的需求，爸爸还负责开展了衍射光学技术和空间聚光太阳电池阵技术研究。在国内建立了极坐标激光直写系统，突破了连续刻写衍射光学元件的关键工艺；首次在国内开展了聚光太阳电池阵技术的研究，突破了关键技术，成功研制了适合空间应用的轻质聚光透镜。同时成功研制了多谱段列阵滤光片，还提出了多层光学薄膜混合遗传优化设计方法，此方法计算简单，全局搜索能力强，数值稳定。此后，相继指导项目组开展了飞机雷达某关键设备镀膜技术、一维光子晶体分光理论研究、电子倍增器镀膜技术研究等重要课题，均取得了显著成绩。

她还知道了，由于爸爸在真空镀膜技术和微加工技术研究的突出成就，被评为中国空间技术研究院学术带头人，还获得了2000年第三届甘肃青年科技奖，入选了2001年中国航天科技集团公司百千万人才工程，并在中国空间技术研究院“1999—2000年度型号首飞”中做出贡献，荣立二等功。

她知道了，爸爸在2007年，被人事部、国防科工委、国资委、总装备部及中科院联合授予“首次月球探测工程突出贡献者”称号，还担任了中国人民解放军总装备部卫星技术专业组成员、中国航天科技集团公司专家组成员、真空低温物理与技术国防科技重点实验实主任、《真空与低温》杂志主编、《宇航材料工艺》编辑部编委、中国真空学会常务副理事。2008年，在神舟七号庆功大会上，爸爸受到国家领导人的接见，这是她在新闻联播里看到的，等等。

面对爸爸如此多的成就和功绩，她充满了愧疚；也让她想起，高中时填简历，同学看到爸爸妈妈的介绍，和她开玩笑说：“你爸爸妈妈这么卓越非凡，你是不是抱错了?”当时她还笑答，是基因断裂，现在却让她十分羞愧。而想到爸爸如此年轻短暂的一生，她满心痛惜。同时，爸爸的一切，也激励了她，她决心，一定要像爸爸那样，把自己的工作做好。

她所在的航天五一二所，主要从事科技信息及相关技术的研究和开发，为航天器研制提供重要的技术支撑。在空间科技信息、多媒体技术、网络和计算机技术开发、影视制作、航天标准化技术、档案研究和产品体系研究方面取得了显著的成绩。

她的具体工作就是航天声像片的制作工作，她在工作中接触到很多优秀的航天工作者，他们中也有一些航二代，他们都有着很深的航天情怀。他们有着很高的学术背景和科研技术水平，他们放弃了国外优越的待遇，毅然回国投身到祖国的航天事业中，实现自己的人生价值。这些都感染着她，因此，她很珍惜这份工作。

她在这里，看着一帧帧、一幕幕航天型号素材，领略着宇宙的奇妙，领略着太空中别样的风景，感受着航天技术的神奇和不可思议。她努力工作着，她对自己要求很严格，在编片子时，她追求完美，力求一两遍就要做好。

其实，这是一个反复修编的过程，不是一两次就完成的。这样的追求，无形中给了自己很大压力。而且她很快发现，制作航天类影片和在学校学习的专业知识是有出入的，无法做到完全的理论与实践相结合。

渐渐地她开始觉得，越来越与最初的梦想偏离了，而且不是技术岗位的她，总有一些失落和迷茫，她觉得自己有些承受不了了，一度产生离开这里的想法。

压抑的她，向单位请了探亲假。她是单位第一个请探亲假的人，虽然也不好意思，但是她当时的状况，必须给自己放一个假，让自己放松一下；必须调整一下心态，重新思索自己的价值和定位。

放飞的梦想

经过一段时间的调整和沉思，以及领导同事的启发，罗维玮从沉郁中走了出来，重新回到工作岗位，重新定位了自己的未来——永远做一个航天人，放飞梦想。

她认识到，虽然她的工作不是技术岗位，却是航天事业中必不可少的环节，是非常重要和有意义的。因为中国梦、飞天梦，不是一个人、两个人可以实现的。也由此，她对航天事业和航天人，有了更深的了解和认识。

正如领导和她谈话时所说的那样，航天人的奉献，是热爱，是使命感。谈到航天人的奉献，说到爸爸的口碑和工作态度，又让她从一个层面了解了爸爸。

爸爸为人低调谦和，从来不摆架子，即便是当了五一〇所的党委书记兼副所长，也没有一点官架子。爸爸工作起来是非常严谨和负责任的。

爸爸 1995 年 8 月加入中国共产党，参加工作以来，长期从事表面工程技术、空间环境效应技术研究等科研工作，负责五一〇所承担的导航卫星、探月工程、通信卫星等宇航型号和国防重点武器装备产品的开发及科研生产综合管理工作，先后负责完成二十多项国家任务。

在完成嫦娥一号绕月探测任务中，爸爸作为五一〇所嫦娥卫星型号的指挥和技术总负责人，首先组织人员进行了各产品的详细策划，明确了资源调配、岗位责任、条件保障等管理措施，分析了影响产品质量的关键要素和控制要求以及产品保证要求，提出了解决措施；根据策划要求，重点抓责任制落实、重点项目的实施、影响产品短线的因素，定期召开调度例会和不定期召开专题例会，落实责任，协调计划；组织开展了满足嫦娥卫星项目的设计和开发，同时组织专家解决相应的技术问题。

在研制项目出现质量问题时，他能够有力地组织各方资源，带领大家开展了质量问题归零工作，在近一个月的质量工作整改过程中，几乎每天工作到深夜。由于他的以身作则和身先士卒精神，一线的科研和管理人员也忘我地投入工作中，并组织了新投产品的研制生产任务，由于组织得力，在短短两个月完成了新投产贮箱的研制，交付整星装配，完成了宝贵的型号研制计划，为整星研制进度的完成做出了积极的贡献。由于他的组织得力，领导有方，五一〇所交付的嫦娥卫星产品在轨飞行成功率100%，为保证整星供配电和有效载荷的稳定工作和任务的完成做出了积极的贡献。

爸爸的事迹，给了她很大的触动。原来，爸爸在工作中经历了那么多，况且这只是他一生中的一项科研工作。和爸爸比起来，自己的问题太微不足道了。于是她沉下心，完全投入工作中。她发现，她的工作平台，就是一扇窗，窗外的夜空，宁静迷人，那些宇宙中的星辰，一颗颗地飞进窗内，落在眼前。

在工作中，那些年轻的科学家，特别令她感动，他们都是那么优秀、敬业，那么有情怀。他们的好学、坚韧、担当和严谨，无时不激励着她。嫦娥五号飞行返回器GNC分系统（导航、制导与控制）主任设计师于丹，就是这样的一位航二代。

2014年11月1日，嫦娥五号飞行试验器返回舱安全回到了地球，成为世界上太空返回控制精度最高的一次。为了这一最高精度，于丹带领GNC团队，在没有技术参考和借鉴的情况下，经过近三年的艰苦攻关，攻克了这一难题。

年轻的于丹，参加了两个重大型号研制过程。2011年，探月工程三期正式立项，嫦娥五号飞行试验器作为首发星，返回舱要以接近第二宇宙速度——约 11.2 公里/秒高速返回地球，这在中国航天史上尚属首次，这就需要给返回器减速。作为交会对接 GNC 分系统副主任设计师，正值型号发射的关键期的于丹，又被选定负责探月三期轨道器和返回器 GNC 分系统技术总体设计工作，而返回器减速，研制周期只有 33 个月。

可他们的初期方案论证，评审专家提出了质疑，并要求 GNC 团队进行眼见为实的论证。于丹他们并不气馁，二十四小时两班倒，不间断地进行试验，在最短时间内用实际数据验证出他们的方案是可行的。

忙一个型号已心力交瘁，于丹却在重压下兼顾两个型号，真的是不要命了。到所有任务圆满完成时，他瘦了十斤，四个月没回家，也因此落了个“拼命三郎”的称号。

嫦娥五号任务中，于丹团队进行模拟飞行试验超过百万次，以确保高精度地完成任务。他们的团队平均年龄不到 30 岁，为这次任务，他的一个女同事，孩子比于丹的孩子还小，她和孩子视频对话，孩子都不认识她了，怎么哄都不叫妈妈。挂了电话，她哭得可伤心了，但平静一下情绪，立刻接着工作。

就这样，从小卫星、载人航天到探月三期，从开头研究电路板的小伙子到可以独当一面的设计师，于丹对中国航天事业的激情未曾改变，在他看来，航天探索无止境，还有太多东西要学习。

于丹和他团队的事迹，再次深深地触动了罗维玮。于丹在工作中的付出与承担，遇到困难和质疑时的坚韧与不退缩，以及他不断学习和拼搏的精神，让她想起爸爸，爸爸当初也是这样忙于航天事业，而无暇顾及家和她；让她更懂了，爸爸作为航天人，为航天事业付出一切的独特情怀；也让她萌生了继续学习深造的想法，提升自己，更好地工作。

于是她开始边工作边学习，经过几年的努力，她从一个找不到方向感的小姑娘，成长为一个独当一面的中坚骨干。现在仍坚持边工作边学习，在不断地提升自己。

她现在的工作，让她有更多的机会近距离地接近那些航天英雄，以及默默为祖国的航天事业工作的人员，并把他们的航天精神宣传弘扬。

近期，她的两个同事郑兴和张舸，荣获了共青团中央、人力资源社会保障部联合授予的“全国青年岗位能手”荣誉称号。他们都是工作在一线的航天人。

郑兴，是焊接成形制造中心的焊工，主要负责神舟、天宫、天舟货运飞船、空间站等二十多个型号大型密封舱体金属结构焊接主岗工作，曾荣获“全国技术能手”“航天技能大奖”等称号。他具有极强的焊接专业技术功底，攻克了包括天宫在内的大型舱体金属结构 VPPA 焊接难题，将铝镁钪合金材料焊接成功率提高到 100%，确保了型号大型舱体焊接工作“零缺陷”，为系列重大型号任务的圆满成功做出了突出贡献。

在重大型号任务的实践淬炼下，他逐步成长为技艺精湛的青年顶梁柱。作为一名新时代的焊接工人，郑兴用一双巧手在星船上焊就了自己的青春誓言，用自己的实际行动，践行着一线青年工匠的航天报国情怀。

张舸，现任所载人飞船总装操作指挥，一直从事“神舟”系列飞船总装工作，从神舟七号到神舟十一号，他用 13 年的高标准工作确保了我国载人航天工程重大型号任务的圆满成功。在多艘神舟飞船总装过程中，他成功攻克“盲操作”安装问题，凭借长期加班苦练，在不可见区域完全凭感觉安装直径只有 3 毫米的螺钉，练就了微小螺钉安装“一次成”，紧固力矩“一把准”的好技术。在神舟十一号飞船总装任务中，他圆满完成共计 40 余册总装工艺规定的 1 181 道工序，涉及工步数超 15 000 步，工步动作更是高达近 80 万次，圆满完成神舟十一号总装任务，交出令祖国和人民满意的答卷。张舸就像一颗螺丝钉，用实际行动践行着一名大国星船建造工匠的承诺。

两位获奖的同志，是工作在航天第一线万千青年的杰出代表，他们站在新时代的舞台上，不忘初心、牢记使命、砥砺奋进，让青春在航天强国建设的征程中熠熠闪光。

作为航二代的罗维玮，被他们的精神激励着、感染着，他们早已把航天人的航天精神、“两弹一星”精神和载人航天精神“三大精神”，融入自己的血液里。航天“三大精神”是伟大的民族精神与航天实践相结合的产物，是中国航天事业之魂，也是中国航天企业文化之魂。这些年，航天飞船从天宫到天舟，从悟空到墨子，中国航天在所有航天人的共同努力下，一步步走向辉煌。

一番感慨之后，罗维玮深情地告慰爸爸：亲爱的爸爸，请您放心，年轻一代的航天人，已经继承并在发扬航天前辈们严谨的科学态度和深切的爱国情怀。在祖国的土地上，就是种下一颗钉子，也能长出一座发射塔，笑傲苍穹。

采访手记：仰望长天，繁星浩渺，令人遐想，这充满神奇的太空，有多少不为人知的奥秘，让一代又一代的航天人，去追寻，去探索。正是这一代代的薪火相传，让我们的航天梦、强国梦，指日可待。

与罗维玮这个“90后”女孩敞开心扉的交谈，让我看到了“90后”的担当与责任，让我看到了时代的前行，必定是后浪推前浪，一代更比一代强。如果先贤有知，看到这一茬茬年轻的航天人所取得的成绩，也应笑慰心安了。

天边那块飞扬着的洁白哈达

——记北京市中关村医院放射科援藏医生董馨

许　震

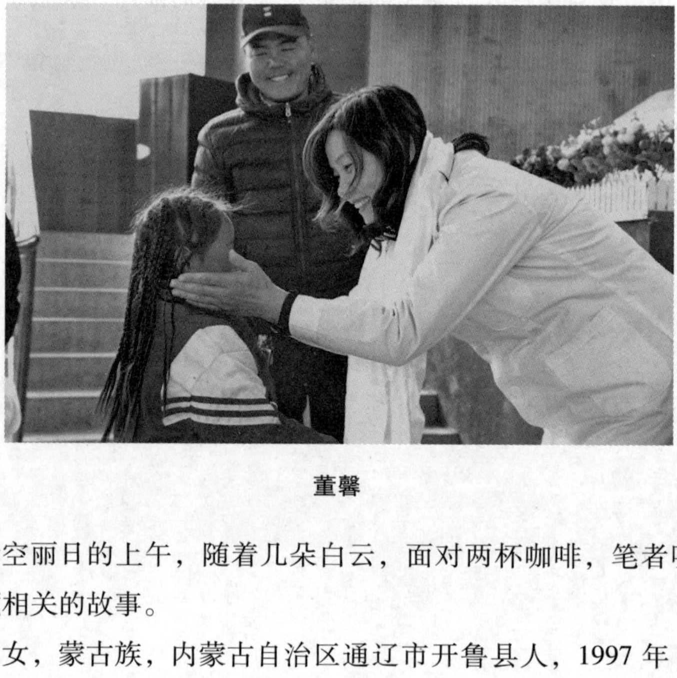

董馨

一个晴空丽日的上午，随着几朵白云，面对两杯咖啡，笔者听董馨讲述了她与援藏相关的故事。

董馨，女，蒙古族，内蒙古自治区通辽市开鲁县人，1997 年 7 月毕业于内蒙古蒙医学院，2003 年 5 月作为北京抗击非典青年志愿者，被丰台区卫生局选中，分配到铁营医院工作。2016 年 7 月作为北京市委组织部第八批援藏干部派驻到西藏自治区拉萨市当雄县人民医院工作。

从首都北京到雪域高原，刚过一个月多一点的时间，董馨经历了什么叫过山车般的生活。这剧情变化太快了，她还没有来得及反应，冷冰冰甚至残酷的现实已经摆在面前，令她窒息，让她几近崩溃……

去援藏?!

董馨要作为北京市委组织部第八批援藏干部赴藏的消息一传开，即刻在中关村医院炸了锅!

到西藏去，别说是女人，就是对许多内地的男人来说，都是有些不寒而栗，更何况董馨是一个已经过了不惑之年的女人!

董馨的家中上有七旬的父母，下有正在读小学的女儿。如果真去了西藏，这两老一小怎么办?

这女人怎么了?中年婚姻危机就在眼前，难道这女人一点顾忌也没有?她是盲目自信，还是浑然不觉?关心她、和她挺铁的闺密，曾私下提醒过她。她不以为然，她觉得自己和丈夫两小无猜，一起走过疯狂的少年、颠沛的青年，爱情早已经成了亲情，他不会舍弃她，她更不会舍弃他。

这女人想钱想疯了吗?虽说去援藏，国家会给接近三倍于内地的工资，在职务职称晋升、孩子入学方面给予一定的照顾，可是对于常年生活于低海拔的人的身体健康是有影响的。

熟悉董馨的人知道，她绝对不是一般的人物，可以说是一个响当当、硬邦邦的“女汉子”。困难在她面前就是磨刀石，她就是那磨刀石上锃明瓦亮的那刀，愈挫愈勇，愈挫愈强。1997 年大学一毕业，一位单身女子就独闯京城，自费来到中国人民解放军空军总医院学习 CT 诊断，第二年回到内蒙古通辽市科尔沁区第一人民医院，从事 CT 诊断工作。2000 年结婚后，她第二年以合同医师的身份，又一次来到空军总医院工作。2003 年 3 月，在北京几乎空城和谈“非典”色变的重压下，董馨不仅选择了坚守，而且勇敢申请了北京市抗击非典青年志愿者，后被丰台卫生局选中，分配到铁营医院从事与非典病人直接接触的放射工作，多次深入发烧门诊。因在“非典”期间表现突出，第二年 8 月，董馨正式调入北京市丰台区铁营医院放射科工作。

对于坚决去援藏，一说话先笑的董馨，到现在自己也说不清这种勇气和力量来自何方?是内蒙古通辽辽阔的科尔沁大草原造就了她?是父母就她和妹妹两个女孩，自小养成了男孩的性格成就了她?还是大一就入了党的她，作为共产党员就必须有这种担当和责任?

2016 年 6 月初，中关村医院接到区卫计委的通知，要求中关村医院选派一名从事妇产、急诊或放射工作医务人员去援藏，时间一年。通知一下达，领导们就从这三个科室准备了六个人，可是这六个人当中，不是身体体检不合格不适合到西藏去工作，就是家中有这样或者那样的困难。就在这个时候，董馨毛遂自荐地站出来，提交了申请。她斩钉截铁地说，自己能行，一定能行！身体没有问题，家里没有困难，自己父母身体健康，能帮自己带孩子。老公更是没有问题，和老公是从高中一路走来的老乡和同学，这些年和他风里来雨里去，从来没有含糊过。

回到家中，董馨把提交援藏申请的事情以及单位面临的现实情况，一五一十地向父母说了。父亲没有立即表态，沉默了一会儿，然后一字一句地说："去吧，作为党员，援藏是大事，只要组织上批准你，我就全力支持你！"董馨了解父亲，作为1983年入党的老党员，在县农业局当干部多年，最知道女儿想去干什么，也知道女儿的性格。母亲叹了口气说："你去援藏我没有意见，但你女儿昱儿还在上小学，马上就要小升初，你也是一个当妈的人呀！还有，你也是41岁的人了，你的身体能吃得消吗？"董馨认真地看了一眼母亲，然后娇嗔地叫了一声"妈"！

虽然多少有点小插曲，但是父母和丈夫对董馨援藏的事基本算是一路绿灯，中关村医院也开始了实际操作阶段，6月22日去体检，6月30日参加北京市委组织部第八批援藏、第三批援青干部培训会。

7月22日上午，丈夫亲自把她送到首都机场，董馨和她的援友们中西医结合医院邓海燕、四季青医院马宏艳等乘坐SC4125航班飞向了她梦中的天堂——西藏。董馨成为中关村医院有史以来第一位援藏干部。

据了解，近年来，卫生援藏任务逐步增加。2010年至今，海淀区卫生计生系统已累计派出援边干部21人，其中援疆干部11人，援藏干部10人。本次援派任务为组团驻点帮扶，支援计划共5年，每年派驻5名同志执行援藏任务，一年轮换一次，对口支援拉萨市当雄县人民医院。2016年参与援藏任务的5名同志分别来自海淀区人民医院、中关村医院、中西医结合医院、四季青医院。其中，海淀区人民医院的2名同志已于6月中旬先期进藏。

当雄属于冈底斯——念青唐古拉山地带，念青唐古拉山横贯全县。境内草原占总面积的30%，海拔最高7 200米，平均海拔4 200米。地势呈东北高、西南低，属于高原温带半干旱季风气候区。当雄县是纯牧业县，以饲养牧牛、绵羊、山羊、马为主，还饲养少量的黄牛、犏牛和骡等。

董馨一到西藏拉萨，就有些欣喜若狂，仿佛来到了她早就向往的精神的故乡。这里有直抵她心底的湛蓝，这里有通透她灵魂的阳光，这里有经久不息的梵音，这里弥漫着匍匐于大地的虔诚。

“是谁带来远古的呼唤，是谁留下千年的祈盼，难道说还有无言的歌，还是那久久不能忘怀的眷恋，哦——我看见一座座山一座座山川，一座座山川相连，呀啦索那就是青藏高原……”她走在拉萨市的天街上，哼唱着《青藏高原》的歌曲，看着雄伟的布达拉宫，童年的梦想在飞扬，犹如希望奔跑在科尔沁大草原上，大片大片的云朵像是放牧的绵羊，在这离天最近的地方，冥冥之中，她仿佛游荡在自己梦想的天堂！

董馨进藏后遇到的第一个节日就是拉萨雪顿节。拉萨雪顿节是西藏知名的传统文化节庆活动，被列入国家非物质文化遗产名录，先后获得“中国十大节庆”“节庆中华十佳奖”“中国十大品牌节庆”等多个荣誉，是展示拉萨形象、吸引海内外游客来西藏观光旅游、吸引商家来拉萨投资兴业的重要窗口和平台。

董馨清楚记得，2016 年 8 月 18 日拉萨市人民政府办公厅专门下发了雪顿节放假的通知。2016 年雪顿节放假调休 7 天，9 月 1 日（星期四）至 9 月 7 日（星期三）放假调休。按说性格开朗大方、活泼好动的董馨，应该好好享受下难得的闲暇时光，她应当骑上大马陪牧民去放牧，她应当抓一把白云擦去在首都经年劳累的汗珠。可是她没有，她产生了无限的失落，感觉好像有什么东西落在了首都一样，有一种说不清的牵挂。是年迈的父母亲，是准备升入初中的女儿，还是与自己相濡以沫的丈夫？董馨说不清，理还乱。于是，她向援藏办领导和当雄县人民医院请了假。

问题就出在她丈夫身上。一到北京，她家的天就塌了，丈夫天天同她吵，甚至直接向她提出了离婚，离婚！

怎么了？到底怎么了？董馨叫天天不应，呼地地不灵。7 月 22 日离开北京时，她还依偎在丈夫身旁，丈夫亲自把她送到首都机场，在大庭广众面前他还拥抱了她。而今天，也就是一个月零七天后，丈夫竟移情别恋，形同陌路？

丈夫离开她的理由很简单，直白地告诉董馨：他要过他想要的生活，他要对他自己的人生负责，他要去寻找一种新的生活！

董馨哭了，哭得天昏地暗。

董馨怎么也没有想到她与丈夫的感情薄如蝉翼，危若累卵。她与丈夫少年相识，从同学到朋友，从朋友到恋人，从恋人到夫妻，整整 27 年！27 年的情感一个月竟消失殆尽？他们俩走过了莽撞青涩的少年，颠沛流离的青年，难道安稳幸福的中年就永远没有？再说，你可以不爱我了，也可以不要我，可是你难道连自己亲生的女儿都不要吗？董馨百思不解。

9 月 4 日那天，狠心的丈夫没有和家中的任何一个人打招呼，直接从家中搬走了，搬走了他对这家的情感，搬走了他认为值钱的可以轻易能带走的东西。

董馨一下子瘫软在床上了，没有了面对家人和社会的勇气，没有了返回西藏的力量。人人羡慕的、温馨和谐的三人小康之家，怎么一个多月就分裂成两瓣？尚未成年的女儿怎么面对缺少爸爸的天空？董馨随即开始了整夜以泪洗面。

心细的老妈毕国贤见董馨哭，就偷偷地到另一个房间里去抹泪。董馨在这个房间大声哭，老妈在那个房间里小声哭。董馨哭自己的女儿昱儿命苦，女儿呀女儿，你生下来只有四斤八两①，你这刚满 12 岁就要面临一个单亲家庭！老妈也哭自己的女儿董馨命苦，为了你所说的所谓爱情，放着通辽的大房子不住，来北京住地下室，你说丈夫如何对你好，如何爱你，他为什么在你刚去西藏一个多月，就背叛你，就要提出和你离婚？

开始的时候，两个女人分开哭，都哭自己的女儿命苦，都怕让王董昱看到。后来，娘儿俩直接抱在了一起哭，你帮我抹泪，我帮你擦脸。两天后，老妈毕国贤好像哭够了一样，突然哭醒了，一把抓过董馨，一字一句地说：“答应了组织的，就是签了生死契的，女儿呀，再苦再难也得去！咱不蒸馒头争口气，咱们要让天下的女人知道，没有负心男人的日子过得一样好。女人

① 1 两=50 克。

自己也能撑起一个家，也能顶起一个天！”

每个人都有选择自由和生活的权利，对于自己的婚姻出现变故，受过高等教育的董馨理解也尊重丈夫的选择，但是这种变故来得太突然了，让她有些无所适从，让她有种惊天动地、晴天霹雳的感觉。在老妈毕国贤的逼迫和鼓励下，9 月 6 日，董馨红肿着眼睛，说不清是恨还是爱，说不清是伤还是痛，迷迷糊糊地坐上了飞往西藏的飞机。

一下飞机，董馨这次高原反应格外明显，头痛耳鸣，胸闷憋气，恶心呕吐，腹泻，晚上都无法安睡，必须靠安眠药才能勉强睡着，几乎每个小时都会因为缺氧而憋醒，早晨起来口干舌燥，还流鼻血，轻微的运动就会让她的心率上升到 120 次/分钟，血氧持续在 80% 左右，吸氧后的血氧才能维持在 90% 左右，没有一点食欲，什么也不想吃……

病人把命交给你，包括他的全部隐私和所有信任，作为医护人员你该怎么做？人们为什么把医护人员叫白衣天使？董馨深深懂得所谓白衣天使，就是神的使者。作为神的使者，董馨用一颗真诚的心以及天使翅膀带给她的所有信息和能量，帮助她的患者在生活的天空健康、快乐地去飞翔。

我们想象中的天使是什么样子呢？第一，天使有翅膀会飞翔，常常是在天堂和人间飞翔。第二，天使经常在神不知鬼不觉的时候进入人的梦境，宣告上帝的旨意，拯救人们的疾苦。第三，天使常常能够给人们带来福音，不管是宗教或者是人间传说，天使常常是祝福的代言人。

为什么把医护人员叫白衣天使？在古希腊神话中，有一位叫赫尔墨斯的天使，是健康的守护神，而医护人员这个职业正是契合了他的职能，因此许多人认为医护人员是赫尔墨斯的化身，是上天派来的拯救人们心灵和病痛的使者，是为人造福的救星。另外，据说还与近代护理学创始人弗洛伦斯 · 南丁格尔有关。家境富裕的南丁格尔放弃了众多相对高贵的选择，主动做起了照顾病患的护士，在前线医院幽暗的黑夜里，她穿着白色的衣服手提油灯，穿梭在伤患的病房中，照顾伤员和病患。大家从远处就看到了她，开始以为是天使来了，走近才知是南丁格尔！后来，人们就把南丁格尔从事的职业比喻为白衣天使。

董馨说，作为一个医生，就应该设身处地站在病人的角度、以心换心地行医看病，就应该多一些温情善语，多一些医疗行为之外的生活指导，这对病人及家属是一种莫大的慰藉和一服良药。董馨觉得治人一病就实现了一次人生的价值，那种愉悦绝非金钱或者其他所能代替的。

2017年3月的一个夜晚，风呼呼地刮个不停，雪花拍打着董馨宿舍的门窗，在蒙蒙眬眬中，她似乎想到了关于生与死，关于父母，关于昱儿，关于当雄医院和善良厚道、诚实守信的藏族群众，关于中关村医院人与事，又似乎什么都没有想，静等着雪花这精灵飘落在这苍茫的大地上，静静地落在每个人的心里，然后将自己淹没，将自己涂抹成和大地一样的颜色。

加湿器开了两个，鼻子已然充血，嘴唇依旧干涩，眼睛肿胀欲裂。董馨看看钟表，虽然时钟刚过深夜一点，却因为缺氧自己被憋醒了三次。她下意识地揉了一下自己的眼睛、眉毛和鼻子，想想可能自己房间的氧气没有了，等天亮后去灌点新氧。这里的黑夜比北京来得晚，黎明也比北京来得迟许多，几乎到了八点之后才会微微亮起。董馨听到手机中微信传来了一个声音，接着看到手机一端的指示灯亮了。谁呀？这么晚了还不睡？是昱儿，还是其他的谁？不可能是昱儿，这孩子一般是早睡早起，这大半夜的早已经进入梦乡了。在这个世界上，除了昱儿还需要牵挂谁？父母亲？他们不习惯用手机，更不会用微信这新玩意儿了。

在黑暗中，董馨打开了手机屏保，点了一下微信的界面，她低头一看，是阿美的。阿美问："老师，睡了吗？"

这微信似路边盛开的格桑花浅浅的微笑，在这凌晨一点给她带来些许温暖，董馨歉意地给阿美回复道："不好意思，我刚才睡着了！"然后是一个拥抱和一张笑脸的表情包。

突然，一个黑影从她窗外闪过，不是猫，也不是狗，吓得董馨打了一激灵。她听护士拉巴卓玛的电话说过，当雄有不少大型食肉野生动物，如秃鹫、猞猁、狼、豹等，也有不少藏羚羊、野牦牛、藏野驴等食草野生动物，它们对人都有攻击性，更有数不清的野狗占地为王，夜间常常为领地撕咬，歇斯底里，发出恐怖瘆人的号叫。

董馨越想越害怕，越害怕越想。她拿起手机拨通了护士拉巴卓玛的电话。拉巴卓玛说："董老师，您别怕，稍候我来陪您。"董馨清楚地记得当雄医院这些藏族同事对她的关爱。她刚到当雄医院的时候，因为语言不通、生活习惯不同和高原反应等原因，董馨很难适应这里的环境，甚至有打退堂鼓的想法，是巴桑院长给了她无微不至的关怀，找她谈心谈话，帮她清理房间卫生。董馨从小怕打雷，西藏的雷声是她听过的最大的，好像连大地都要震裂开一样。第一次打雷，她被吓蒙了。次旦央吉、拉巴卓玛等藏族同事知道了，天气一变，就来她的宿舍，陪她聊天，给她唱歌，动情地评述藏区的故事，虽然董馨听不懂她们的话，但是看她们脸上洋溢的笑容，就知道她们的内心有多善良，知道她们对她有多关心。

拉巴卓玛又接着说："好像是阿美找您，她的哥哥伤了，被牦牛顶伤的，现在在急诊室，想找您看看片子。"

病人有病不能不管，这是作为医生最起码的职业道德，更何况要面对自己同事的哥哥！

董馨穿上衣服，拉亮电灯，习惯性地拿起手机就要往宿舍外走。这时手机突然响了，一个陌生的号码打了进来："老师，我是阿美！能帮个忙吗？"董馨这才想起认识阿美半年多了，竟忘记了存储她的电话号码，有些为自己的疏忽大意而自责。

董馨一只手拧宿舍房间的门，一只手抓住手机，紧贴在耳根处，急切地问："听说你哥哥被牦牛顶伤了，在急诊室，现在怎么样了？"门一开，一股冷风"嗖"地一下冲进来，宛如一只巨大的雪豹，迅速将董馨捕获，脸好像被针轻轻地刺了一下，隐隐作痛。被窝和空调房里的热乎劲一下子消失殆尽，寒气迅速将她笼罩，从外到内地透心凉，董馨禁不住打了一个寒战。

借着路灯的光芒，董馨发现冻得瑟瑟发抖的阿美矗立在离宿舍门 2 米远的地方，低着头，几乎半跪着，佝偻的身子上挂满了雪，充满高原红的脸庞被这风雪交加的夜晚浸染得更加紫红了。

看到阿美在风雪夜中伫立的样子，董馨鼻子一酸，心痛得想去深深地拥抱她。而阿美丝毫没有注意到董馨表情的变化，仍是低着头，像个做错事的孩子，一个劲地致歉说："老师，我在您窗外等了好久了，我哥哥阿德被牦牛顶伤了，在医院急诊科，我想请您看看片子，可我不敢敲门叫醒您，对不起老师！"

阿美又是作揖又是道歉。董馨听到了阿美道歉的话，既没有安慰阿美，也没有同她寒暄，而是拉上阿美就往急诊科跑。

风在天上怒吼，雪在地上乱窜，楼梯的台阶在她们的面前蹦蹦跳跳地展现，董馨全然没有感觉到，趺趺撞撞地消失在风雪中，消失在楼梯的拐角处。左转右转，一路小跑，董馨和阿美很快到达医院急诊室。

一到医院急诊科，看到躺在病床上呻吟的阿德，作为当雄县人民医院副院长的董馨，像一位拥有雄师百万的将军，一会儿让司令部撰写作战计划，一会儿让政治部做好政治动员，一会儿让后勤部备好粮草车马。几个电话下来，阿德伤情检验和处理需要的几个科室全部通知到了。

经过近半个多小时的忙碌，董馨初步判断，阿德伤情比较严重，不仅有皮外伤，而且经过拍片和简单的化验，腹部密度欠均匀，血色素偏低，等等。具有多年临床经验的董馨断定，必须安排阿美哥哥转诊到上级医院，并且尽快做手术治疗。

一听说阿德要住院做手术，阿德的家里人都摇头说不行，坚决不同意。

董馨把阿美急拉到诊室的一角，小声说："你哥哥的伤情很重，我怀疑腹部脏器有损伤，必须住院手术。否则，会有生命危险！"

阿美看到董馨坚定不容怀疑的样子，便跑到父母、嫂嫂和一同送阿德来医院的人身边做工作。

病情就是心情，时间就是生命。阿美和家人讨论来讨论去，阿德是不是手术迟迟定不下来。时间一分一秒地过去，再看看病床上痛苦挣扎的阿德，董馨有些着急了。她三步并作两步走过去，拉住阿美的手抚摸着，然后神情专注地对着阿美的家人说："这样吧，我送你们去拉萨市市里的大医院，那里有比我高明很多的医生，让他们帮忙看看，能吃药就吃药，能打针就打针，尽量避免手术治疗，行吗？"董馨的口气中带着些许怜悯、同情，甚至有些威逼或者说命令。

看到这个样子，阿美几乎要跟家人跪下了，小声抽泣着说："阿爸，阿妈，咱们先听老师的，老师是大医师，是专家，她非常理解我们，尊重咱们！如果不是非去不可，老师是不会说的，再说去了也不一定非做手术不可！"

就这样，在半推半就或者说威逼利诱下，阿德在昏迷中被抬上驶往自治区人民医院的救护车。

为保证病人一进医院，能以最快的时间就诊治疗，董馨一出当雄就联系了时任西藏自治区人民医院副院长的周建，周副院长是医学博士，同样是援藏医生，来自首都医科大学附属北京口腔医院，她让他帮忙组织人员第一时间对阿德实施抢救。

周建副院长接到电话后答复得很干脆，并且掷地有声："好的，董医生，请放心。我立即组织援藏专家在医院待命，只要你们一到，我们就第一时间对病人实施会诊！"这一席话，给董馨吃了定心丸，让她深切地感受到所有援藏干部都是党和政府选派的优秀人才，都是具有强烈担当和奉献精神的。

天黑，山高，风大，雪紧。董馨似乎把从医 23 年来所有的经验几乎都用上了，从当雄县到拉萨近 160 公里的路程，她想尽了一切办法缓解病人痛苦，稳定病人家属情绪。道路不平，车辆颠簸严重，董馨和阿美就轮流揽住阿德的身体，病人渗出的鲜血把董馨的白大褂都染红了。病人家属恐慌，董馨不会说当地的语言，就不时用肢体语言同她们交流，不时拍拍他们的肩膀，握握他们的手。当救护车到达羊八井镇时，病人的血压越来越低……董馨万分着急，在对阿德不间断地实施紧急救护的同时，不停地向周副院长报告自己的位置，说明病人的情况，向他讨教在这种情况下紧急救护的方法和手段。

到达自治区人民医院时，已经凌晨 5 点多了。经过三个多小时艰难跋涉，董馨几乎疲惫到了极点，面色苍白，嘴唇青紫。不过，这些好像她一点察觉也没有，到自治区人民医院后，又投入抢救病人和与病人家属的联络当中。

周建副院长带领的专家团队一直在医院等候，病人一到，就投入了紧张的救治当中。经检查和诊断，病人确诊为外伤性多脏器损伤，脾脏破裂，双肾挫伤，需要立刻手术。

一听说诊断结果是这样，不知道是阿美被董馨的真诚感动了，还是有着现代医学知识的阿美彻底想通了，她一下子扑到董馨怀里，握着董馨的手，哭着说："董老师，我一切都听您的，只要哥哥能活着，阿妈、阿爸的工作我去做，自治区人民医院的老师说该怎么样咱就怎么样，该手术就手术吧！"

经过周建副院长带领的专家和自治区人民医院的忙碌，阿德手术圆满顺利，转危为安。

一个月后的一天，阿德拉着他的妻子和父母、岳父母特意从牧区来，专门到当雄医院向董馨道谢。一见董馨，他们把哈达举过头顶，在医院的大厅里，六人几乎同时匍匐在地……

世界文学大师泰戈尔有一首诗这样写道："把我的生命从尘埃中捡起……在岁月中高举，在死的阴影里把它收起，和你的星星一同放进夜的宝盒。早晨，让它在礼拜声中开放的鲜花丛里找到自己。"在尘埃中捡拾生命，救患者于疾患，董馨像一片洁白的云朵，绽放在广袤的青藏高原上。

援藏援什么，就要传送党和政府的温暖与力量。作为援藏医生就要传递医生的仁爱、圣洁、无私、宽厚……X 光机能照射人骨头的框架，而高原雪域能反射人灵魂的高下。缺氧不缺工作精神，失眠决不能失医德和人间大爱，唯有用自己的全部才能真正回报党和政府的信任、嘱托。

初到当雄县人民医院，董馨发现，医院的医疗服务硬件和软件与内地普通医院相比有较大差距，特别是她所在的放射科，无论仪器设备、技术手段，还是服务水平，都存在一定不足。面对这些，在援藏的一年里，董馨几乎每天组织当地医护人员开展业务学习，尽可能地把规范操作和影像诊断教给他们。他们一遍没记住，董馨就给他们讲两遍、做三遍，直到他们牢牢掌握为止。同时，注重结合实际病例开展业务学习，向当地医生传授影像先进技术方法，帮助放射科医生树立正确的临床思维，定期讲授 CT 原理、基础知识及典型病例。另外，董馨还从建章立制入手，和队友们一起修订完善了《医院管理制度》《诊疗与操作技术规范》等。经过一年的努力，当雄县医院放射科的医疗水平有了显著提高，初步形成了一支"本土"医生为主的医疗队伍，保住了一支带不走的高水平医疗队，得到了当地卫生行政部门与医院领导的高度肯定与赞誉。因为董馨的优异表现，大家都希望她再留下一年，还专门向上级相关部门打了请示。

2016 年 10 月初，一次偶然的机会，董馨结识了西藏天堂书屋的老板老潘。在老潘的组织下，董馨先后参加了多次义诊活动。当年 12 月 20 日，经过一个多月的准备，她同北京援藏医生于海梅、张雁、窦俊红，以及当雄县医院内科医师次旦央吉、护士拉巴卓玛，组建了六人义诊医疗小分队，到纳木湖乡中心小学义诊，先后筛查出先天性心脏病 2 人、肾结石患儿 4 人、心理障碍患儿3人、脊柱侧弯畸形5人、妇科疾病3人……其中，一名患有肾结石的儿童叫次仁，家长希望通过医疗小分队帮忙为他联系手术，后经董馨多方联系，又是通过周建副院长在西藏自治区人民医院为患儿次仁进行了手术治疗。

2017年春节休假期间，董馨把藏区的孩子生活条件十分艰苦的情况专题向中关村医院党委作了汇报，得到了医院党委的高度重视，在院党委书记陈峥的呼吁下，中关村医院全院职工为纳木错小学的学生捐献书包、文具等学习用品和帽子、手套等御寒物品20多箱。另外，董馨还加入了“双闪志愿者爱心车队”，先后6次参加捐助和捐资……

离开当雄医院之后，董馨经常梦里回到拉萨，时常通过微信、电话与当雄医院的那些兄弟姐妹联系，当雄的一草一木深深地镌刻在董馨的记忆里。这不禁使笔者想起了董馨讲过的一个关于西藏的美丽传说：说好久好久以前，所有的花都是同一个妈妈的女儿，这些女孩都生活在一个大家庭里。格桑花和雪莲花曾经是一对孪生姐妹，后来因各自性格及长大后的目标不一致而分离，雪莲花选择了高高的喜马拉雅山，格桑花在经过西藏国师八思巴一段时间后，非常想念雪莲花，便千里迢迢跋涉前往喜马拉雅山，去看雪莲花。格桑花到喜马拉雅山的时候，雪莲花已经被冰雪覆盖成了洁白的花状。格桑花很伤心，便变成鲜花陪伴在雪莲花之旁，之后她们永远在一起了。

这格桑花不是董馨吗？而那一朵又一朵的雪莲花不就是当雄医院的那些兄弟姐妹吗？董馨从通辽的科尔沁草原一路走来，而她的情感却与雪域高原的当雄再也割舍不下，甚至成了她灵魂的故乡。

采访完董馨，咖啡厅里放起了一首深远且嘹亮的歌，这首歌的歌词是这样写的：“哈达是蓝天一朵白云/哈达托起了雪山红霞/哈达就是美丽的格桑花/哈达让我回味酥油茶/哈达是我纯净的心/我把它献给雪山哨卡/哈达洁白的哈达哟/哈达把人间真情铺洒/哈达让我牵挂高原的家/哈达是我纯净的心啊/我把它献给祖国妈妈……”

采访手记：采访援藏医生董馨的过程，就是一个渐渐被感动和感化的过程。

一位医生应当做什么，作为放射科的医生援藏援什么？我一直思考这个问题。随着与董馨的接触，我发现不管什么科的医生美德都是一样的，都有共同的责任和使命，都是救死扶伤的神的使者，都会用一颗真诚的心以及所学到的医学知识，帮助患者解除病痛。董馨做到了，作为党员，当组织召唤时，她义无反顾地去援藏；作为医生，她悬壶济世，总是冲在病患最需要的地方；作为援藏干部，缺氧不缺斗志，她总是时时刻刻传递着党和政府的温暖和关怀，巩固着党的执政根基。

董馨在藏族同胞心中就是那格桑花，就是那天边飞扬的白色哈达。

心中有一片辽阔的世界

仇秀莉

张宇轩

东莞，位于广州东南、珠江口东岸，南邻深圳，是广东重要的交通枢纽和外贸口岸。改革开放四十年来，这片土地上发生了许多奇迹——凭借发达的制造业，东莞成为“广东四小虎”之首，获得了“世界工厂”的美誉。尽管城市面积仅有 2 465 平方千米，但莞邑大地就如同敞开的窗口，吸引着来自全国各地一批又一批的寻梦人。多年后，他们的后代中涌现出了许多优秀青年，目前就读于北京大学国际关系学院外交学专业的张宇轩就是其中一位。他凭着爱拼才会赢的精神，勤奋学习，终于成为大家眼中令人羡慕的北大研究生，亦成为北京高等院校中唯一参加海淀区百姓宣讲团的大学生。他一次次走上讲台，讲述着他眼中的中关村，回顾着近些年来发生在他身边的社会巨变。一句句发自肺腑、真情实感的话语，引发现场观众阵阵热烈的掌声，人们从他身上看到满满的正能量，看到朝气蓬勃的青年人正激情满怀地成为祖国的希望与未来。

一

张宇轩的老家在湖南衡阳，父母曾是县城一家国企的普通管理人员。十多年前，由于他们所在的单位改制，两人几乎同时成为下岗职工。今后的出路在哪里？今后将如何发展？今后的路该如何走？事关未来的一系列“大问题”，成为这对夫妇必须直面的抉择。

那一年，张宇轩的父亲从电视新闻中了解到，东莞与深圳、广州是广东省内吸收外来务工人员最多的三座城市，其总量占到了广东省的半数以上，东莞独特的地理位置为香港的产业转移提供了广阔的“大后方”。

经过再三思考，张宇轩的父母决定一路向南，投身到东莞庞大的打工队伍中，儿子则寄放在姥姥家里。那一年，张宇轩六岁，还只是一名二年级的小学生。

父母不在身边的日子里，张宇轩成了人们常说的“留守儿童”。懵懂中，他只觉得父母南下打工，就是为了给他挣钱，供他读书，改善生活条件。但外面的世界是什么样子？父母在外面又是如何打工？他一无所知，幼小的心灵深处对外面的世界充满了好奇，对未来充满了向往。他每天回家的第一件事，就是按时完成作业，自习功课，小小年纪养成了很强的自律性。

也许是张宇轩从小继承了父亲爱学习的基因，五岁他就上了一年级，而且成绩在全班同学中总是名列前茅。那时，他回家后，拿着成绩单还可以在父母面前露出得意的笑。然而，父母南下打工后，没有了父母的爱，让他内心很失落，时常在梦中看到父母伸出双手拥他入怀，享受着暖暖的亲情。时间一天天过去了，年少的他不知偷偷掉过多少泪。

一年后，张宇轩的父母终于带他踏上了前往东莞的列车，一家人再次团聚了，可以天天看到父母了，这让他很是兴奋。多年后，他才明白，为了这一天，父母在东莞付出了太多的汗水与艰辛。

一家人在当地租了一间仅有30平方米的小房间，里面有独立的厨房、阳台、洗手间和一间卧室。虽然居住的条件很简陋，但对于他们一家三口来说，团圆比什么都重要！

因为无法在当地落户，张宇轩没有机会入读当地的优质公立学校。父母担心找不到师资条件好的学校，会影响到孩子的学习成绩。那些天，父母四处奔波，到处打听，希望能在附近的几个镇为儿子找到一所条件相对好的学校。功夫不负有心人，几经寻找，张宇轩最终入读了一所专为外地打工子弟设立的、师资条件还不错的民办学校。

七岁的张宇轩开始在这所小学读三年级。虽然张宇轩在班里年龄最小，但他的学习成绩总是排在年级前几名，这让同学们很是敬佩，也让每天忙于工作的父母感到无比欣慰。

在这个陌生的学习环境里，他也遇到了很多困难和挫折。这里很多学校从一年级开始就设立英语课，部分小学生到三年级时已经能进行简单的英语对话。这让张宇轩一下子傻了眼——当时他只会说家乡话，普通话还没完全熟练掌握，如今又需要学习一门外语。他过去连英文字母都没系统学习过，更别提完整的英语单词和英语对话了。在此情况下，张宇轩没有气馁，决心从简单的字母学起，认真听好每一节英语课，做好每一项作业，记好每一个单词，不懂就问老师、问父母、问周围的同学。终于，他在较短的时间内，赶上了其他同学。

虽然父母所在的工厂因为搬迁而换过一次学校，也因为民办学校老师更换频繁而遇到过一个学期换一个班主任的情况，但张宇轩性格乐观，与同学们相处得非常融洽，让他顺利而快乐地度过了在东莞的四年小学时光。

在小升初时，张宇轩的内心受到了巨大冲击。原因是他作为外来打工子弟，尽管父母凭着辛勤的工作，把全部积攒的钱在东莞买了一套50平方米的房子，但他们的户口不在城区，无法在东莞读最好的公立学校。当他的父母听说，还有唯一的办法就是需要靠积分摇号，两人跑到很远的区去摇号，仍然没有摇到名额。两人好不容易找到一所私立的初中学校，师资很好，但学费价格很高，对于刚买了房子，还未还清贷款的家庭来说，一年三万元的学费成为家中沉重的经济负担，全家人只能选择放弃。

开学那天，当张宇轩很无奈地背着书包，走进东莞普通的初中学校时，回头看到父母眼神里流露出伤心与无奈的神情，他暗下决心：一定要好好学习！不能让父母失望！

在初中的三年里，张宇轩学习劲头十足，如同安上了发动机，他把语文、数学、政治、英语等课程都当成了一座座有待攻克的堡垒，强烈的求知欲更让他感受到了在知识的海洋中畅游的乐趣。经过三年努力，他在同学中又一次脱颖而出，以优异的成绩，考上了东莞最好的公立高中。三年后，又以优异的成绩考进北大。当时最让他开心的是，父母再不用为学费的事发愁了。

张宇轩想起父母送他入学的那天的眼神，他发自内心地感激父母："我算是很幸运的打工子弟了，当年，许多外地打工子弟的父母没有在当地买到房子，也没有取得当地的户口，只能回到故乡学习生活。曾和我在一起读小学的同学又回到农村，有的不上学了，还有的早早去外地打工，重复着父母当年走过的路。如果父母当年没有给我打下坚实的基础，没有解决住房和户口，我也跟那些同学一样回到农村，命运将会是另一个样子了。"

如今，随着东莞外来人口的增多，相关政策也越来越完善，大部分外来务工人员的子弟，都有机会进入师资力量较好的学校就读。在很多学校，外来人口子女的比例甚至已经超过了本地学生。这也从侧面说明，改革开放以来东莞的人口结构已经发生了深刻变化，外来人口已经融入本地。

二

"北大是什么样？""首都北京有没有变样？""中关村电子产品街与电子制造业为主的东莞有什么不同呢？"17 岁的张宇轩带着好奇与兴奋的心情，带着对未来的美好憧憬，带着北大的录取通知书，离开了已经生活了十年的第二故乡东莞。

2013 年 8 月底，张宇轩由南至北跨越大半个中国，前往北京大学国际关系学院报到，正式成为一名北大学子。命运之神再次垂青了这个爱学习、敢拼搏的小伙子，他是家乡人眼中的骄傲，是打工子弟学习的楷模，更是父母眼中的希望。

坐在北上的列车，张宇轩内心很是激动，他想到了自己曾与北京有关的点滴记忆：2009 年 7 月，小姨到北京出差，带着正读初二的他和表弟来到首都，在一个星期的时间里抽空带着小哥俩游览了故宫、颐和园、动物园等著名景点。中国的家长历来“望子成龙”，外地家长只要带孩子来北京，北大清华自然是必去的目的地。张宇轩和表弟也不例外，他俩在小姨的带领下参观了清华大学，但因为当时北大执行了更为严格的入校管理，三人并未能如愿进入北大校园参观，只是站在北大的门口住里望。看着北大学子们兴奋地出入校门时，他的内心滋生出羡慕的情愫。

“北京，我终于来了，让我深情地拥抱您吧！昨天，对于我来说还是那么遥不可及，今天置身其中竟如此亲切。”如今，张宇轩凭着自己多年的努力，成为北大的学生，一种自豪感从心底升腾着，自己终于有机会能弥补过去的遗憾了，一定要好好看看这个如同公园般的著名校园。

谈到初至北京求学的感受时，张宇轩将其比喻为“圆梦之旅”。他形容那时的心态，如同初次进城的乡下孩子，突然间来到梦寐以求的学习环境，自然而然地生发出既兴奋又好奇，既感动又神圣的心情。

一晃五年过去了，每当张宇轩回想起那一幕幕情景时，初到北京的兴奋与豪情仍记忆犹新。开学之初的那些天，他一直处于好奇的状态中，几天内，他逛遍了北大校园的各个角落，最让其流连忘返的则是藏书众多的北京大学图书馆。

按人们的猜测，张宇轩在商业气息浓厚的东莞生活学习了十年，本应该在填报高考志愿的时候，首先报考经济类专业，但他竟对政治学如此感兴趣！笔者为此疑惑不解。

谈及此话题时，他笑道：“从上初中开始，我便对政治、历史、军事等领域很感兴趣，平时爱看新闻和各种评论节目，也看了很多相关书籍，所以这种兴趣是一以贯之的，我对大学选择学习政治学专业的意愿非常坚定。”

高考结束后，张宇轩如愿报考了北大国际关系学院的国际政治专业，他的父母都很尊重儿子的选择。幸运的是，那一年北大在广东省的文科录取线是666分，而张宇轩在高考中恰好收获了这个“幸运”的分数。

考入北京大学是许多学子梦寐以求的事，在最高学府求学更是张宇轩学生生涯中最幸福的阶段。过去几年间，畅游于知识的海洋，让他的思维更加开阔，如同打开了一扇瞭望世界的窗口。

人生中总有无数个惊喜，为那些勤奋的人准备着。2016 年 9 月，因为张宇轩学习成绩出色，顺利获得北大保送研究生的机会，这也让他更加深切懂得：机遇对每一个人都很公平，但前提是必须勤奋好学、积极向上。这些年，中国的经济飞速发展，也越来越彰显出大国的风范。历经几十年的外交风云，中国在世界的舞台上起着举足轻重的作用，个人的命运与国家的命运越发紧密地相连。想到这些，张宇轩毫不犹豫地选择将外交学专业作为自己研究生的学习方向，希望在更高阶段的学习中拓宽国际视野、培养中国情怀。由于张宇轩对东莞的巨变有着切身的感受，当他来到北大学习后，视野更加开阔了，更深刻认识到中国共产党的伟大，2016 年 12 月，张宇轩光荣地加入了中国共产党。

三

小时候，张宇轩就总听亲戚讲关于北京的故事，除了历史悠久的故宫、颐和园等景点外，对一个小男孩而言，最能引起兴趣的莫过于各种电子产品。那时，他们一家三口还在东莞的工业园区出租屋里生活，他经常看到工人们出入制造电子产品的大小工厂，各类电子产品在他脑海里有着模糊的概念。

在张宇轩读小学的时候，他的一个远房亲戚，跟着东莞市一个考察团到北京参观交流。回到东莞后，他给张宇轩绘声绘色地讲述了在北京几天的见闻，比如在人民大会堂开会、在天安门看升旗、在全聚德吃烤鸭……但在当时，对于还是小学生的张宇轩来说，最吸引他的还是“中关村”。那位亲戚说，走进中关村的商场里，有数不清的各种牌子的电脑，还有各种各样、新奇好玩的游戏机等电子产品。

张宇轩读初中以前，正值东莞经济最繁荣的时期，到处都是电子产品加工厂。那时，他曾充满好奇地问父母：“他们在工厂制作什么产品呢？将销往哪里呢？”父母说：“这都是电子加工厂，他们在做电子零件，做好后运到北京一个叫中关村的地方，然后卖到全国全世界。”从那个时候开始，中关村，这个以“电子”为符号的地方，便深深印在了他的脑海里。

2013 年张宇轩到北京大学报到后，他第一时间来到中关村游览。他想起上次来北京时虽然曾路过这个叫中关村的地方，但因为时间太紧没来得及在这里停留。当他真正走在中关村的街头时，才发现，现实版的中关村和想象中的有相当大的差别。那时，中关村创业大街正处在修建阶段，想象中的那些电子城、数码港也都的确存在，但是已经所剩不多，仅剩的几个也基本都在最后的整改清退阶段。

这一切，让张宇轩感到很意外。经过了解，他得知当年自己曾经想象到的最令人向往的经济形式，已经是被逐步淘汰的落后业态。随后，在他上本科的四年时间里，创业大街、双创、互联网+……一件件大事在中关村这块热土上密集地发生着。这些变化，让他转变了最初对中关村以“电子”为标签的看法，他预感到，中关村的未来将有着无限广阔的发展前景。

在张宇轩看来，中关村这一系列巨变的发生，并不是偶然的，更不是孤立的，它是整个国家经济转型发展的一个缩影，象征着中国经济正在转变旧有的发展模式，向高质量、高效益、高附加值快速转变，这也是作为中国现代化进程中不可或缺的重要一极。

2015 年，“大众创业、万众创新”的号角在中关村吹响，迅速成为全社会的新风尚。三年来，北大也响应国家号召，建立了创客营、双创中心、双创学院等配套机构，推出了一系列优惠措施，大力支持鼓励学生参与双创。在张宇轩的身边，就有很多敢闯敢试、有创新创业精神的同学以实际行动投入这场大潮之中。在这场双创大潮之中，好时机、好机遇不断涌现，ofo 这样近在眼前的成功案例也层出不穷。

张宇轩对笔者回忆说：“我们班有一位硕士生同学，有一个创业的点子后，就开始紧锣密鼓地把想法付诸实践，他在校内网站上发了一个英雄招募帖，没过几天就组建了一支小团队。之后又在学校里找了几个设计方面、创意方面、技术方面的高手，大家齐心聚力很快就做出了一个在线平台。现在，他申请到了学校专门为创业团队提供的免费办公室，还得到了资金支持。他们的产品，也已经在北京各主要高校打开了市场。上学期，这个同学正式申请休学一年，专注创业，准备进一步扩大规模后再回到校园。”

张宇轩认为，休学创业，在过去的中国大学里是难以想象的选择，可以算是只属于比尔·盖茨、乔布斯、扎克伯格这类美国企业家传说中的故事，但现在已经悄然成为中国大学生的一项中意之选。这就是新时代的中关村，一块中国创新创业的沃土，一个无与伦比的梦想舞台，只要你有想法、有干劲，就有人支持你去闯、去实现。

张宇轩欣喜地观察着周围的一切，他也曾参加相关创业交流活动，进行企业参访和调研。从电子市场到逐梦平台，表面上这只是他对于中关村的认识递进，但实际上反映了当代青年人幸运地赶上了国家发展进步的快车，饱含着青年学生对国家繁荣富强的强烈信心，代表着以中关村为代表的创新创业大潮，已经为社会释放了昂扬向上的无限活力与蓬勃生机。

学校鼓励学生们到各地进行社会实践，张宇轩也非常积极地参加各类社会实践活动，有的由学校组织，也有的是自己利用假期去做社会调研。由于国际关系学院是北大国际化程度最高的学院之一，张宇轩有机会认识了很多来自世界各地的留学生。在与他们交流的过程中，他总是尽可能多地让外国留学生了解中国传统文化，了解中国近四十年发生的巨大变化。而在与港澳台地区同学交流时，张宇轩则侧重于增强他们对祖国的认同感，增进他们对祖国的了解。

张宇轩的本科毕业论文主题为中国和澳大利亚的外交关系。2018 年 7 月，学校组织来自全校各专业的 10 名同学，前往澳大利亚格里菲斯大学进行交流访学，张宇轩凭借自己在中澳关系方面的有关成果成功入选该项目。

在格里菲斯大学参加活动期间，一名澳方老师得知张宇轩是外交学专业的学生，希望他第二天上午给当地学生讲一堂关于中国外交的“科普课程”。

尽管接到这个通知有些突然，准备的时间相对紧张，但张宇轩没有推辞，而是立即答应下来。他认为，作为一名外交专业的研究生，自己有责任也有义务，向外国人“讲好中国故事”，让外国人了解中国这些年来最真实的成就与变化。

当天晚上，张宇轩放弃了和同学们一起逛街游览的机会，在宿舍内专心准备讲课内容。这些年，他在学校里早已练就了丰富的演讲经验。他准备的内容，主要包括近些年中国的外交政策、中国外交在各领域取得的成就、中国外交的理念与实践创新等。因为内容相对庞杂，他一直忙到了凌晨。当他站在窗口，看着外面的异国建筑，活动一下疲劳的腰部，面对将要走上讲台的情形，他胸有成竹地露出了笑容。

第二天，张宇轩充满信心地走上讲台，面对台下来自中澳双方的近三十名师生，用一口流利的英语讲述着他们想要了解的中国。中国梦、中国故事、中国改革开放成为他演讲的关键词。他用身边无数感人事例阐释着改革开放以来人们生活的变化，从餐桌上食物的变化开始认识改革开放，从而拥护之、投入之并随之而动，改革开放带给中国的，当然不仅仅是餐桌上的变化，不仅仅是温饱，也不仅仅是经济体量的剧增以及随之而来的跨入中等收入门槛。实际上，改革开放带给中国的最根本、最具决定意义的变化，就是人的自由度的增大。人的自由度的增大以及不断发展的历史和愿景，也决定了中国改革开放的大路向不应变、不能变。改革开放已不仅是国家的政治经济政策，同时也已成为人们的精神力量和社会责任。以往的历史提示人们，只有在改革开放的路向上，中国才会如以往那样遇到各种发展之机，抓住这些机遇，顺应时势，进而促成和成就历史之变。如今，由于其看得见、摸得着、感受得到的巨大成就，改革开放仍然是中国最大的政治经济共识，仍然是中国前行路向的不争之定数。改革开放之不可移、不可变的根基在于，这个路向已经成为政治经济稳定的标志物，成为人们安定坦然的心理基础。这个路向把握不准，不仅影响今后的机遇的数量和种类，也影响人们的安定感和安全感。20 分钟过后，他精彩的讲述，赢得了在场师生的热烈掌声和高度认可。

对于张宇轩来说，可讲的内容太多了，只可惜时间有限。不过让他欣慰的是，能用自己学得的知识，走出国门，给国外的学生普及中国知识的同时，自己也为祖国拥有着美好的今天而倍感自豪，为自己是一名中国人而感到骄傲。

四

2018 年 3 月中旬，一场春雨过后，整个校园里的树木花草开始吐着嫩芽，清新的空气，让师生们走在其中顿感心旷神怡。张宇轩已经完成了研究生上学期的课程学习，准备开始新学期的学习生活。

一天上午，学校一位团委老师找到张宇轩，郑重地对他说：“为纪念改革开放40周年，中关村创新发展40年，我们推荐你参加海淀百姓宣讲团，主要是讲好百姓故事、传递身边感动的事，你好好准备一下吧。”

张宇轩内心有些疑惑地问：“我只是一名很普通的学生，没什么轰轰烈烈的经历，能有什么值得宣讲的呢？”

老师鼓励他说：“这个活动就是普通人讲普通事，从中折射出近10年来在党的正确引领下，人们在工作、生活和思想上发生的翻天覆地的变化。其实，每个人的故事都真实记录了中国在发展过程中的一段历史。你可以讲你如何从一名东莞打工子弟成长为北大学子的故事，讲一讲发生在自己身边的社会巨变，这本身就很有意义！”

听完老师的一席话，张宇轩愉快地接受了这一任务。自从被确定为宣讲团成员后，他感觉到自己肩负着一份社会责任，同时也让自己的学生生活更加充实有意义。

4月份，张宇轩作为北京大学生中唯一的代表，第一次参加了宣讲骨干的培训。在培训过程中，他发现参加宣讲团的成员都是来自海淀区各行各业的优秀人才。既有党员、积极分子，也有团员，有法官、医生、警察、老师以及艺术家，也有在企业工作几十年的老员工，还有参加工作的新同志，有一线职工，也有中层管理干部。他们用讲故事的方式，将发生在身边的人和事分享给普通大众。

奋斗的青春最美丽，讲好百姓故事，传递身边正能量。张宇轩与宣讲团成员的每一次交流，对他的思想触动都非常大。他虚心地把每一位成员都当成自己的老师，把他们的每一次宣讲都当作最好的学习机会。培训期间，张宇轩在台下拿着签字笔、笔记本，一边认真听，一边记笔记，认真揣摩每一个故事、每一份事业背后最感人的事。经过学习和交流，张宇轩也深刻意识到，过去自己一直在象牙塔内学习生活，缺少与社会基层一线直接打交道的经验，而这次宣讲活动，则给了自己一次绝佳的学习机会，一下子拉近了他与各行业优秀人才的距离，让自己与社会贴得更紧更近了。

先进理论引领时代发展。他深入系统地学习科学理论，把习近平新时代中国特色社会主义理论作为宣讲的主线，从马克思主义是科学、是真理，习近平新时代中国特色社会主义思想是马克思主义中国化的典范，到深入贯彻习近平新时代中国特色社会主义思想、推动科技创新发展等方面，一脉贯通，环环相扣，在深刻阐明马克思主义的来源、主要内容、科学性和对人类做出重要贡献的同时，明晰了习近平新时代中国特色社会主义思想是马克思主义中国化的典范，并从时代逻辑、实践逻辑、理论逻辑三个方面讲述了习近平新时代中国特色社会主义思想和方略，以及中国进入新时代、开启新征程的伟大使命；还结合十九大报告的意义、地位，分别从政治上、思想上、理论上、实践上和历史意义上五个方面展开讲解，结合工作实际向大家分享了“怎样才能不忘初心、牢记使命”“如何增强四个意识”“怎样在本职岗位上实现中国梦”等内容。

通俗易懂的语言、鲜活生动的解读，一个个生动真实感人的例子，让广大党员干部职工群众受到一次次思想上的洗礼，感受到了时代最强音，在全区引起了热烈反响。

讲述自己所经历的故事，用百姓语言传递正能量。2018 年下半年，张宇轩与海淀区百姓宣讲团成员奔赴各社区、街道、学校等单位，他们一次次站在讲台上，充满激情地讲述着自己的事、身边的事。中关村是全国科技创新中心和国家自主创新示范区核心区，他身处创新高地，经常与创新者面对面交流，他把发生在中关村电子一条街上的创业故事分享给大家，从咖啡屋内的创意、智造大街上的寻思、孵化器内的奇想、科技园区的变化，一直讲到百度、联想、小米公司，以及海淀北部科技新城、中关村科学城，进而带动全国科技创新不断开辟新境界等新发展、新气象、新格局。

在张宇轩看来，这些平凡而动人的故事，都是中国创新的时代符号，创新创新再创新，正如习近平总书记所说，我们要把科技创新的前沿技术掌握在自己手中，这发自内心的呼喊让众多听众深深为之感动、为之震撼！

未来的路还很漫长，面对新时代，张宇轩激情满怀，他经常不断告诫自己：在这样一个科技勃发的中国，这样一个昂扬向上的中国，青年人要勇于挑战、勇于投身祖国的伟大建设，依托国家强盛的力量和精神支撑，实现青年一代的理想和使命。

“将来的你一定会感谢现在奋斗的自己！”张宇轩时刻用这句话激励自己。这些年，他也正是靠着自己的点滴努力，从一名打工子弟成为令无数学子羡慕的北大研究生，他格外珍惜今天来之不易的成绩。

榜样的力量是无穷的，凡是与张宇轩打过交道的人，都能从他身上汲取一种正能量，也把他好学上进的精神，当成一种学习动力。每次他回到湖南老家或是第二故乡东莞的时候，周围的邻居也以身边能有这么优秀的青年而感到自豪，同时，还用他勤奋好学的成功事例，教育自家的孩子向他学习，无形中，张宇轩成为当地学生们学习的榜样。

身在北大校园中的张宇轩，时刻关注着中关村的变化，如今的中关村已成为青年人放飞梦想的宽广舞台，“双创”一词也吸引了青年人的注意力，中央鼓励地方设立创业基金，对众创空间办公用房、网络等给予优惠。同时，还取消了妨碍人才自由流动、自由组合的户籍、学历等限制，为青年人创业创新创造了极有利的条件。张宇轩也为当今青年人赶上了好时代而感到庆幸，看到身边的青年人激情满怀地投身到“双创”中，成为注入祖国建设者中的新鲜血液，他浑身也充满了干劲。

金秋十月，收获的季节。张宇轩气宇轩昂地一次次走上百姓宣讲台，面对台下的听众，动情地讲述了亲身经历的东莞巨变，以亲历者见证着祖国这些年发生的巨大变化，他以北大学子的身份讲述青年学生眼中新时代的中关村。张宇轩把中关村比作一个无与伦比的梦想舞台，鼓励青年人只要有想法、有干劲，就有人支持你去闯、去实现自己的理想。

从电子市场到逐梦平台，表面上这只是张宇轩对中关村的认识递进，但实际上反映了这一代青年人的认识，他感觉很幸运，赶上了国家发展进步的快车，饱含着青年人对国家繁荣富强的强烈信心，代表着以中关村为代表的创新创业大潮，已经为社会释放了昂扬向上的无限活力与蓬勃生机。

宣讲的内容很励志，宣讲中的事例都有着强大的感染力和生命力，宣讲的过程，也成为让张宇轩砥砺前行的一种方式，使他以一种非常接地气的形式，激荡和传递着这个社会的正能量。每一次的宣讲，都让张宇轩对党和国家的伟大事业感到发自内心的自豪。正因为中国有着伟大的变革，才为青年人提供了施展才华的大舞台，为青年搭建了实现梦想的高平台。每当想到这些，张宇轩仿佛眼前打开了一个窗口，让他看到了辽阔的世界，那世界显得格外美丽！

采访手记：采访张宇轩之前，当我看到他的简要介绍时，内心很受感动，他作为一名东莞打工子弟，在极度艰苦的生活学习环境里，却以优异成绩考入北京大学国际关系学院，并且入了党。四年后，他又被北大保送读研。他的成长经历也折射出在祖国改革开放的大背景下，一代青年人正是靠“爱拼才会赢”的精神，改变了自己的命运。他爱学习、肯钻研的经历很励志，我在想，出生在条件优越的家庭，只知道贪图享受的孩子们作何感想？跟张宇轩交谈，能感受到他学识渊博、条理清晰。只有他露出笑容时，才会想到他仅有22岁，满脸的稚嫩，像个邻家的男孩儿，彰显着阳光青春的一面。